L'OMBRE DE MARRAKECH

©2021. EDICO
Édition : JDH Éditions

77600 Bussy-Saint-Georges. France
Imprimé par BoD – Books on Demand, Norderstedt, Allemagne

Réalisation graphique couverture : Cynthia Skorupa
Images couverture Pixabay

ISBN : 978-2-38127-171-2
Dépôt légal : juin 2021

Le Code de la propriété intellectuelle n'autorisant, aux termes de l'article L.122-5.2° et 3°a, d'une part, que les copies ou reproductions strictement réservées à l'usage privé du copiste et non destinées à une utilisation collective , et d'autre part, que les analyses et les courtes citations dans un but d'exemple et d'illustration, toute représentation ou reproduction intégrale ou partielle faite sans le consentement de l'auteur ou ses ayants droit ou ayants cause est illicite (art. L. 122-4).
Cette représentation ou reproduction, par quelque procédé que ce soit constituerait une contrefaçon sanctionnée par les articles L. 335-2 et suivants du Code de la propriété intellectuelle.

Alain Maufinet

L'ombre de Marrakech

JDH Éditions
Nouvelles pages

Les uns veulent graver leurs existences et leurs œuvres dans le grand livre de l'humanité, d'autres aspirent simplement à vivre.

« Faites donc ce que vous voulez, mais soyez d'abord de ceux qui peuvent vouloir ! »

Friedrich Nietzsche

Prologue

Mai 2011

Un groupe d'individus avance rapidement, sans perturber la flore et la faune. Il s'immobilise de temps à autre, les petits bruits de cette fin de journée ne doivent pas l'inquiéter. Lorsque le chemin est bourbeux, les commandos ploient parfois sous des sacs à dos volumineux, des menhirs[1], vous diront les dragons parachutistes. Huit jours qu'ils progressent la nuit et observent le jour.

Une rivière tumultueuse barre la route. Un signal et deux ombres s'éloignent, l'une vers l'amont du fleuve, l'autre vers l'aval. Des taches noires donnent aux visages qui se faufilent entre les arbres et les buissonsdes airs lugubres. Certains portent de curieuses et volumineuses lunettes qui cachent leurs traits. Ils ne communiquent que par de petits signes aussi brefs que déterminés. Un geste de l'un des deux hommes de tête indique que la voie est libre. Deux commandos rentrent dans l'eau froide sans hésiter, en tenant leur fusil au-dessus des flots. Derrière eux, cachées par la végétation, des armes sont prêtes à tirer pour réagir au moindre danger. Un second binôme les imite quand le premier atteint la berge opposée. Le courant est vif, quelques débris de végétation flottent ici et là, mais les épaules restent à la surface qui ondule. Aucun tronc d'arbre, aucun rayon de lune ne perturbe les traversées.

Une heure plus tard, les soldats de tête arrivent devant une large route. La chaleur a séché les treillis. Une poignée de phares

---

[1] Comparaison liée à la forme, au poids et à la taille d'un sac à dos.

lance des faisceaux qui peinent à trancher le brouillard habillant la voûte des branches.

Quelques hommes se détachent pour former un groupe qui gagne les hauteurs, surplombant un groupe de maisons. Désormais statique, il doit assurer la protection, par le feu de ses armes, de celui qui progresse encore. Le second, le plus important, se prépare à traverser la route vers les habitations que l'on devine en découvrant les lueurs d'une ligne de réverbères.

Les hommes se coulent dans un fossé, après avoir laissé les sacs sous des branchages et sous la garde d'un binôme. D'un seul bond, la surface de goudron est franchie. Aux environs, les oiseaux interrompent leurs chants le temps d'un léger souffle de vent. La partie la plus délicate de l'opération est entre les mains de ceux qui rampent avec l'ombre pour compagne.

Un bras se lève. Nous sommes en bordure du village. Aidés par l'un des rares rayons de lune, deux yeux consultent un bout de plan aux traits nets. Les regards sont dirigés vers le capitaine qui consulte sa montre. Avec quelques gestes, le chef déploie sa petite troupe. Chacun connaît sa mission. Les signes confirment un ordre déjà étudié. Pour un passant, le commando est invisible. Les treillis couverts de poussière épousent toutes les ombres de la lisière. Une seule lumière fixe l'attention de ceux qui glissent d'un fossé à l'autre, d'un tronc à un tas de pierres. À gauche d'une façade claire, une sentinelle se détache puis disparaît, comme si une gigantesque gomme venait de surgir. À droite, un autre gardien est assis. Il sommeille sur une chaise bancale qui soudain bascule. Peu après, un corps allongé sur le sol est tiré entre une haie et un muret pour en rejoindre un autre. Rien ne semble avoir bougé quand le siège est remis en place.

Un couple chemine dans la rue, main dans la main au creux d'un monde unique, il n'émet aucun son. Un voisin fume sur son pas de porte, il ne voit que des rideaux épais qui dissimulent l'intérieur des pièces voisines. Il croit percevoir un bruit sourd, et ignore tout de la réunion secrète qui vient d'être interrompue. Les faibles lumières qui filtrent ne s'éteignent pas. Une forme humaine, sur une chaise, le dissuade d'aller voir. Le fumeur ne peut pas imaginer que trois cadavres sont à cinq mètres de lui, derrière un muret. Quatre agents de protection rapprochée jonchent une pièce, pendant que les commandos s'enfoncent dans la nuit en transportant deux corps inanimés. Une simple piqûre a permis d'endormir les captifs, pour éviter qu'ils bougent ou gémissent. Les hommes chargés de leur protection ne pouvaient pas survivre. L'enlèvement a parfaitement fonctionné. Nos hommes de l'ombre regagnent la nature proche aussi discrètement qu'ils ont surgi. Après avoir récupéré leurs sacs, ils ne reprennent pas leur route initiale, mais s'éloignent vers une lisière au nord.

Trois kilomètres plus loin, le capitaine s'agenouille, le souffle court. Ses compagnons s'interrogent. Un rayon fugitif d'un astre lointain éclaire une main ensanglantée. Il murmure dans un souffle, comme s'il n'avait pas envie de l'avouer, qu'il a reçu un coup de couteau avant de neutraliser un garde du corps. L'adjoint examine brièvement la blessure de son patron qu'il épaule depuis plusieurs années. Elle l'inquiète, mais il ne fait aucun commentaire. Une évidence s'impose, son chef ne peut plus progresser. Quelques secondes suffisent au groupe pour reprendre sa course. Le blessé reste au pied d'un arbre avec un seul compagnon. Tous savent que la mission prime.

***

Qu'elle est longue l'attente pour Médéric, le chef blessé qui sent que ses efforts pour suivre le groupe ont été vains, et pour celui qui l'accompagne, car il se sent bien seul dans un monde hostile ! Il regrette presque le temps des séances d'entraînement. C'est sa première mission, tous les bruits lui paraissent étranges sur cette terre d'Afrique. Il sait que sa position a été signalée au deuxième commando. Brusquement, une branche craque. D'un seul geste court, le plus faible a fait comprendre à son jeune binôme qu'il s'en remet à lui. Il a placé une simple compresse sur sa blessure, il n'est plus en état de combattre, sa vision se trouble. Le plus jeune serre son poignard pour mobiliser son énergie, en sachant qu'il doit protéger son chef.

Au loin, après trente minutes de marche rapide, deux hélicoptères survolent le petit groupe transportant les deux hommes capturés. Les appareils restent statiques à un mètre du sol. On hisse les captifs comme des paquets dans le premier aéronef. Le reste du commando bondit dans le second. L'embarquement est très bref. Entre les faîtes des arbres disparaissent ceux qui viennent d'extraire deux cibles vivantes dans un pays hostile et lointain. Lors du vol, l'adjoint ne peut s'empêcher de penser aux deux hommes isolés qu'il a dû laisser, pour ne pas subir la charge d'un blessé lourd.

Le capitaine serre les dents pour ne pas gémir. Un buisson bouge ici ou là. Son compagnon d'infortune tente de déceler le danger qui sommeille. L'attente s'éternise, la sueur marque son front, ses sens sont en alerte, ses muscles tendus, une arme prolonge son bras. Un bosquet laisse passer une masse sombre, deux plus petites la suivent. Des lèvres serrées s'échappe un soupir de soulagement. Ce ne sont que des animaux qui disparaissent.

Le jeune commando reprend lentement son souffle et relâche son attention. Le chef hors de combat est le premier à comprendre la situation, il n'a plus la force d'esquisser un sourire. Une ombre gigantesque entoure les deux hommes. Elle rappelle celle qui enveloppe la bougie qui s'éteint. Le petit groupe qui assurait l'appui est arrivé discrètement en remplissant sa mission d'arrière-garde. Son responsable tape sur l'épaule du jeune stupéfait, un doigt vers la direction à prendre.

Deux hommes soulèvent le capitaine, la progression s'accélère. Aucun signe inquiétant ne trouble le repli. La route est plus longue pour atteindre le fleuve. La colonne épouse chaque mouvement du terrain. Une embarcation rapide est en attente sur la berge. Une brève communication leur précise que l'alerte vient d'être donnée au village investi, le temps de la capture. Des véhicules ou des hélicoptères armés pourraient surgir, pour leur interdire la route vers l'océan. Le responsable du commando est le dernier à embarquer, il regarde sa montre et donne le signal du départ, sans trahir la moindre inquiétude, avec le calme des vieilles troupes. Quinze minutes plus tard, un nouveau message indique que le premier groupe commando et ses deux prisonniers ont rejoint sans encombre le bâtiment de commandement et de ravitaillement de classe *Durance* de la marine militaire.

Médéric perd conscience, il est dans les mains d'un infirmier qui tente de limiter les conséquences de sa blessure. L'embarcation approche d'un coude du fleuve trop éclairé par un clair de lune pour ceux qui s'esquivent. De la berge, des véhicules se détachent, des flammes indiquent des tirs. De larges stries naissent de part et d'autre du bateau, mais les impacts des projectiles ne blessent que la surface de l'eau. Les hommes se sont penchés, comme leur chef, sans riposter. Le long canot qui s'esquive est trop rapide, les tireurs trop lointains, la précipitation ne permet pas de stopper ceux qui s'échappent. Médéric n'a rien vu, rien entendu, il divague. Bientôt, l'océan offre son horizon. Un dauphin isolé est le seul à voir l'esquif glisser vers l'écume des hautes vagues.

Lorsqu'on porte le capitaine sur une civière dans les couloirs du navire qui recueille le groupe, il navigue déjà dans un monde imaginaire. Un médecin se penche sur la lésion et sa grimace n'est pas encourageante pour le blessé et les membres du commando. Un petit grain de sable peut toujours empêcher une mission de réussir pleinement. Cette fois, le chef du détachement est sérieusement atteint, c'est la dure loi des forces spéciales.

PREMIÈRE PARTIE

1

Mai 2015

Il fait bon, ce soir au pied de l'Atlas. Dominique se sent bien seule dans sa chambre d'un petit hôtel à Marrakech. Les bâtiments sont en retrait de la ville, protégés par une haute enceinte ocre et une grande porte en bois toujours close. L'entrée est encadrée par deux tours rondes de tailles inégales. À l'intérieur de la plus imposante veille un gardien jour et nuit. Il ouvre une meurtrière quand un visiteur se présente. La chambre de la jeune femme est spacieuse, les boiseries finement ciselées. Des murs de pierres et de carrelages, un sol de tommettes, habillent harmonieusement la salle de bains. Depuis le début de son séjour, la Française discrète n'a croisé que deux couples. Le premier arbore un sourire insupportable pour une âme seule, celui de la jeunesse, le second est aussi discret qu'un nuage quand le soleil inonde l'horizon.

Dominique a rapidement fait le tour de l'espace arboré, même si les variétés de fleurs, les orangers, les citronniers l'ont enchantée les deux premiers jours. Elle imagine fouler le sol d'un petit paradis, isolé des passions humaines. La jeune femme profite souvent seule de la piscine qui, le soir venu, propose un jeu de lumière féerique. Ses repas sont servis sous un toit de toile par des serveurs zélés, avec les étoiles pour uniques compagnes. Mais tout éden perd sa magie quand le temps reste immobile, et que l'être aimé demeure invisible.

Elle a patienté une semaine, sans recevoir le moindre signe de son amant, Paulo. Il lui avait demandé de rejoindre un hôtel qu'il lui avait recommandé, directement à la descente de l'avion, et de l'attendre quelques jours. Il devait se plier, affirmait-il, à certaines visites de courtoisie, à de nombreuses formalités familiales avant qu'elle ne puisse le rejoindre et quitter son refuge. Un avenir futur et enchanteur devait se dessiner, il l'avait promis, elle l'avait cru. La jeune Française est convaincue de découvrir une nouvelle vie, même si elle ne peut s'empêcher de trouver le temps long, et qu'une appréhension la mine parfois.

Les minutes se transforment en heures quand l'ennui et l'inactivité meublent le quotidien, surtout que son amant lui a bien préconisé de ne pas s'éloigner et d'éviter de se confier à des étrangers. Il lui avait fait promettre de ne pas partager le secret de son attente.

Quelquefois, elle repense au passeport qu'elle avait découvert dans le sac de Paulo. Elle l'avait ouvert par hasard, en voulant replacer des feuillets qui s'échappaient de la sacoche professionnelle. Un prénom et un nom, Rachid Hami, avaient jailli. Ils entament une farandole insupportable dans sa mémoire.

À cette époque, Paulo avait été plus brutal que d'habitude, et sa complice de toujours, Christine, tentait régulièrement de faire appel à sa raison, en soulignant des agissements inacceptables. Ébranlée par sa découverte, Dominique avait fini par contacter un détective, un dénommé Médéric, en suivant les conseils de sa seule amie.

Elle n'avait pas su rester discrète, son amant avait senti le danger. Il avait suffi d'une nuit de promesses et de folles étreintes pour que sa raison s'envole. À genoux, la jeune rousse avait demandé pardon d'avoir douté, les yeux fixés sur le plancher de sa chambre. Magnanime, le maître avait accepté, avec un regard qu'elle n'avait pas vu, celui de la brute qui n'oublie pas. Avait-elle eu raison de ne pas donner plus d'importance à ses craintes ?

Dominique a tenté de chasser cet épisode de sa mémoire, comme le politique efface l'histoire qui ne peut convenir. Elle est déterminée à ne penser qu'à l'homme qui a repeint ses nuits et son avenir.

La jeune Française secoue souvent la tête en se traitant de folle, ce qui fait rire le personnel qui l'observe de loin. Le comportement de cette femme seule ne peut qu'intriguer dans ces lieux, où les touristes viennent en couple ou en groupe.

Puis, Paulo avait ouvert son cœur, en s'engageant à lui présenter sa famille habitant Marrakech. Il décrivait une ville unique, une perle féerique la nuit, mystérieuse sous le soleil. Il servirait de guide pour présenter la ville et la médina, le souk et ces lieux que ne connaîtront jamais les touristes. La musique de sa voix évoquait de futures promenades romantiques en calèche à l'ombre des remparts, main dans la main.

Au fond d'un regard noir, un éclat stupéfiant entraînait Dominique vers des soirées interminables, dignes des contes des *Mille et une nuits*. En fermant les yeux, elle frémissait. Son bien-aimé, brun et musclé, avait la fougue d'un animal sauvage. En se regardant dans le grand miroir de l'entrée de l'hôtel, la jeune femme avait fini par se convaincre qu'elle était belle. Son amant affirmait surtout adorer sa chevelure flamboyante, il la saisissait souvent par les cheveux pour tirer violemment sa tête en arrière. Elle subissait ce geste douloureux, foudroyé par son regard perçant et ses caresses irrésistibles. Il ordonnait et elle se pliait à ses exigences, à ses désirs. Dominique n'en avait que confusément conscience, elle le craignait, mais obéissait aveuglément. Elle se sentait liée à lui comme le lierre planté par son arrière-grand-père au mur de pierre de la maison familiale.

Pourtant, un sentiment de culpabilité l'envahit de plus en plus régulièrement quand elle repense à ce détective qui a su l'écouter avec bienveillance. Son regard plus tendre s'attachait tantôt au sien, tantôt à son sac jaune. Sa voix avait légèrement tremblé en avouant ne pas être insensible à son charme, et en lui serrant longuement la main. Un lien le reliait à son père, un animal sans noblesse, un simple escargot.

***

Un crêpe rouge est posé sur la ville endormie. C'est l'heure où les riads de la ville laissent filtrer des rayons lumineux au cœur de cet écrin ocre, protégé de murs de dix mètres. Longue est la ceinture de pierre taillée à l'échelle d'un géant de légende.

Dominique vient de sortir pour la première fois de l'enceinte de l'hôtel, le gardien lui a signalé qu'un taxi est venu la chercher. L'homme est affable en affirmant que Paulo vient de l'envoyer, car il précise que ce dernier doit l'attendre avec sa famille. Pendant le trajet, il parle beaucoup pour ne rien dire. Ne pouvant rien apprendre sur le voyage qui l'attend, elle finit par se contenter d'observer les ombres qui défilent et les lueurs qui clignotent.

Lorsque le chauffeur s'arrête sur un parking en terre battue, loin de la ville, il lui donne les clefs de la seule voiture garée. Stupéfaite, la jeune femme comprend qu'elle doit la conduire et suivre le plan qu'elle trouvera sur le siège passager. Intriguée, elle descend, en dérangeant une ombre qui se déplie. C'est une pauvre vieille chétive et cassée qui tend la main en se levant pour agripper la manche qui vient de la frôler. Avant que le chauffeur de taxi puisse la chasser en maudissant cette sorcière, le vent disperse des mots incomplets qu'une oreille attentive aurait pu traduire en une phrase :

« Là-bas, en Éthiopie, aux pays de ma mère dans les régions des grands lacs, les sages murmurent souvent aux jeunes que c'est le crocodile que l'on ne voit pas qui vous tuera. »

Dominique recule, un peu apeurée par cette rencontre, vers le petit véhicule qui l'attend. Elle s'enferme dans un habitacle qui, contrairement au taxi, respire le neuf. Une odeur suffit parfois à calmer, un détail à rassurer. Un schéma sommaire est bien là, pour indiquer l'itinéraire à suivre. La jeune femme démarre et emprunte une route qui de temps à autre s'éloigne des lumières de la ville. Derrière elle, l'ombre des remparts de Marrakech courtise les étoiles. Crispée sans trop comprendre la situation, elle évite de penser à un éventuel retour vers son hôtel. Ignorant tout du trajet à reprendre, elle sent revenir deux anciennes compagnes, la lassitude et l'inquiétude.

Concentrée sur l'itinéraire à suivre, la jeune femme se focalise sur sa destination, en tentant d'imaginer l'accueil qui lui est réservé. Elle ne peut pas s'empêcher d'être déçue de constater une absence, celle d'un petit mot, d'un simple signe tendre, à côté d'un plan sans âme.

En croisant un groupe d'individus au bord de la route, Dominique ralentit. Ils la dévisagent et leurs regards font trembler ses mains. Elle croit distinguer des torses nus, des rictus de brutes, des désirs primaires, des mains brutales. Les vitesses craquent, le moteur cale. Affolée, la jeune femme tente de repartir sans oser regarder la bande qui se rapproche, mais la clef de contact ne relance pas le moteur. Des rires et des appels alarmants ricochent sur les bas-côtés. Certaines minutes peinent à s'écouler quand le danger s'approche. Le groupe de travailleurs bifurque et s'éloigne sans qu'elle le perçoive. La jeune rousse s'écroule en pleurs, la tête sur le volant, sans réaliser que les hommes ont disparu dans l'ombre. Flageolante, cernée par la nuit noire, elle finit par reprendre la route en faisant inutilement rugir le moteur.

Dix minutes se sont écoulées, Dominique s'est calmée et roule de nouveau vers ce qu'elle croit être la fin de son parcours. Le souvenir des promesses de son amant lui a redonné du courage pour continuer à avancer. Une paire de phares surgit à l'horizon, sans qu'elle les décèle. Une lueur grossit rapidement pour entourer complètement la conductrice dans son habitacle. La jeune femme accélère instinctivement, en faisant un geste d'énervement par la vitre ouverte lorsque la voiture la double, sans curieusement la dépasser. Une lueur agressive aveugle l'automobiliste qui aborde un virage sans en deviner les contours. Celui qui double se rabat, puis s'écarte sans que les tôles ne se touchent.

Un coup de volant, des pneus qui n'adhèrent plus à l'asphalte en mauvais état, et le véhicule de la jeune femme gravit un monticule, avant de basculer dans un fossé. Les éclats des phares lancent des éclairs désordonnés. Plusieurs tonneaux se succèdent sur un champ de pierres, et ce sont des troncs d'arbres qui immobilisent la course folle de la voiture. Le choc est très violent.

On ne peut que perdre conscience dans un tel accident, surtout que la ceinture de sécurité de la conductrice est curieusement hors d'usage dans le véhicule neuf. Une petite flamme grandit dans le coffre, au cœur d'une nuit d'encre. Sur la route, les phares de l'autre véhicule s'immobilisent, puis s'éloignent de plus en plus rapidement. Un profond silence succède à la rage des deux moteurs. Bientôt, toutes les lumières vont s'effacer dans le lointain.

***

La tête contre une portière déformée qu'elle ne pourrait plus ouvrir si elle essayait, Dominique dérive vers un univers qu'elle était censée rejoindre. Son corps reste sans réaction, son esprit l'emporte loin du monde réel. Elle entrevoit son amant qui l'accueille devant le perron d'une belle villa où sont rassemblées plusieurs générations. Il tend les bras vers elle, mais la jeune rousse ne peut ni bouger les siens ni faire un pas. Un cercle de fer l'emprisonne sans qu'elle ne ressente la moindre douleur. Aucun son de voix n'anime le groupe aux vêtements chamarrés. Étrangement, ils rappellent ceux du dernier magazine local qu'elle a feuilleté avant de sortir de l'hôtel. La scène se fige, elle devine des sourires narquois sur le visage de Paulo et de ses parents. Progressivement, tous s'enfoncent dans l'ombre pendant que la jeune femme reste figée dans un monde aux lueurs sauvages. Quand ils éclatent d'un rire monstrueux, elle est dans un gouffre aux entrailles brûlantes. Sentir son corps immobile, sans réaction, provoque un profond désarroi chez celle qui comprend soudainement qu'elle ne peut que subir.

Un escargot gigantesque se détache de son sac jaune. Médéric, qu'elle n'a rencontré qu'une fois, surgit et lui tend la main. Elle n'a pas le temps de s'étonner d'une telle apparition, son esprit s'envole dans la poussière qui assombrit l'habitacle.

***

Une heure s'écoule, mais ce ne sont pas les rayons du soleil qui inondent l'endroit. Le conducteur du premier camion qui passe aperçoit un brasier dans un champ à plusieurs mètres de la route. L'homme court en criant, une pelle à la main. La vigueur de l'incendie et une épaisse fumée noire l'empêchent de venir trop près du véhicule et des troncs d'arbres en flammes. Avec son outil, il essaye d'intervenir en jetant des pelletées de terre. Le terrain est trop dur, il ne lance que des cailloux qui ricochent.

Que peut faire un homme mal équipé face à un tel embrasement, même si l'énergie du désespoir l'anime ! Toutefois, il ne décèle aucune forme, et pense que les éventuels occupants ont dû fuir.

Comme il ne dispose pas de téléphone portable, le conducteur rejoint malaisément son véhicule pour alerter la gendarmerie locale. Son camion est poussif, l'alerte ne sera pas donnée avant l'aube. En arrivant sur les lieux de l'accident, les forces de l'ordre découvrent un corps carbonisé dans une carcasse de tôle fumante.

2

Juin 2015, au cœur d'une région française

Par la fenêtre du chalet, un rideau de pluie masque la rivière, les bosquets, les massifs les plus proches. Des lueurs fulgurantes embrassent parfois la cime des grands arbres, juste le temps d'une respiration. L'orage dure depuis deux heures, et peu à peu, tout s'assombrit. La nuit, comme peut le confirmer la pendule massive, est proche. Médéric n'a allumé aucune lumière, il fixe les petits carreaux de la fenêtre la plus proche. Les yeux perdus dans un voile de gouttes d'eau sombre, ses pensées le conduisent irrémédiablement vers la jeune femme rousse qui était venue le voir pour lui demander de l'aide deux mois plus tôt. Elle n'était pas vraiment jolie, mais son visage ne s'efface pas de sa mémoire. C'était aussi un soir d'éclairs et de confusions dans le ciel, elle s'appelait Dominique et jouait nerveusement avec les lanières de son sac jaune clair, portant un écusson étonnant. Peu à peu, la broderie représentant trois escargots l'avait presque hypnotisé, pendant qu'elle parlait. Médéric s'était même senti obligé de s'excuser de fixer les mollusques, en évoquant le blason qu'il arborait fièrement dans sa jeunesse.

Il n'y avait eu qu'un rendez-vous avec la jeune femme qui avait disparu en laissant l'acompte demandé, sans vraiment annoncer avec précision ce qu'elle souhaitait obtenir. Elle avait confié des craintes imprécises, des regrets, des déceptions. Pourtant, avant de partir, elle s'était retournée et sa main droite avait tracé un geste indéfinissable que Médéric n'avait pas su interpréter. Cette attitude ne lui semblait pas correspondre à un simple adieu. Curieusement, ce départ lui avait remis en mémoire le passage d'un roman qui avait été le livre de chevet de sa jeunesse :

« *Et alors la jeune fille, dans le lointain, au moment de se perdre à nouveau dans la foule des invités, s'arrêta et, se tournant vers lui, pour la première fois le regarda longuement. Était-ce un dernier signe d'adieu ?* »[2]

Après deux déceptions amoureuses, Médéric avait perdu ses rêves et ses belles illusions. Sa blessure la plus profonde lui avait été infligée par une jeune fille rappelant celle du passage ci-dessus. Depuis, l'ouvrage d'Alain-Fournier avait échoué au fond d'un tiroir.

Le commando sursaute, une succession de déchirures lumineuses vient de jaillir du ciel. Comme l'auteur du livre qui avait marqué sa jeunesse, il se sent projeté vers ses jeunes années. En ce temps-là, il portait un anorak bleu, très efficace par temps d'orage et de froidure, orné sur la poitrine d'un écusson qu'il était fier de porter. Trois escargots étaient brodés, identiques à ceux de sa cliente. Ce souvenir l'amuse, et il se laisse dériver vers son passé de gamin insouciant. Médéric n'a rien d'autre à faire, puisqu'il a choisi de se ressourcer loin de ses semblables, ce qu'il fait parfois depuis ce coup de couteau qui lui a fait entrevoir une issue fatale.

***

Mars 1984

Une ombre d'enfant de dix ans se détache. Il se revoit dans la cour de sa petite école de province, un groupe de gamins est retranché dans une baraque en bois, un autre derrière les piliers du préau. Des cailloux volent entre les deux bandes, ils blessent les planches et les pierres. Soudain, c'est le drame, un

---

[2] *Le grand Meaulnes*, Chapitre premier, « La rencontre ».

drôle s'écroule, le visage en sang. Un galet a touché son œil droit. Les instituteurs sont trop occupés à raconter quelques anecdotes pour surveiller la cour. Les cris les réveillent. Ils accourent en vociférant. L'heure de trouver le coupable du jet fatal s'impose, alors que l'ensemble des enfants lançaient des projectiles.

Une injustice suit l'incident, une de celles qui marquent une mémoire d'enfant au fer rouge. C'est Médéric que le plus grand de ses camarades dénonce aussitôt en dirigeant son gros doigt vers sa poitrine. Lui qui est persuadé de n'avoir rien lancé depuis un moment. Une hésitation parcourt les rangs des assaillants et des assiégés. Puis quelques-uns appuient les affirmations du grand dadais au visage ingrat, redoutable pour son âge, et pointent leurs doigts. Un souffle de vent secoue l'assistance, le directeur d'école, toujours prompt à punir, empoigne sa victime sans l'écouter. Clamer son innocence est inutile quand tous vous regardent avec un air de reproche. Seuls ses deux meilleurs amis tentent de réagir, mais leur intervention est vite étouffée. Rien ne rassure plus la foule d'enfants et d'enseignants que de tenir le fauteur de trouble, celui qui est censé avoir provoqué le désordre. Les gamins oublient tous qu'ils auraient pu être coupables.

Médéric est à genoux dans un coin de classe, les bras au-dessus de la tête, il tient un gros dictionnaire qu'il ne doit pas lâcher. Il sait qu'il recevra, quand l'heure viendra, les coups de la règle en fer sur ses doigts joints. Il subit cette punition d'une autre époque.

Le docteur arrive, il examine l'éclopé et s'entretient discrètement avec le directeur. Un long conciliabule et des hochements de tête marquent la fin de la consultation. L'enseignant à la blouse grise annonce qu'il y a eu plus de peur que de mal, que l'œil n'est pas touché et que la sanction est levée. Toutefois, débute devant la classe réunie, et face à de nombreux sourires, la punition de la règle. Elle s'impose toujours, clame l'homme, avec un sourire huileux, en désignant le bras gauche. Le directeur épargne la main qui tient la plume, même s'il ne respecte pas l'enfant. Les coups pleuvent, le puni serre les dents, refusant de pleurer, de supplier. Ébranlé d'être accusé à tort, il repousse l'idée de demander pardon à son camarade blessé. Les coups s'éternisent.

Quand sonne la fin de la classe, Médéric a les doigts de sa main gauche à vif, sa poche dissimule ses blessures. L'enfant rentre chez ses parents, peu désireux de raconter sa mésaventure qui se solderait par une nouvelle punition de son père. Les douleurs physiques s'effacent devant les souffrances morales qui demeurent invisibles. Ce soir, une seule idée l'obsède, il ne pense qu'à se venger du grand dadais.

***

Juin 2015

La violence de la pluie redouble. Une gouttière s'affaisse, des cascades naissent sur un bord de toiture et rebondissent bruyamment sur des bidons. Les grondements du ciel s'intensifient et les accompagnent. L'officier reste indifférent face à l'orage, il se remémore toujours cette phase de ses dix ans, de son insouciante jeunesse qu'il ne pensait pas pouvoir revivre avec autant d'intensité. Immergé dans cet évènement défilant comme un vieux film mal restauré, Médéric a pourtant l'étonnante impression que cette aventure est récente. Le passé épouse étroitement le présent, dans sa mémoire.

***

Vendredi 16 mars 1984

Depuis l'incident du galet, une semaine s'était écoulée. Sous l'emprise de la vengeance, Médéric avait imité l'écriture du grand dadais au visage déplaisant et avait tracé en souriant une simple phrase avec une faute : « *le directeur es un con* ».

Il lui avait suffi de laisser tomber le petit message non loin de l'estrade en bois du directeur, juste au pied du tableau d'ardoise. L'auteur insolent attendait patiemment l'instant où un regard, que dissimulaient de grosses lunettes noires, croiserait les mots vengeurs.

Lorsque la cloche avait retenti, personne n'avait découvert l'insulte. La cour de récréation offrait cinq minutes de distraction à des garnements qui ne rêvaient que de courir à l'air libre et non de rester assis dans une salle obscure entre cahiers et encriers. Le vengeur s'était isolé près d'une clôture en regardant la porte d'où viendrait l'explosion de colère, celle qui sonnerait l'heure de sa revanche. Le résultat fut à la hauteur de ses espérances. L'enseignant, à la blouse grise, était sorti en titubant de rage, en vociférant et en brandissant le bout de feuille aux mots assassins. C'était un maître en fin de carrière, aux méthodes d'une autre époque, jamais désavoué par sa hiérarchie.

La classe rassemblée, le nom du coupable tomba, l'écriture du grand dadais paraissait évidente. La victime tenta de se défendre, mais l'instituteur, aveuglé par l'insulte qu'il tenait dans ses mains, condamnait irrémédiablement. La punition tomba, cruelle et injuste. D'abord la règle en fer, puis le coin de la salle avec les bras en croix, une encyclopédie dans chaque main, puis encore la règle et… Celui qui n'écoutait plus exultait, il tenait sa vengeance.

Quand la séance de la règle s'acheva, le grand échalas s'écroula en pleurs, en demandant pitié. Qu'il était pitoyable, le beau nigaud que tous craignaient. Il se tordait, implorait, rampait aux pieds d'un justicier tout-puissant. Il était aussi laid que celui qui le punissait en souriant. C'est à cet instant que Médéric, traversé par une pointe de remords et oubliant son désir de vindicte, s'avança.

« Ce mot, c'est moi qui viens de l'écrire. »

Le directeur leva la tête. Un silence pesant balaya l'assistance ; même le grand dadais ne geignait plus. Un sourire fugitif illumina le visage blême de l'homme qui pointa sa règle en fer sur la poitrine de l'enfant.

« J'apprécie ton geste. Ton camarade est un lâche. Moi, je sais qui est le coupable. »

Tous pensaient comprendre que le directeur ne le croyait pas. Ils auraient pu songer également que le directeur ne pouvait pas admettre son erreur devant ses collègues et ses élèves. Le grand dadais devait subir sa punition.

Deux jours plus tard, Médéric fut lourdement sanctionné pour une simple tâche d'encre sur son pupitre. Devant cette maladresse anodine, il avait compris que l'enseignant au cœur gris comme sa blouse ne tenait pas à admettre son aveuglement aux yeux de tous. Sa toute-puissance ne pouvait souffrir d'une quelconque hésitation, de la moindre faiblesse, de s'être laissé mystifier par un gamin malicieux.

***

Trente-et-un ans plus tard, 2015

L'ondée s'est arrêtée brusquement. Une douce fraîcheur gagne les environs. L'enfant qu'il était se souvient d'avoir avoué cette phase de sa jeunesse à son grand-père, un soir de juillet. Jadis, c'était son meilleur et unique confident. Ce dernier, avec cette voix grave et son accent aussi chantant que celui des gaves de sa région, avait dû lui raconter une histoire de sa propre jeunesse. Seule sa conclusion avait marqué sa mémoire.

« *L'injustice n'est pas simple à supporter. Tu la rencontreras souvent, que tu le veuilles ou non. Je te donne un seul conseil : ne te laisse jamais envahir par elle, tu dois la dominer sans la négliger.* »

Médéric imagine qu'il devait souffler, à l'époque, sur les aigrettes d'un pissenlit en regardant les reflets changeants des montagnes lointaines. En ce temps-là, une phrase l'amusait :
« L'injustice semée à tout vent. »
À leurs pieds coulaient les ondes lumineuses du Gave de Pau.
Le commando est ému en faisant une telle plongée dans son passé en culottes courtes. C'est rarement dans ses habitudes. Trois escargots brodés avaient suffi pour raviver deux journées lointaines dans une cour d'école.

3

Médéric a loué un chalet pour s'isoler du monde. Il avait senti le besoin de laisser ses pas le conduire entre deux clairières. Aujourd'hui, les orages l'ont contraint à rester entre les planches épaisses de son habitation. Alors que le manteau de la nuit s'épaissit, il prépare un feu de cheminée. Les bûches sont belles quand les flammes les enlacent ! Il feuillette quelques ouvrages en suivant les lueurs capricieuses du foyer, tout en délaissant l'écran de son ordinateur.

L'officier songe de nouveau à la jeune femme aux trois escargots. Il s'inquiète de revoir sans cesse sa chevelure de feu qui ne pouvait estomper la barre d'inquiétude de son front. D'apparence soignée, Dominique l'avait contacté deux fois. La première au téléphone pour demander un rendez-vous au plus vite. La deuxième dans son bureau pour établir un chèque et expliquer qu'elle allait confier quelques documents qui devaient l'aider à comprendre sa situation. Elle n'avait plus de famille et venait de rencontrer un garçon beau et charmant. La jeune femme avait un regard de biche aux abois qui ne l'avait pas laissé indifférent. Ses grands yeux sombres mangeaient son visage très pâle. Médéric avait compris qu'elle craignait son petit ami, originaire de Marrakech. Elle s'en était follement éprise. L'homme, un dénommé Paulo, conduisait ses affaires en France et semblait désireux de la dépouiller. Le passage le plus inattendu de l'entretien ne quittait pas son esprit.

« Me trouvez-vous jolie ? »

Le commando l'avait regardée en tentant de rester maître de lui. Désireux d'être convaincant, il avait affirmé qu'elle était très séduisante, et qu'il n'était pas insensible à son charme. La jeune femme avait ébauché un triste sourire, en balbutiant qu'il était gentil.

« Suffisamment pour plaire à un très beau garçon ? »

Craignant qu'elle puisse lire dans son regard puisqu'elle insistait, l'officier avait pris et serré sa main en baissant la tête, refusant de trahir son émotion grandissante. Elle ne l'avait pas retirée. Il avait dû bredouiller des mots apaisants, ceux que l'on prononce pour rassurer. Fait étrange, Médéric sentait qu'il parlait vrai. Silencieux, ils étaient restés face à face sans prononcer un mot. Ce dernier échange marqua la fin du rendez-vous.

Depuis, il n'avait plus eu de signe de vie. La jeune femme restait injoignable au numéro de téléphone portable qu'elle avait laissé. Une boîte vocale affirmait transmettre les messages.

***

La danse en rouge et or des flammes entraîne Médéric, qui ne bouge pas au fond d'un fauteuil au cuir souple. Par les carreaux, sans rideaux, il découvre des ombres qui pourraient inquiéter tout autre que lui. En tentant de replonger dans le livre d'un auteur à la mode, l'ancien commando repense constamment à la jeune rousse, à ses appréhensions, et surtout à sa disparition surprenante. Les éclats malicieux de la cheminée projettent un peu de jaune orangé et de rouge sur les murs.

Parfois, il regarde le petit cadre en bois brun-pourpre, veiné de noir, qu'il a acquis trois ans plus tôt dans la boutique d'un antiquaire. Médéric n'avait pas pu résister, acquérir ce portrait fascinant s'imposait.

Il l'a pris dans ses bagages et placé, le temps de son séjour, sur une bibliothèque Chauve-souris 1900 en noyer feuilles de cuivre et de nacre. Il représente une femme farouche, au port altier. Des larmes peintes en bleu coulent sur sa joue gauche, la droite porte la marque d'une griffe de la même teinte. Cette guerrière viking serre fermement une lance ouvragée, symbole de sa puissance ; ses mèches blêmes traversent sa chevelure noire qui se déploie sur une cape en peau de bête aux poils clairs ; sa peau a la couleur et le reflet des glaciers ; son regard celui des volcans quand s'échappe une coulée de lave ; une lueur insoutenable irradie le malheureux qui ose la fixer.

Si la mort a un visage, elle a celui de ce portrait.

***

Une aube grise et pluvieuse se déploie. La pendule en bois massif sonne neuf heures. Une voiture verte vient de surgir dans l'allée du chalet. Un homme descend. Sa démarche est celle d'un ancien militaire. L'officier est sur le pas de la porte, avant que le nouveau venu ait le temps de manier la petite cloche dorée qui pend à droite de l'entrée. Une pile de courriers change de mains.

— J'ai tout traité ; mis à part des factures et quelques règlements, rien de nouveau.

— Et cette lettre fermée, Bob ?

— Elle est nominative, mais La Poste a mis presque deux mois pour la transmettre.

— Elle a dû parcourir une longue distance ?

— Quelques kilomètres, tout au plus…

Médéric, intrigué, ouvre l'enveloppe qui ne comporte aucun signe particulier, à part un tampon rond et peu approprié : « *lettre prioritaire* ». La carte postale le surprend, la photo d'un escargot le saisit. Il ne peut s'empêcher de lire à haute voix le texte qu'une main maladroite a tracé.

Bonjour,

Choisir cette carte m'a amusée, puisque lors de notre rendez-vous, vous ne quittez pas des yeux l'écusson de mon sac jaune.

Je vous dois des excuses, je me suis affolée pour rien. Vous pouvez garder l'acompte versé. Pour tout vous dire, le garçon que j'ai rencontré depuis un an est charmant. Je m'étais inquiétée ces derniers temps, car il semblait moins attentionné et m'avait fait signer une assurance-vie de plusieurs millions d'euros. Un jour, un passeport est tombé de son sac, je ne connaissais pas le nom que je découvrais : Rachid Hami. Pourtant, le visage semblait être celui de Paulo.

Puis, une période assez confuse a suivi. J'ai cru que mon amant essayait de me convaincre d'établir un testament olographe en faveur de sa société. J'ai quelques biens, je suis propriétaire de ma maison et de mon salon de coiffure. J'ai refusé, conseillée par ma meilleure amie, Christine, qui ne l'a jamais apprécié. Elle était persuadée qu'il ne s'intéressait qu'à mon argent, en me parlant de son passé dont je ne savais rien, de ses amis et parents que je n'avais jamais vus. Sur ses conseils, je suis venue vous voir.

Mais tout est rentré dans l'ordre. Paulo a su me rassurer et me convaincre de ses sentiments. Il m'a affirmé que j'avais mal regardé la photographie du passeport, ce qui n'était pas impossible. Il m'a offert une bague de famille, une pure merveille, puis j'ai eu droit à une visite de ses bureaux où m'attendaient ses collaborateurs. J'ai rédigé le testament demandé, nous avons envisagé de nous pacser, et c'est Christine que j'ai quittée.

Je vais partir rejoindre un hôtel à Marrakech, car mon compagnon préfère agir par étapes pour me présenter à sa famille, très traditionaliste.

Mille pardons et au revoir.

Avril 2015
Dominique

PS. L'écusson de mon sac m'a été offert par mon père avant son décès, il m'affirmait qu'il représentait les armes de sa ville natale, Caudéran.

Le nouvel arrivant tente de conclure, après avoir permis au destinataire de la missive de la relire en silence.

— Une affaire qui s'en va.

— Disons de l'argent gagné sans rien faire.

— Mais elle a dû voir la véritable identité de son amant en signant les documents administratifs ?

— Probable, sauf si elle n'a regardé que lui, écouté que lui !!

— Mais c'est insensé !

— Je le pense.

— Au fait, tu comptes rester ici combien de temps ?

À cette question, l'officier reste songeur. Un mouvement circulaire de sa main traduit son indécision. Le cri prolongé d'un oiseau enveloppe les deux hommes qui choisissent de rentrer dans le chalet. Le conducteur de la voiture verte brise encore la quiétude des lieux.

— Caudéran, cela ne me dit rien.

— C'est la petite ville de mon enfance. Elle est devenue un quartier de Bordeaux.

— Les escargots, ceci explique la lenteur de la lettre.

Un sourire relie les deux hommes qui terminent un café.

— Que dire à une jeune femme qui rencontre un tel homme que Paulo… ou Rachid ?

— De le fuir.

— C'est aussi ce que je pense.

— Oui, mais elle s'est engagée et ne fait plus appel à toi.

— N'en parlons plus.

Médéric n'est pas vraiment convaincu par sa conclusion, en haussant les épaules. Un profond silence de dix minutes s'écoule. Un air de contradiction flotte entre les deux hommes. Le commando saisit son téléphone, il tente de recontacter la jeune femme, contrairement à ses affirmations. Cette fois, le lien est rompu, une voix suave annonce que le numéro n'est plus attribué. Il réessaye en vain, croyant avoir fait une erreur.

— Quelque chose me dit que tu ne vas pas laisser tomber !

— J'ai un mauvais pressentiment.

— Nous n'avons pas ouvert une boîte de privés pour nous occuper de l'air du temps.

— Tu as raison, c'est une affaire à classer pour notre agence.

L'habitant des lieux rejoint la cuisine en fredonnant un vieil air nostalgique : « *Non, je ne regrette rien…* »

Son complice pense d'abord qu'il songe toujours au départ surprenant de sa cliente éphémère. Lorsque le chantonnement s'intensifie, le souvenir d'une carrière militaire interrompue s'invite aussi dans sa mémoire. Le conducteur de la voiture verte se lève et rejette la nostalgie ambiante en découvrant un étonnant sillon de ciel bleu dans la grisaille matinale. Il propose aussitôt d'une voix puissante une excursion sur la montagne voisine qui semble étendre son ombre sur le chalet.

4

Le conducteur de la voiture verte s'appelle Robert Spencer. Médéric a pris l'habitude d'utiliser le diminutif de son prénom, Bob, depuis qu'ils ont comploté et souffert ensemble dans un hôpital militaire.

Au mois de mai 2011, le capitaine venait d'être admis aux urgences après son évacuation liée à un coup de couteau reçu en opération sur une terre africaine. Cette blessure avait engagé son pronostic vital. Robert, sous-officier supérieur, était arrivé le même jour. En revenant d'une mission périlleuse dans un pays lointain, il venait de se blesser lors d'un exercice de routine, en sautant en parachute. Déséquilibré par un vent violent sur un terrain boisé et accidenté, il souffrait d'une fracture multiple sur la jambe gauche. Son binôme indemne avait pu le faire évacuer rapidement.

Une longue période de convalescence ne pouvait que réunir les deux hommes qui partageaient les mêmes engagements au sein d'unités d'élites. Le temps passant, Médéric s'était un peu trop lié à une jolie infirmière peu farouche, Cindy. Son compagnon de chambre avait tenté de le mettre en garde. La jeune femme paraissait trop frivole. Les confidences de couloir évoquaient un mari jaloux et violent. Le capitaine ne l'écoutait pas, la fille était trop séduisante.

***

Juin 2011

À l'heure où minuit sonne, l'officier choisit de quitter la chambre de l'hôpital par la fenêtre. Sa blessure le fait souffrir, mais il ne pense qu'à son rendez-vous avec l'infirmière au si joli prénom. Un seul étage le sépare du sol, et descendre par la gouttière a été rapide. En se dissimulant, le commando suit une haie de buissons pour atteindre le bâtiment désaffecté, lieu du rendez-vous. Rejoindre la jeune femme tout en replongeant dans une progression discrète n'est pas pour lui déplaire. Il croit retrouver ses réflexes, même si l'entaille qu'il doit supporter le long de sa poitrine le pénalise sans provoquer de douleur. Sa raison est voilée par le souvenir d'un corps svelte et de jambes superbes. L'officier repère la porte en fer rouge à atteindre, puis l'entrouvre pour se faufiler dans un couloir souffrant l'abandon. Les gonds grincent un peu, lançant un mauvais signal que Médéric néglige. Tables et armoires métalliques s'amoncellent le long des murs.

Les recommandations de Robert le projettent dans la réalité, en s'imposant devant un tel lieu de rencontre. L'idée d'un traquenard semble soudainement plausible et voile son impatience. Un léger bruit, inaudible pour un simple mortel, attise sa méfiance. Le capitaine s'accroupit, cherchant instinctivement, sous son pyjama bleu, une arme qu'il n'a pas. En agissant trop prestement, il sent une douleur insistante. Sa blessure vient de lui rappeler qu'il n'aurait pas dû s'aventurer trop tôt hors des soins de sa chambre. Il se relève, mais ses réflexes ne sont plus les mêmes et il heurte violemment un meuble de la tête. Ce dernier, déséquilibré, s'affaisse sur sa poitrine blessée. En vacillant sous la douleur, l'homme de l'ombre remobilise ses forces pour se dégager. Si dans son cerveau tout résonne, le silence des lieux est à peine troublé par le désordre qu'il vient de provoquer. Une large pile de bandes de moquette amortit tout. Le commando ébranlé par un choc sérieux fait quelques pas, sa vision se brouille de plus en plus. Une faible lueur lui fait entrevoir une forme. Il ne se sent plus capable de réagir. Cindy, rayonnante, est en tenue légère, et tend les bras. Le capitaine avance comme un automate. Il pense fugitivement qu'il n'est plus opérationnel pour se laisser piéger par des fadaises de compagnon jaloux. Le couloir bascule, le commando chancelle et s'écroule dans la poussière. Un petit cri accompagne sa chute, puis la belle s'esquive, légère comme un papillon.

Médéric sent qu'on tente de le relever, de lui parler. S'il avait eu une montre, il aurait pu constater qu'il était resté inconscient plus d'une heure. Il croit apercevoir la silhouette de Dominique qui, d'un geste de la main, esquisse un reproche. Le sourire de la jeune femme s'efface lorsqu'il ouvre les yeux. Robert, penché sur lui, le tire en mettant l'index sur ses lèvres pour qu'il ne fasse pas de bruit. Avec ses béquilles, il ne peut pas faire grand-chose. Son compagnon d'infortune, en posant toujours un doigt sur sa bouche, montre un rayon lumineux qui balaye des vitres sales. L'on perçoit un pas hésitant, la lumière s'attarde. Les deux hommes accroupis attendent, comme deux collégiens pris en faute dans un pensionnat. Le sous-officier est le premier à réagir, en murmurant qu'un gardien effectue sa ronde de nuit. Dans un souffle, il précise que l'infirmière l'a prévenu avant de disparaître, dépitée par un rendez-vous manqué.

Ce soir-là, les deux commandos eurent beaucoup de mal à rejoindre leur chambre, sans éveiller les soupçons des personnels de garde. L'un ouvrait la route avec ses béquilles, l'autre rampait plus qu'il ne marchait. Un simple murmure du capitaine avait résumé l'expédition.

« Nous sommes pitoyables. »

Au petit matin, ils crurent avoir réussi, même si l'officier était mal en point. Sa blessure s'était rouverte, ses draps étaient imbibés de sang. Il délirait sans être trop bruyant. Robert avait simplement affirmé à l'infirmière du matin que son voisin de lit était tombé et s'était traîné sur le sol. Heureusement, l'équipe de ménage était passée, et les traces de l'équipée piteuse avaient disparu. À cette époque, les caméras de surveillance venaient d'être mises en place, mais ne fonctionnaient pas.

***

Un matin de souffrance, Robert se tourne vers son voisin de chambre, le visage blême, les traits tirés. De subites douleurs le font grimacer. Il est de ces expressions du visage qui laissent à penser que la fin d'une vie se profile. La question étrange qu'il murmure peine à franchir ses lèvres.

— As-tu peur… de la mort ?

— Certains jours plus que d'autres…

Un très long silence suit cette réponse de Médéric, qui finit par se lever pour vérifier si son camarade respire toujours. Il regrette sa franchise et se sent soudainement coupable de l'avoir obligé à sortir de son lit de souffrances pour venir le tirer d'un mauvais pas. Robert Spencer articule de plus en plus péniblement en regardant le plafond. De temps à autre, sa poitrine semble immobile. Le capitaine est persuadé d'entendre des volontés ultimes, mais son compagnon est étonnamment projeté vers un souvenir. Ses paroles saccadées sont parfois incompréhensibles.

La mémoire du sous-officier le projette au centième étage d'une tour américaine. L'on ne peut pas saisir tous les noms, mais l'on peut deviner qu'il s'agit d'une plateforme de verre située à plusieurs centaines de mètres au-dessus des habitations de la ville de Chicago.

Les paroles qui s'échappent des lèvres trop blanches sont de plus en plus hachées, imperceptibles. Le capitaine, en collant son oreille contre la bouche de son ami, pense toujours qu'il va entendre quelque ultime confession. Mais son compagnon reste sur son souvenir, en évoquant un balcon dans le ciel, puis une première fissure qui coupe le sol vitré, sous les regards stupéfaits des touristes. Les mots se bousculent, puis se raréfient.

Le sous-officier n'évoque pas sa peur, il décrit les scènes de panique, pendant que le verre paraît se désagréger. Les craquelures se multiplient en dessinant des figures étranges. Un homme semble tétanisé au milieu du plancher en verre, pourtant, il filme. On hurle, on crie. Paralysés, certains se laissent tomber à genoux en croyant sentir le sol se dérober. Une touriste semble l'avoir marqué, elle tremblait sans lâcher ses deux enfants, sans fuir le danger. Des lèvres de Robert s'échappe un mot, après un long silence : ravissante.

Finalement, il revit une phase de son passé et dépeint des personnes qu'il a dû tirer par le bras pour les ramener sur un sol de fer et de béton. Il dérive et décrit des condamnés qui s'abandonnent, le regard vide, aux mains de leur bourreau.

Le timbre de la voix du malade s'amenuise comme son souffle. Dix minutes de râles fétides succèdent à ses paroles. Le capitaine propose d'appeler une infirmière ; n'obtenant pas de réponse, il appuie sur le bouton d'urgence. Personne ne vient. Le commando décide d'aller chercher de l'aide lorsqu'une main le retient. Une ébauche de grimace puis d'un triste sourire éclaire très légèrement le visage de l'agonisant. Dix minutes s'écoulent encore, une fine coloration revient sur ses joues et son front. Il finit par murmurer :

— C'est la couche supérieure en verre feuilleté qui avait craqué, il n'y avait pas de raison de s'inquiéter, c'est du moins ce que l'on nous a affirmé.

— As-tu vu la mort en face, ce jour-là ?

— Je ne sais plus. Ces plateformes sont fragiles quoiqu'on en dise...

— Alors, pourquoi évoquer la fin ?

— Je l'ai bravée tant et tant de fois…Je viens d'avoir peur de sa visite aujourd'hui.

Le capitaine regarde attentivement son frère d'armes qui reprend lentement des couleurs. Aucune infirmière n'a répondu à l'appel, le sous-officier respire presque normalement et finit par se redresser. Le spectre de la mort a dû glisser vers une autre chambre, un autre lit.

***

Une telle mésaventure et l'attitude de Cindy auraient dû servir de leçon à Médéric. L'attitude de l'équipe médicale devenait moins amicale. Deux semaines plus tard, le capitaine reprenait le même chemin. L'infirmière était si attirante. Son complice avait affirmé qu'il ne se déplacerait plus pour venir l'aider. Il était sûr qu'elle avait aussi un soupirant à l'hôpital.

Cette fois, le commando était plus alerte. Il retrouva Cindy, là où sa vision s'était troublée. Un lit de fortune les attendait. Les heures qui suivirent furent à la hauteur de l'espérance des deux amants. L'infirmière voulait goûter sa force, sans s'inquiéter de sa santé. Insatiable, désireuse de prolonger l'instant, elle proposa une poignée de pilules que l'homme des défis interdits ne refusa pas. Il souhaitait se rassurer, refusant d'être amoindri par sa blessure. Lorsque trois heures s'affichèrent sur la montre féminine, le lit réformé s'affaissa, bruyamment vaincu par la fougue des deux amants.

C'est en regagnant la chambre par la fenêtre que le capitaine sentit ses forces le quitter. L'infirmière s'était envolée sans s'inquiéter de son sort. Heureusement, en grimpant pour atteindre le premier étage, il s'écroula du côté de la chambre, et non du vide, en réveillant son voisin de chambre. C'est en maugréant que ce dernier dut lutter en sautant sur sa jambe droite, valide, pour le remettre dans son lit. Il marmonnait que son compagnon avait pris trop de poids en se laissant aller entre les mains d'un personnel soignant trop indulgent.

Allongé, l'officier commença par délirer, puis finit par hurler. Un prénom, *Dominique*, revenait sur ses lèvres. L'infirmière de garde avait surgi, puis le médecin de permanence. L'effet des drogues, cadeau de Cindy, se révélait désastreux. Les premières analyses étaient incompréhensibles pour le personnel. On imposa aux deux occupants de la chambre des examens médicaux complémentaires. L'avenir des deux blessés s'assombrissait progressivement.

Le lendemain, les deux commandos furent contraints de subir un interrogatoire par le chirurgien en chef. Froid et peu bavard, il laissa planer un doute sérieux sur la prochaine affectation des deux hommes dans leurs anciennes unités. Tout portait à croire que le médecin avait organisé la réunion pour régler des comptes, mais les deux compères ne le comprirent pas. Leurs compagnes, les douleurs, étaient trop exigeantes. Cindy avait été éloignée pour être affectée dans un autre service.

***

Fin septembre 2011

En sortant de l'hôpital, les deux hommes avaient besoin de retrouver une forme physique compatible avec les missions de leurs unités. Médéric décida d'appeler définitivement Robert Spencer, Bob, en lui proposant de s'entraîner ensemble, pour retrouver leurs capacités. Peu soucieux des avis médicaux, ils s'imposèrent de courir chaque matin des distances de plus en plus longues, et d'alterner avec de longues séances de musculation. Une profonde amitié était née dans une chambre d'hôpital, une totale complicité se développait lors de courses sans fin. Deux mois plus tard, les nouveaux complices participaient même à une mission d'entraînement avec leur unité respective, sans autorisation médicale.

***

Un matin, le capitaine surprend Bob, en arrivant chez son collègue plus tôt que d'habitude. Il est avec une infirmière visiblement peu vêtue. Goguenard, il l'aborde en riant.

— Alors, on donne dans le personnel soignant, quel cachottier !

— C'est du sérieux.

— Je veux bien te croire, mariée sans doute ?

— Oui, avec un médecin psychiatre.

— Reste discret. Fais attention à la commission médicale qui va décider si nous pouvons rejoindre le service actif.

— Pour moi, c'est foutu, elle me déclarera inapte.

Un regard surpris en croise un autre résigné. Une explication s'impose.

— Mon infirmière divorce. Nous avons décidé de nous marier. Son mari m'a contacté pour me dire que je pouvais faire un trait sur mon retour dans les forces spéciales.

Le sous-officier explique que sa future compagne a confirmé que la commission émettra un avis défavorable pour sa réaffectation. Un long silence s'invite. Puis le commando pointe un doigt sur la poitrine du capitaine.

— Tu aurais dû te méfier de Cindy, car tu auras la même sanction que moi.

— C'est-à-dire ?

— Cette infirmière est la maîtresse du chirurgien en chef qui préside la commission statuant sur notre sort.

— C'est idiot, je suis en pleine forme.

— Alors, interroge celle qui va partager ma vie. Moi, je vais partir avec le grade de major et quelques médailles.

L'infirmière, petite brune aux cheveux longs et aux yeux verts, sans prononcer une parole, hoche la tête. Certaines nouvelles assomment. L'homme de l'ombre prend la décision de se battre, refusant l'évidence, contrairement à son ancien compagnon de chambre.

Médéric s'était entêté, il obtint avec l'aide de sa hiérarchie une contre-expertise médicale, mais la nouvelle commission confirma les conclusions de celle présidée par le chirurgien en chef de l'hôpital. Le commandement ne devait plus intervenir, car une réorganisation frappait les unités spécialisées. Il est de ces instants où l'étau inflexible se referme. Le commando revoyait le grand dadais au visage ingrat qui l'accusait, les commentaires de son grand-père résonnaient dans sa mémoire.

**

Hiver 2012

La nuit est tombée sur la maison que surveille le capitaine. Caché derrière une haie, il sait que le chirurgien en chef et Cindy sont dans la chambre faiblement éclairée du rez-de-chaussée. Médéric a d'abord distingué une silhouette féminine qui se déshabillait en faisant tournoyer ses vêtements. Une heure s'écoule, aucune ombre ne s'agite par cette nuit d'été étoilée. Le commando résiste à l'idée de regarder par la fenêtre.

Une voiture s'immobilise bruyamment en heurtant un trottoir. Un colosse descend, une barre de fer à la main. Sans attendre, le titan se dirige vers la porte de la maison qui cède sous son poids. Aux craquements des montants de bois et des charnières succèdent assez rapidement des cris de colère et d'effroi. Un homme grisonnant, à moitié dénudé, franchit malaisément la fenêtre observée par l'officier. Il s'enfuit pieds nus dans le jardin, puis dans la rue. Le visiteur inattendu le pourchasse en l'insultant, Cindy hurle. Une onde de frayeur secoue les maisons environnantes. Les lumières s'allument. Si le plus vieux est mince et alerte, le colosse est un peu lourd. Les températures hivernales ne freinent ni le fuyard ni son poursuivant. La course est cocasse, l'écart entre les deux hommes bouge peu. Au bout de la rue, tout bascule, deux voitures de police, sirènes hurlantes, interviennent. Les phares balayent une scène des plus comiques, du moins pour celui qui est spectateur. Si le ridicule tuait, il y aurait au moins un mort, ce soir-là.

Le capitaine se retire discrètement de son observatoire, en veillant à épouser les ombres et les obstacles des jardins environnants. Cette fois, il ne se dénoncera pas. Il ne dira à personne qu'il a prévenu anonymement le mari de l'infirmière volage et la police. Il songe, en souriant, à ses jeunes années. Son grand-père avait raison de dire que l'injustice n'est jamais simple à supporter.

***

Été 2012

La vengeance de Médéric n'avait rien changé, il restait inapte pour demeurer commando. Le commandement lui proposa une affectation dans un régiment classique. Il ne lui restait plus qu'à donner, comme son compagnon de douleur, sa démission à trente-huit ans.

L'homme de l'ombre avait eu du mal à écrire qu'il renonçait à l'uniforme. L'épisode qu'il avait déclenché entre le chirurgien en chef et le mari jaloux n'avait eu aucun impact. Les médias, comme cela arrive parfois, n'avaient pas ébruité l'évènement, même si l'officier avait prévenu la direction d'un journal national, toujours anonymement. Le médecin était toujours en place, Cindy avait eu une promotion, rien n'avait changé dans leurs vies respectives. Le commando fut surpris d'obtenir le grade de commandant, lui qui était un capitaine trop ancien pour être promu. La consolation était mince.

Un soir, sous le déluge d'une giboulée glaciale, un regard froid venant d'un petit cadre en palissandre des Indes avait hypnotisé l'officier. Devant la boutique d'un antiquaire, il distinguait un portrait imaginé par une main habile, celui d'une femme guerrière viking évoquée dans un texte irlandais du Xe siècle. Elle s'appuyait sur une lance maculée de sang. La légende chantait les louanges d'une grande conquérante, aussi belle que redoutable, aussi cruelle que déterminée qui avait commandé une flotte, venant des terres de l'actuelle Suède. Cette terrible fille rouge avait dévasté les côtes irlandaises, en stimulant ses hordes. Elle ne faisait pas de prisonniers. Vaincu, un survivant regrettait de ne pas être mort lors du combat, car son agonie était au rendez-vous. Pendant longtemps, l'épouvante avait été si forte que l'on n'osait pas se remémorer ces épisodes où les fers des envahisseurs avaient meurtri les corps et les esprits.

Le nouveau commandant ne pouvait pas expliquer la force du regard sombre de cette guerrière. Il lui insufflait une détermination semblable à celle qu'elle devait transmettre à ses troupes. L'ex-commando caressait l'espoir un peu étrange de s'offrir une chryséléphantine identique à son acquisition, en imaginant un buste en bronze doré et un visage en ivoire.

Si tout homme a besoin d'un symbole, il venait de trouver le sien pour fêter son nouveau grade qu'il ne porterait jamais sous les drapeaux.

5

Juin 2015

Les deux ex-commandos marchent en silence, parfois à flanc de collines dénudées, quelquefois dans des bois aux fougères abondantes. Lors d'un passage escarpé, le commandant prend la tête. Châtain au regard clair, il est de taille moyenne. Son complice, blond à l'œil sombre, est nettement plus grand. Rien, dans leurs démarches souples et puissantes, ne trahit leurs anciennes blessures. Le temps des missions interminables, loin d'un monde policé, sur des terres hostiles, est fini. Hier militaires des causes obscures, aujourd'hui détectives privés offrant une large gamme de services. Leur association leur permet de vivre, mais pas de retrouver ces phases de vie intenses de commandos que beaucoup ne peuvent pas comprendre. Ils avaient toujours en commun le désir de servir leur pays, le goût de l'aventure et du risque, même s'ils acceptaient mal d'avoir été subitement et injustement écartés de leurs frères d'armes.

C'est en escaladant un éboulis rocheux que Médéric évoque son premier contrat, celui qui lui avait donné l'idée de créer une boîte de privés aux compétences bien spécifiques, deux ans plus tôt. Entre une pierre qui roule et une chaussure de marche qui dérape sur une bande de terre humide, le commandant replante le décor. À l'époque, un général l'avait contacté de l'ambassade de France en Iran. Il proposait un rendez-vous à Roissy pour une mission délicate, discrète et tous frais payés. En préambule, il laissait entrevoir une possible réintégration dans une unité d'élite, voire un grade de lieutenant-colonel dans la réserve. Surpris, l'ex-commando n'avait pas hésité, sans connaître ce que l'on attendait de lui.

Les deux hommes marquent un temps d'arrêt pour échanger le sourire de ceux qui aiment côtoyer le danger. Un besoin irrésistible conduit le commandant à revivre à haute voix ce voyage de la dernière chance pour un homme d'affaires qui craignait les geôles du régime iranien. Il l'avait simplement évoqué jadis un soir de confidences en créant leur agence, sans le raconter vraiment. La curiosité, l'attente d'une aventure intrépide donnaient au major ces yeux lumineux qu'un narrateur apprécie.

***

« À l'heure indiquée, le général était là, en civil et visiblement seul. Lorsqu'il était colonel, j'avais brièvement servi sous ses ordres, avant d'intégrer les forces spéciales. Je n'en avais pas gardé un grand souvenir, n'oubliant jamais un visage déplaisant, et un homme peu honorable. Repoussant le passé, j'ai confirmé mon accord pour la mission proposée. Il m'a remis, sous le sceau du secret, une carte conduisant à la chambre d'hôtel d'un chef d'entreprise surveillé par le pouvoir de Téhéran, un dénommé Hamza Khelfa. J'avais un souvenir lointain de cette ville. Avec le mot de passe nécessaire pour établir le contact, il me donnait ensuite un passeport pour Hamza, un billet pour l'aller et deux pour le retour. La mission se résumait en une phrase : il fallait ramener en urgence notre homme à l'aéroport de la capitale. Je devais partir le soir même pour un séjour d'une demi-journée. Je bénéficiais d'un téléphone portable, uniquement pour profiter d'un soutien lors de notre départ en avion privé. Une épaisse liasse de billets de banque complétait ce bref échange.

C'était mon premier job hors de l'institution militaire. Pendant le vol, je ne pouvais pas vraiment imaginer les problèmes que j'allais devoir affronter. Je songeais, sans m'en inquiéter, que nous n'avions pas évoqué les termes de mon contrat. J'étais intrigué d'avoir été sélectionné par un ancien patron que je ne reconnaissais pas comme chef, tout en respectant son grade. Manquant d'habitude, j'avais accepté une mission sans avoir négocié quoique ce soit, comme si j'étais encore sous l'uniforme.

À l'aube, dès l'arrivée à l'aéroport de Téhéran, j'avais dû accepter plusieurs fouilles. Les douaniers étaient suspicieux et très nerveux. Mon séjour de quelques heures les intriguait. Heureusement, j'étais parti nu ; enfin, sans arme. L'on m'attribua une ombre au regard fourbe qui devait m'accompagner pour tous mes déplacements. En arrivant à un hôtel, je profitai d'un incident mineur dans le hall d'entrée pour gagner les toilettes et m'éclipser par une petite fenêtre donnant sur une impasse. Je devais agir vite et je tirai profit de la mollesse de mon garde du corps. Mon objectif était de rejoindre sans attendre Hamza Khelfa, surveillé dans un hôtel du centre-ville.

Moins d'une heure après mon arrivée, grâce à la petite carte remise par le général, je rejoignais la chambre de l'homme d'affaires. Je pris un risque en déclenchant un incendie dans les sous-sols et gagnai les étages supérieurs. En frappant à la porte de l'endroit indiqué, je suis tombé devant un seul vigile peu compréhensif. Je le terrassai après avoir fait croire que je repartais. L'homme d'affaires me regarda, surpris, je murmurai le mot de passe prévu, tout en dissimulant, en attachant et en bâillonnant le factionnaire assommé dans la salle de bains. Dans les couloirs, panique et désordre favorisaient notre fuite. J'entraînai Hamza en lui donnant un foulard pour dissimuler son visage, et nous nous sommes lancés au milieu d'une foule dense de la ville.

Un taxi passa, il était vide. Le chauffeur, d'abord réticent, accepta le pourboire conséquent que je proposais pour rejoindre l'aéroport. Je n'étais pas arrivé depuis deux heures que j'étais prêt à quitter le pays. Je n'avais pas planifié grand-chose, mis à part ce qui me paraissait essentiel. J'avais jusqu'à cet instant laissé libre cours à l'improvisation, avec la fougue du débutant.

Le véhicule avait parfois du mal à progresser, nombreux étaient les embouteillages, et nous n'étions pas enclins à profiter des charmes de la ville et de ses habitants. De nombreuses patrouilles d'hommes en treillis et aux yeux de rapaces en recherche d'individus hostiles au régime nous croisaient. En arrivant devant le bâtiment des départs de l'aéroport, je contactai le soutien prévu avec le téléphone portable remis par le général. Le numéro ne répondait pas et ne me permettait pas de laisser de message. En trouvant la sonnerie étrange, je refis l'appel, n'ayant aucune autre solution pour ne pas rester isolé. Jadis, pour nos missions, nous agissions dans un cadre précis, avec des missions planifiées et une logistique solide. Un plan de rechange était toujours prévu ; ici, ce n'était pas le cas. Il était un peu tard pour abandonner une extraction dans de telles conditions. Je commençais à douter de la volonté du général et de l'ambassade que je ne devais contacter sous aucun prétexte.

Je possédais bien deux billets pour un vol retour prévu dans la soirée, nous avions plusieurs heures d'avance. Je sentais dans la doublure de mon blouson un passeport avec une fausse identité pour Hamza, et un peu trop de billets. Je n'étais pas vraiment convaincu de pouvoir patienter avec un fugitif dans l'aéroport, puis de franchir les contrôles. J'avais pu constater un peu plus tôt que tout était surveillé, contrôlé, en un mot : verrouillé.

Aux abords des bâtiments à rejoindre pour l'embarquement, la présence des militaires et des gardiens de la révolution était impressionnante. Je pensais que les effectifs avaient été renforcés, nous pouvions presque supposer que notre fuite avait été signalée. Je n'avais pas imaginé un pareil scénario et je commençais à comprendre que mon action frisait l'amateurisme. Mais major, comme tu le sais, je ne suis pas de nature à me laisser distraire par les évènements inattendus ni par les hasards malencontreux. »

***

Au milieu du sentier surgit un énorme sanglier. Il s'immobilise, le regard fixé sur les deux hommes. En interrompant le flot des souvenirs de Médéric, il racle le sol.

— Tu m'avoueras qu'un tel animal a plus d'allure qu'un escargot !

— Surtout s'il a le souhait de nous charger, réplique le narrateur qui reprend son récit quand l'animal s'engouffre dans les fourrés.

***

« Lorsque mon complice du jour me demanda quel était mon plan d'action, il put sans doute comprendre que je n'en avais pas. À cet instant, il m'a indiqué une porte et un gros trousseau de clefs. Il m'expliqua qu'il avait envisagé d'organiser sa fuite, mais qu'il avait manqué de temps. À chaque porte ouverte, nous progressions dans les bâtiments de l'aéroport. Je m'appliquais à refermer derrière moi, sans trop savoir où nous allions.

Brusquement, un groupe d'uniformes se dressa. Les hommes n'étaient pas redoutables, mais fatigués. Je présentai nos passeports, pensant proposer un peu d'argent si nécessaire, le chef du groupe ne nous posa aucun problème. Tout en m'indiquant le chemin à suivre dans un dédale de couloirs, Hamza m'a confié qu'il possédait un avion privé. Depuis son appel du matin, il savait que son pilote était sur place, avec l'appareil prêt à s'envoler. Quinze minutes plus tard, nous atteignions le hangar. Deux gardiens étaient assoupis, un troisième s'excitait au téléphone. Il ne me restait qu'à agir vite et à neutraliser les trois hommes le plus discrètement possible.

J'avançais entre les caisses pour surprendre le binôme assis par terre. Le bruit d'un moteur stoppa mon action. Deux individus en armes surgirent du véhicule. Les trois gardes se redressèrent et tout s'accéléra. Nous ne pûmes qu'assister au départ du pilote et de ses futurs geôliers. Au loin, du côté de la tour de contrôle, on pouvait distinguer beaucoup d'agitation. La porte de la liberté semblait se fermer définitivement. Devenant soupçonneux, j'ai laissé tomber le téléphone portable remis par le général dans un bidon d'huile, pour éviter une possible localisation.

J'ai choisi de m'éloigner des bâtiments principaux, sans trop savoir où aller. Nous progressions, tout semblait désert. Heureusement, les clefs confiées par Hamza ouvraient beaucoup de cadenas et l'ensemble des portes. Mon protégé était svelte et calquait sa course sur la mienne. Très maître de ses mouvements, il suivait mes consignes.

Le temps s'écoulait, je ne regardais plus ma montre. Nous avions fini par atteindre un hangar désert et une piste dans une zone très éloignée. Un petit jet était prêt à décoller. Une limousine s'était arrêtée pour laisser descendre un homme en costume sombre, avant de repartir. Seul, il se dirigea vers l'appareil privé qui visiblement l'attendait. D'un geste, j'encourageai mon compagnon de fuite à me suivre. Nous avons encadré l'homme en lui ordonnant de rester calme. J'évoquai une arme que je n'avais pas. Le ton de ma voix sembla produire l'effet escompté. Il comprenait mon anglais. L'homme, surpris de découvrir un danger sur une piste qu'il croyait sûre, chercha des yeux en vain un éventuel secours. J'enfonçai un tournevis dans ses côtes. Deux hommes malingres achevaient les préparatifs du décollage et nous regardèrent, indifférents. L'hôtesse sembla surprise, mais nous étions à bord. Tout s'enchaîna très vite. L'avion se dirigea vers la piste d'envol, pendant que mon otage restait immobile, craignant sans doute ma réaction. Il serrait sa sacoche pendant le vol et j'ai compris en l'observant qu'il ne tenait pas à la perdre.

Peu après, nous décollions. Lorsque l'appareil s'élança, je pensais que j'avais la chance du débutant. Je devais découvrir que Berlin était notre destination. Dès l'arrivée, nous avons accompagné l'homme qu'une voiture diplomatique était venue chercher. J'ai demandé à mon otage de descendre au centre de la ville, puis de renvoyer son chauffeur. J'avais imaginé le semer en ville et subtiliser sa sacoche. Manquant sans doute de vigilance, avant que je puisse mettre mon plan à exécution, l'homme s'était évaporé dans un mouvement de foule.

Je venais d'échouer sur l'action la plus simple, tout en pensant qu'il ne fallait pas multiplier de telles improvisations. À la réflexion, mon aventure était folle, la réussir tenait du miracle. Je suis rentré seul en France, Hamza a préféré rester sur place en me remerciant chaleureusement. »

**

Une heure plus tard, toujours silencieux, les deux amis s'assoient sur un promontoire rocheux. La vallée s'étire sous un ciel de plus en plus triste. À l'horizon, une barre de nuages noirs progresse pour enlacer le soleil, sans y parvenir. Il est de ces instants où la nature oscille entre l'orage et le ciel bleu.

— Es-tu persuadé de ne jamais recommencer pareille aventure ?

— Chacun a la vie qui lui ressemble.

— Je crains que nous ayons les mêmes habitudes…

Sur ce constat, Bob saisit une pierre pour la lancer le plus loin possible. Médéric l'imite et bientôt les deux hommes tentent de rivaliser en silence. Pendant un temps, un des jets est plus puissant, puis la tendance s'inverse pour changer encore. À l'issue d'un match nul, le commandant reprend la parole.

— Je crois que mes donneurs d'ordre, persuadés de mon échec, avaient imaginé quelque plan foireux, une affaire médiatique, sans doute. Je n'ai d'ailleurs jamais pu recontacter le général qui m'avait remis les éléments.

— Et tu as gagné quoi ?

— Un simple message par téléphone me donnant l'autorisation de garder l'argent restant et l'assurance de ne pas être inquiété pour avoir menacé un diplomate d'un pays ami. Ma réintégration n'était qu'un leurre pour me harponner...

Une longue vibration d'hilarité relie les deux hommes. Si des loups errent dans les parages, ils doivent s'étonner d'une telle réaction, alors que le ciel s'obscurcit nettement et que toute vie s'enterre. C'est le major qui reprend son souffle le premier.

— On ne peut être guerrier et avoir le sens des affaires. Mais cet homme, Hamza, te doit une fière chandelle, n'avait-il pas des origines marocaines, par hasard ?

Un nouveau long silence relie les deux hommes. Une lueur malicieuse brille, alors que le ciel a choisi de s'obscurcir. Médéric finit par répondre :

— Hamza Khelfa a une double nationalité. Il a un passeport français et un autre marocain. Il possède un riad à Marrakech.

Bob lance une pierre qui ricoche dans le lointain. Il se tourne vers son associé qui confie, comme s'il tenait à s'en excuser, que l'homme d'affaires l'a invité deux ou trois fois dans sa demeure.

— Une question : ton récit était-il lié à Dominique ?
— C'est-à-dire ?

— Je pense que cette évocation tenait à me préparer à ta décision de ne pas abandonner ta cliente éphémère.

Le commandant secoue la tête en affirmant qu'il n'en est rien. Devant l'air de plus en plus goguenard de son compagnon, il persiste en évoquant le hasard. Bob fixe son associé, puis enchaîne :

— Tu n'as ni le sens des affaires ni l'habileté des diplomates. Nous partons quand pour Marrakech ?

Et un nouvel éclat de rire tonitruant ricoche sous un ciel qui se déchire. Une pluie dense s'abat sur les deux anciens commandos qui, sans rechercher d'abri, goûtent la douche offerte par une nature coléreuse. Les éclairs se succèdent, la foudre s'abat sur un arbre à deux cents mètres. Perchés en haut d'un roc, deux rires humains défient les fureurs du jour. Ils ricochent à la ronde, entre deux roulements de tonnerre.

***

Puis, comme à son habitude quand il est heureux, le major évoque son origine. Médéric sait que ses connaissances sur le whisky sont si singulières que quand il en parle, sa passion est celle d'un Écossais.

Sans s'abriter de l'averse dense et froide, Bob affirme que le cuivre purifie l'alcool. Le major évoque l'alambic allongé, le trapu, le « lamp glass », pour affirmer que seul celui en oignon produit l'alcool le plus pur. Traditionnel, il permet à la vapeur d'alcool de bien ruisseler sur les parois de cuivre et produit de bons malts écossais.

Brusquement, accompagné par un éclair gigantesque, le major déclare au commandant que son aventure en Iran est incroyable et mérite une bouteille à la base arrondie qui peut tanguer, ou swinguer, sur un bateau.

— J'ai justement apporté un blend de luxe Swing, flacon créé par le petit-fils de Johnnie Walker, pour traverser l'Atlantique.

C'est ainsi que nos deux fous affrontent l'orage, sous des vagues de paroles coupées d'eau. Ils n'en mettront pas dans leurs timbales pour goûter les arômes du whisky.

***

Lorsque la fiole fut vide, beaucoup seraient restés les yeux dans le vague, entre la pluie et le vent. Il n'en fut rien pour les deux hommes qui, sans se concerter, avaient rejoint d'un pas rapide le chalet.

Sur le pas de la porte, un téléphone portable vibre, son propriétaire répond toujours favorablement à sa correspondante. Bob perçoit simplement une voix féminine. Lorsque la communication s'achève, le commandant explique, laconique :

— Dominique a disparu à Marrakech. Son amie vient de nous demander de la retrouver en me donnant son adresse et celle de son hôtel.

Le commandant, qui a pris le volant pour s'éloigner du chalet, roule vite. Les haut-parleurs du véhicule crachent un vieux country qui augmente la tension ambiante. En désignant un petit immeuble aux murs blancs en retrait de la route, Médéric précise tout en se garant :

— Ici habite Dominique.

Le major a suivi sans poser de questions, en songeant que poursuivre la femme aux escargots offrira peut-être une aventure unique.

Devant la porte d'un appartement, une main puissante s'abat, négligeant la sonnette. Un long silence lui répond, puis un pas lourd. L'individu qui se présente porte un costume taillé sur mesure, interroge avec un mauvais regard. Un nom prononcé à haute voix le déstabilise, le temps que dure la question.

— Rachid Hami ?
— Qui le demande ?
— Moi.

L'homme recule un peu, puis se ressaisit.

— Vous devez faire erreur !
— Pardon, vous êtes Paulo, sans doute ?
— Mais à la fin, que voulez-vous ?
— Une réponse, puisque vous êtes chez ma sœur.
— Mais elle n'a pas de frère !
— Comment le savez-vous ?
— Je le sais et je vous demande de partir…Vos vêtements mouillés et malpropres tachent mon plancher.

Du couloir de l'appartement arrivent trois hommes aux visages graves. L'un d'eux a une stature redoutable. L'air devient subitement irrespirable pour les six hommes qui se regardent. Ce genre de situation n'aurait habituellement pas effrayé les deux associés, mais Médéric se retourne, avant de s'éloigner avec une de ses phrases qu'il affectionne pour jeter le trouble.

— Bon, je sens que vous n'êtes pas d'humeur civilisée ! Nous filons à notre rendez-vous avec ma sœur à Marrakech. J'imagine que vous connaissez l'adresse de son hôtel ?

6

Fin juillet 2015

La ville rouge s'étire à l'ombre des montagnes de l'Atlas. L'heure scintille sur une horloge aux reflets rouge et or. Les ruelles de la médina, ville historique de Marrakech, sont étroites. La soirée débute, les longs murs ocre dissimulent et enveloppent chaque piéton.

Au creux d'une ruelle de la vieille ville, un restaurant éclaire le trottoir et les façades voisines. Les tables rondes sont richement décorées. Du pied d'une fontaine, les accords d'une guitare accompagnent les plats. Au bout d'un étroit couloir, une salle dérobe son décor aux regards, elle est réservée aux couples désireux de s'isoler. Éclairée par des chandeliers massifs aux reflets cuivrés, elle est remplie de hautes malles dressées. Ces coffres en bois et en cuir sont identiques à ceux des riches voyageurs qui, jadis, partaient d'Occident pour de longs voyages ou des expéditions lointaines. À chaque emplacement de clients, le couvercle et le caisson se font face en offrant deux petits bancs recouverts de peau. D'apparence spartiate, les sièges sont larges et confortables. L'éclairage des visages de convives rappelle quelques peintures de Georges de La Tour, comme *La Madeleine à la veilleuse*. Un profil, l'éclat diffus d'une lanterne, et l'on croit percevoir les mouvements des étoffes. De l'intérieur des coffres, ornés de bois sculpté et de laiton nickelé, se déplient des tables dont le seul pied ressemble à une trompe d'éléphant. Du mobilier surgissent de pâles lueurs. Elles sont semblables à celles des bougies balayées par les vents. Assis, les voisins ne sont pas visibles. Le plafond et les murs sombres proposent de minces éclats de lumières inégales qui rappellent ceux des étoiles, voire des feux de campement dispersés. Le sol épouse les coloris du désert. Quand les yeux des convives s'habituent au décor, ils peuvent distinguer la silhouette des monts de l'Atlas. L'on ne peut que s'imaginer dans un camp de toile, en bordure du désert.

Là, à l'abri du monde, les tête-à-tête peuvent perdurer. Ils ne sont troublés par un serveur que si l'un des convives appuie sur un bouton argenté. Ce dernier, situé sur le manche d'un poignard, éclaire en s'enfonçant la réplique d'une lame courbe. Il anime surtout un voyant lumineux derrière le comptoir. Le maître d'hôtel est, comme il se doit dans un tel endroit, excessivement disponible et souriant.

L'un de ces coffres abrite deux hommes. Ils ne participent pas à la magie des lieux, ils murmurent et échangent en soulignant chaque phrase de courts gestes secs et nerveux. Ils jettent régulièrement des regards soupçonneux qui percent la pénombre les reliant. Ils partagent visiblement un projet commun, ils complotent. Peu sensibles au charme ambiant, leurs rictus ressemblent à des sourires quand arrivent les petits gâteaux du dessert. L'on peut comprendre que l'argent déclenche chez eux de tels contentements. Le plus grand s'appelle Abdelraffar, il retire une page bistre de sa poche. Le second, aux traits plus secs, la rapproche d'une source lumineuse et, en ajustant ses lunettes, la parcourt attentivement. Il appuie ses questions d'un doigt énergique. Une des réponses lui arrache un faible sourire.

À cet instant, un air de guitare invite à l'aventure des malles qui n'en connaîtront plus. La voix du musicien épouse la légèreté de la mélodie. Le papier aux sigles secrets échoue près d'une cruche imposante. Les deux hommes échangent toujours de brèves paroles. Ils mangent peu, ils s'animent souvent. Ils ne remarquent pas le guitariste qui fait figure de statue dans le repli d'une tenture grenat. Au départ des deux hommes, le papier est négligé. Une main le saisit si prestement que l'on pourrait croire qu'un léger courant d'air vient de l'emporter dans un recoin.

**

Quand le plus grand découvre l'absence du petit document, il est assis dans sa voiture. Son compère du soir vient de partir au volant d'une Chevrolet Camaro rouge. Abdelraffar se redresse brutalement. Il se précipite à l'intérieur du restaurant. Il heurte une vasque ocre et bouscule, sans y prêter attention, le musicien qui sort après avoir achevé son tour de chant. Il se dirige énergiquement vers la « table malle », qu'il a quittée cinq minutes plus tôt. Nappe, assiettes, cruche et papier ont disparu. Son visage se transforme sous l'effet d'une violente colère. L'élégance de ses manières s'évanouit. Abdelraffar empoigne le maître d'hôtel, qui l'a suivi sans comprendre, par le col de sa veste. Il le plaque violemment contre le mur. Ce dernier crie en vain son incompréhension, mais l'homme laisse courir son courroux. Il exige de retrouver un bout de papier que personne n'a vu. Les plus proches clients s'agitent. Comprenant qu'il lui faut être plus diplomate pour arriver à ses fins, il entraîne le maître d'hôtel à l'écart, alterne la violence et la diplomatie, et sort une liasse de billets en vain. Il n'obtient aucune information. Le petit papier bistre reste introuvable.

Abdelraffar exige de voir la serveuse qui a débarrassé la table. Il hurle. La femme se tord les mains, certifie qu'elle n'a vu aucune feuille sur la table. De grosses larmes jaillissent de ses yeux, alors qu'elle invoque un Dieu visiblement impuissant. Elle gémit si fort que plusieurs clients se regroupent en exprimant leur désaccord. L'homme saisit son téléphone portable, un rictus sur les lèvres. Les mots qu'il prononce font blêmir ceux qui l'entourent. L'attente ne dure pas.

Dehors, des moteurs rugissent, des freins grincent. Des ordres brefs annoncent une horde sombre et musclée. Les visages qui investissent les lieux sont tous identiques, ils transpirent la brutalité, inspirent la frayeur. À la surprise générale, un homme mince et au regard de braise, Reith, annonce qu'une crainte terroriste va le contraindre à faire fouiller les lieux, et les personnes. Il brandit un document que l'on ne peut pas lire, mais que personne n'ose contester. Les lumières insolentes inondent les pièces sur ordre. Le personnel et les clients sont alignés sans ménagement. Des interrogatoires commencent. Les pièces d'identité sont examinées. Des tables et des coffres chutent, heurtés par des mains impatientes. Le charme local n'est désormais qu'un lointain souvenir. Un balafré au rictus inquiétant note noms et adresses. Il menace quand les réponses sont trop hésitantes.

Reith a rapidement fait un plan des lieux et demande à chacun de préciser sa place. Personne ne songe à évoquer le musicien qui vient de partir. Ce n'est qu'un troubadour qui distrait les clients deux fois par semaine. Abdelraffar observe le déroulement des recherches. Les traits de son visage marquent une extrême nervosité. Il se rapproche de Reith et donne le signal du départ. Un geste suffit pour que l'on traîne la serveuse jusqu'aux voitures. Elle gémit, supplie en vain, elle n'ignore pas qu'elle a rendez-vous avec des tortionnaires. Les individus qui l'entourent ont la réputation de questionner un suspect jusqu'à l'épuisement, voire de le faire disparaître.

***

Un œil exercé pourrait percevoir une ombre qui progresse contre un mur, non loin du palais royal. Au loin, les lumières du restaurant, où des hommes cherchent en vain une petite page bistre, s'évanouissent. La silhouette chancelle en croisant les lueurs de quelques échoppes. Ici et là, des hommes s'enflamment en causant de tout, en parlant de rien. D'autres murmurent, en formant un groupe compact, comme s'ils ourdissaient un sordide complot.

L'ombre oscille quand un clair de lune s'accroche à une corniche pourpre. Elle marque de nombreux arrêts, souvent à proximité d'un porche grenat. Une respiration oppressée accompagne cette progression malaisée. Ici, les demeures présentent des façades austères. Les murs sont épais et ne dévoilent que quelques étroites ouvertures. Si l'une des lourdes portes de bois et de fer s'entrouvre, elle se referme vite et un claquement de loquet ou de serrure achève l'instant. Quelquefois, l'on perçoit le grincement lancinant d'un vélo ou d'une charrette. Notre fantôme est à l'arrêt. Dans son dos, l'on imagine une croix. Puis un frottement trahit une nouvelle progression. La silhouette chancelle comme si elle venait de perdre une béquille.

Soudain, un rayon clair s'échappe d'une porte entrouverte. L'éclat dévoile le visage blême du fugitif. C'est un masque de cadavre qui ne progresse que lorsque sa voie est déserte. Il attend qu'un burnous gris-blanc s'efface de son champ de vision. Notre homme trébuche encore, et s'affaisse. Péniblement, il se relève, évite des voituriers qui alignent avec une précision d'orfèvre des véhicules le long des hautes façades. Ces derniers s'activent sur une place trop étroite pour les voitures modernes.

Le ballet des phares ne sied pas au fantôme. La silhouette quitte le dédale de ruelles de la médina où se regroupent les riads, véritables joyaux de quiétude. Imposants et sobres à l'extérieur, ils sont élégants et richement décorés à l'intérieur. Notre ombre ne semble pas vivre dans l'un d'eux. Le calme et la félicité ne l'habitent visiblement pas. L'homme préfère un porche lorsque de nouveaux phares de berlines jettent leurs lumières insolentes dans les dédales de passages enchevêtrés. De temps en temps, il court malaisément, en courtisant les renfoncements des ruelles. La chaleur fait couler de minces filets de sueur sur son front et ses joues.

Les secondes ressemblent à des minutes pour l'homme qui essaiede reprendre son souffle. Une horde sauvage et pourtant invisible doit le poursuivre, le pourchasser. Le fuyard emporte vraisemblablement un secret trop lourd pour ses frêles épaules ; s'arrête de longues minutes ; a peur de percevoir un bruit de course, quelques bruissements alarmants, un indice menaçant ; espère sûrement se fondre dans les fissures des murs ; tente de dompter sa respiration. En chancelant, le fugitif repart, son ombre dans le dos. L'on pourrait imaginer qu'elle projette sa stèle future.

7

Le calendrier poussiéreux d'une échoppe pend entre deux caisses. Juillet, mois sans pluie, s'achève. Notre fantôme de rue s'engouffre dans un taxi. Il murmure un lieu, en jetant un regard inquiet aux alentours. Le véhicule poussif l'entraîne. Dans son rétroviseur, le chauffeur pourrait distinguer un visage aussi triste que le front du désert. Absorbé par la route et ses risques, le fugitif ne lève pas la tête, persuadé depuis qu'il a quitté le restaurant que quelqu'un a surpris son geste. C'est un chanteur du soir qui a subtilisé la feuille bistre, après avoir entendu quelques mots. Habitué à vendre les secrets qu'il intercepte, le troubadour des aventuriers de la nuit possède un secret qu'il juge un peu trop pesant. Il se reproche d'avoir agi sans réfléchir.

Marrakech mérite son nom de Perle du Sud, quand l'éclat de la lune se repose sur son mur d'enceinte. Cette Porte du Sud possède une ville nouvelle qui s'étend hors des dix-neuf kilomètres d'enceinte de la médina. Le taxi parcourt différents vastes quartiers, le Guéliz, le centre-ville commercial, puis l'Hivernage aux nombreux hôtels modernes. Tout semble dormir, à l'ombre des différents quartiers. Brusquement, trois grosses voitures noires, des Range Rover, surgissent. Méprisant les feux, elles s'imposent en file indienne. La première double le taxi, en frôlant ses ailes. Les rugissements de leurs moteurs rappellent ceux de fauves en chasse. Le musicien s'effondre sur le siège arrière. Il sent que sonne la fin de sa fuite, le crépuscule de son existence. Le chauffeur est blême. Il croit percevoir un appel de phares, ralentit. Les deux hommes retiennent leur souffle, en reconnaissant, en même temps, ceux qui les accompagnent.

Puis, les deux véhicules 4x4, annonciateurs de sombres présages qui suivent, doublent dans un virage. Les coques pesantes, commandées par Reith, disparaissent, méprisantes, aussi promptement qu'elles ont pu surgir. Elles entraînent, entre deux vigiles en noir, une serveuse évanouie. Le taxi et ses occupants ne l'intéressent pas. Les deux hommes se redressent un peu, en sentant qu'un vent porteur de périls vient de les frôler. Agité, le chauffeur immobilise laborieusement son véhicule, tout en dévisageant son passager.

— Je ne vais pas plus loin. Fin de la course, arrive-t-il à articuler.

Un silence pesant s'installe. Quelques pièces s'échangent entre deux mains vacillantes. Le musicien ne dit mot, puis s'enfuit vers son destin en espérant qu'un nouveau parcours calmera le tremblement qui secoue ses membres.

***

Cinq minutes suffisent à notre fugitif. Une petite place, encastrée dans un carrefour d'immeubles modernes, paraît lumineuse et grouillante de vie. De belles voitures l'encombrent et créent un embouteillage invraisemblable. Les portes s'ouvrent précipitamment. Les conducteurs ne font aucun effort pour se garer. Une foule de voituriers se presse ici et là.

Des robes légères et des costumes décontractés se dirigent d'un pas rapide vers un éclairage intense. Ils ressemblent à ces papillons multicolores que la lumière artificielle attire irrémédiablement. Il fait chaud, les lourds manteaux protecteurs ne sont pas de mise. Les hommes se pressent en gris et noir. Les femmes sont toutes jeunes, elles papillonnent, riantes et insouciantes. Elles s'habillent de fleurs flamboyantes, aux corolles généreuses. Ils portent des étoffes moins élégantes et plus sombres. Elles tournoient, éblouissantes et vivantes autour de visages sévères de prédateurs. Ils disparaissent par groupes dans un tourbillon de lumière, sous un large porche aux candélabres insolents. Sous chaque pilier, un cerbère en muscles et costume strict surveille.

Notre fugitif respire d'avoir pu s'échapper. Le souffle du monde de la nuit vient de transformer notre homme. Il reprend des couleurs, se redresse, se sent étrangement libéré. La croix qui s'étendait au-dessus de sa tête repose sur son épaule. Ce n'est que sa guitare. Il se glisse par une petite porte dans la pénombre de l'établissement où chacun vient pour s'enivrer de musique et de boissons. Il serre prestement quelques mains, échange quelques clins d'œil.

— Ralid, ne m'oublie pas, chuchote une grande brune.
— À tout à l'heure, susurrent d'autres lèvres pulpeuses.

Un long bar, de nombreuses tables, ici la vie semble n'être que rires et chansons. Sur la scène, un orchestre se forme. Une chanteuse empoigne le micro. Sa voix tente d'envelopper un public peu attentif. Elle étend les bras et sa voix chaude parcourt toutes les tables. Les doigts qui l'accompagnent dansent sur les cordes des guitares et le clavier du piano. Les baguettes du batteur virevoltent. Dans la semi-obscurité de la salle, des flammes de notes s'échappent. Elles jaillissent comme celles d'un brasier. Elles s'étirent, pareilles à celles de quelques flambeaux posés en bordure d'un jardin. Certains parlent désormais plus fort, d'autres se trémoussent en se laissant entraîner par le rythme, les torses ondulent.

Hamza Khelfa saisit le musicien par le bras. Il prononce quelques mots, et l'invite à s'asseoir à sa table. D'un geste sec, il fait partir les deux jeunes femmes qui l'entourent. Dans la chaleur des lieux, on peut le voir partager une coupe de champagne avec Ralid qui l'écoute attentivement. Le sourire encourageant de l'un s'oppose à celui plus réservé de l'autre. L'homme d'affaires met régulièrement un doigt devant ses lèvres. Il monopolise souvent la parole et semble faire des promesses. Le musicien finit par se pencher à son oreille, comme un amant le ferait avec sa compagne pour confier un secret.

Hamza se lève, visiblement satisfait. Le patron des lieux se précipite pour l'accompagner jusqu'à sa voiture où attendent chauffeur et garde du corps. La générosité de son client impose des égards particuliers.

***

Ralid pénètre dans une petite pièce vide, ferme consciencieusement la porte, puis téléphone en fixant un cadran qui donne l'heure sur une esquisse de la tour Eiffel. Il est vingt-trois heures cinquante-cinq. Sa voix est inaudible et le musicien se répète à la demande de son interlocuteur. Il lit nerveusement le texte de la petite page bistre qu'il a sorti de sa poche, en fixant la seule ouverture comme s'il craignait qu'un intrus surgisse. Si quelqu'un était contre lui, il n'entendrait pas grand-chose, tout juste le prénom de son correspondant, Rachid. Ralid efface sa nervosité en prenant une longue inspiration. C'est en souriant qu'il ressort.

Dans ces lieux, la frivolité règne au cœur de la pénombre. Les hommes vous assureront que l'inconstance est l'apanage des femmes. Elles sont, murmurent-ils entre eux, si versatiles et si coquettes. Les femmes, aux vies précaires, songent sans doute que leur frivolité leur permettra de survivre. Des jeux de dupes s'engagent, ni les uns ni les autres n'en profitent vraiment. Les mystifications règnent sous l'éclat des projecteurs qui embellissent l'instant. Ils se décrivent riches et puissants. Elles se présentent secrètes et captivantes. Tous se laissent séduire par un avenir prometteur. Aux premières lueurs, les princes s'estompent, en perdant charme et élégance, les princesses retrouvent leurs hardes avec quelques billets pour se consoler. Les rêves s'effacent quand le soleil de Marrakech paraît.

***

Dans un coin de salle, Ralid saisit une guitare flamboyante. D'un bond, il monte sur scène. Le fuyard se métamorphose en véritable chef d'un groupe de musiciens et lance quelques brèves consignes. Il rayonne, en essayant sans doute de se convaincre que personne n'a pu remarquer son geste de voleur intrépide.

Qui pourrait reconnaître le fugitif tremblant et se courbant sous les murs ocre, une page bistre dans la poche ?

Dans son vêtement de lumière, Ralid a abandonné ses frayeurs au vestiaire. Les démons qui le pourchassaient ont dû demeurer derrière le mur d'enceinte de la vieille ville. Les voix explosent, le micro s'enflamme. Les notes jaillissent, violentes et percutantes. Cette fois, elles interrompent les conversations. Ici, un couple qui s'embrassait passionnément détache ses lèvres. Leurs mains s'élèvent pour applaudir. Là, un groupe hurle sa joie en tentant de reprendre les paroles du chanteur. Plus loin, un homme aux tempes grisonnantes observe l'artiste, les yeux mi-clos. Un de ses souvenirs, imprégné par la mélodie, doit envahir sa mémoire. Les notes l'emmènent hors de la salle.

Un nouveau refrain foudroie l'assistance et ricoche sur les mains fines ou épaisses du public qui s'agitent. Ralid oublie les jeux dangereux qu'il pratique. Les pièces et les devises qui rentrent dans sa poche permettent de négliger ses trahisons. Il ignore tout de la loyauté. Des cris fusent, des bras se dressent. Les pulsations de la batterie épousent les yeux qui brillent et les corps qui se trémoussent. Des courants d'alcools colorés abreuvent des gorges desséchées.

Le patron de l'établissement, un homme trapu au visage dur et impassible, reste vigilant. Il respire au rythme des billets qui franchissent le comptoir. De temps à autre, un geste suffit pour diriger son personnel. Il veille sur tout, indifférent aux rencontres éphémères, puis serre les mains de groupes de Français, Belges et Britanniques.

Dans la pénombre, toutes les filles sont sublimes. Tous les hommes sont magnifiques. Ainsi explose, comme chaque soir, l'heure qui suit.

DEUXIÈME PARTIE

8

À l'aube d'août 2015

Orly déploie son fourmillement de véhicules empressés et ses ballets assourdissants d'aéronefs qui entament, ou achèvent, une course avec les vents. Des ailes d'acier ouvrent des portes dissimulées par des nuages trop bas. Les couloirs de l'aéroport reflètent, pour les uns, la nonchalance et l'ennui de l'attente ; pour les autres, ils traduisent la précipitation et l'excitation. De petits groupes gardent le souvenir des étoiles courtisées, ils avancent en riant. D'autres, craignant de quitter la terre, serrent nerveusement les courroies de leurs bagages.

Les panneaux lumineux, agressifs pour l'œil du passant, signalent treize heures. Deux hommes viennent de se rejoindre. Ils parcourent de longs couloirs bordés de lueurs artificielles. L'un des deux marque un temps d'arrêt devant une grande baie vitrée. En contrebas, une jeune fille longiligne aux cheveux noirs danse les pieds nus sur le trottoir sale. Ses épaules se dénudent progressivement, pendant que sa danse sensuelle attire de nombreux regards. Elle offre ses ondulations harmonieuses à un compagnon de son âge, aussi mince qu'elle. L'on peut songer à une salsa qui fascine le garçon. L'homme se serait attardé un peu plus, mais il a surpris l'attitude réprobatrice de son compagnon qui n'a pas dévié de sa route.

— Excuse-moi, Médéric, s'empresse-t-il de dire, en accélérant le pas pour le rejoindre.

Les haut-parleurs grésillent, plusieurs vols sont annoncés, dont un pour Marrakech.

***

Les enceintes locales interrompent leurs messages monotones. On apprend qu'une sacoche a été abandonnée contre une devanture. Les responsables de la sécurité recherchent activement son propriétaire. Les minutes s'écoulent, les appels se multiplient. La voix du haut-parleur devient brutale. Quelques policiers arrivent, les appels vibrent de plus en plus fort. Un ultimatum est lancé, la destruction du sac est décidée.

Un long ruban coupe désormais le couloir. Les files d'attente pour les embarquements sont dispersées. Pourtant, autour du cordon de sécurité, les curieux s'agglutinent. L'annonce d'un danger attire toujours le spectateur. L'attente s'éternise. Il n'y a qu'un vaste espace désert, pour un sac ridiculement petit, mais déclaré dangereux par des uniformes sévères. Il est couché contre la vitrine richement décorée d'un magasin. Il capte tous les regards, fascine, inquiète.

Soudain, deux hommes aux pas pesants, aux armures d'acier et de kevlar s'avancent. Personne n'a pu voir d'où ils venaient. Un nom, celui de démineurs, parcourt la foule.

— Le premier effectue l'approche et la neutralisation, son équipier reste en limite du périmètre de sécurité.

— N'oublie pas mon passé, major. S'ils avaient un chien pour détecter des explosifs, tu m'expliquerais, s'il en décelait, qu'il se coucherait sans aboyer pour ne pas déclencher d'explosion.

Bob ne répond pas. Il se trouve un peu ridicule d'avoir voulu commenter la situation à son associé.

Le plus grand des deux démineurs a une tenue plus imposante, visiblement plus lourde que son équipier. Progressant prudemment, il visualise à distance l'intérieur du contenant, sans le toucher et sans l'ouvrir. Un œil avisé peut distinguer de loin qu'il dispose de moyens sophistiqués de radiographie. Les gestes sont rapides et précis. L'autre démineur a posé un bouclier pare-éclats contre un pilier. Il reste en limite de périmètre, et par ses gestes, l'on peut comprendre qu'il exige l'élargissement de la zone de sécurité. Les uniformes s'agitent et font refluer une partie de la foule vers les escaliers qui conduisent aux étages inférieurs.

— Je crois qu'ils vont privilégier la projection de fluides à très forte pression, ne peut s'empêcher de commenter Bob.

Médéric hoche la tête, avec un regard qui traduit son amusement.

— Je parie que notre homme sait qu'il n'est pas devant un engin explosif.

Un jet puissant éclabousse les murs. La foule tenue à l'écart oscille et recule instinctivement. Des sous-vêtements féminins, imprimés, volettent. Un véritable feu d'artifice de rires secoue instantanément l'assistance. Les commentaires fusent bruyamment, l'on raye, ici et là, les mesures de sécurité. Chacun y va de son commentaire. Médéric et Bob ne participent pas à la folie ambiante.

— Que penses-tu, Commandant ?
— Que j'avais vu juste.
— Notre vol pourrait être retardé.
— Sans doute.

Cette affirmation précède les messages des haut-parleurs qui incitent toujours à la prudence. Deux cris se succèdent pour les interrompre, et faire frémir l'assistance. Le premier est celui d'une jeune femme sportive et dynamique qui se précipite vers un pantalon imprimé et des sandales de soie qui gisent sur le carrelage. Le second, celui du démineur qui surveille la périphérie de la zone. C'est le plus mobile pour intervenir en urgence. Il ordonne en saisissant la taille souple de l'écervelée :

« À terre ! »

Déséquilibrés, ils chutent, alors que le sac achève de se disloquer sous un nouvel effet d'un jet puissant. Le porteur du bouclier a réussi à intercepter celle qui découvre son sac largement éventré. Une robe en soie imprimée et une capeline portant la même griffe accompagnent l'eau qui ruisselle. La jeune femme et le démineur se relèvent gauchement. Hébétée, elle réajuste son chemisier à la mode tahitienne et son pantalon de coton imprimé. L'on peut penser qu'il l'observe, sa visière bleutée reflète l'indifférence, et intimide.

Progressivement, les spectateurs se dispersent. Chacun regarde son voisin. Cette situation cocasse ne fait plus sourire, elle semble avoir confisqué la parole à l'assemblée qui se disperse.

Médéric se rapproche des forces de sécurité et intercepte quelques mots que deux policiers laissent échapper. Il comprend qu'une charge explosive vient d'être désamorcée non loin de là. Une menace imprécise plane. Il saisit mieux la nervosité ambiante.

***

La semaine précédant leur décision de rejoindre Marrakech, Médéric avait reçu un message de Christine. Elle le connaissait par son frère, un ancien compagnon d'armes, et savait qu'il avait eu un bref contact avec Dominique. Refusant de se laisser rejeter par son amie, c'était elle qui avait tenu à engager le détective privé. Elle avait multiplié ses recherches et venait d'apprendre par le gérant de l'hôtel à Marrakech que la jeune Française était partie brusquement en laissant ses bagages. Un chauffeur de taxi était venu les chercher le lendemain de son départ, en réglant la totalité de la note en espèces. Les autorités locales n'évoquaient que le voyage d'une touriste isolée.

Christine n'avait reçu qu'une seule carte postale de Dominique, venant du Maroc. Étonnamment, on pouvait y lire une simple description de la chambre d'hôtel qui s'achevait par des points de suspension. L'auteure souhaitait sûrement en dire plus sans y parvenir.

Ébranlée, Christine n'avait pas pu résister au désir de se rendre à l'appartement de sa complice de toujours, même si elle connaissait la visite récente des deux anciens commandos. Paulo, affable, affirma ne pas comprendre le sens de sa venue, sans l'inviter à rentrer. La jeune femme n'avait pas aimé ce qu'elle avait lu dans le regard de l'homme, quand elle avait fait remarquer qu'il y avait désormais le nom d'une société sur la boîte aux lettres. Sans répondre, il continuait de sourire, en affirmant que la femme de son cœur téléphonait longuement chaque soir. Il n'était pas inquiet, en assurant trouver normal qu'elle puisse s'éloigner seule en vacances à Marrakech. Des voix graves filtraient de pièces fermées. Pénétrer chez son amie étant impossible, la certitude que Paulo avait pris possession des lieux était flagrante.

***

Aucun vol n'est retardé. La bonne humeur s'invite dans l'étroite carlingue de l'avion. Les passagers découvrent leurs compagnons de voyage, en échangeant des sourires avec les hôtesses qui indiquent les sièges.

Tout décollage peut provoquer l'ivresse. La course sur la piste est interminable. Prisonnier d'un oiseau de métal, l'on sent le sol se dérober. Les sièges s'inclinent, et la piste s'éloigne. Le temps de prendre sa respiration, les nuages se rapprochent. Des hublots, l'on peut distinguer les toits des maisons, les premiers champs, les vastes forêts. Les passagers flottent rapidement, le sol s'habille de blanc et de gris. Les griffes blanches des nuages s'attardent sur les petites vitres, comme les mailles d'un filet qui tentent d'emprisonner les ailes et ses réacteurs.

Pendant le vol, Médéric reçoit un message de Christine qui indique que les quatre employés du salon de coiffure de Dominique viennent de recevoir une lettre de licenciement. Elle évoque une nouvelle activité dont personne n'a entendu parler. Le commandant le partage avec son major, qui maugrée d'être dérangé dans ses songes du jour. Il murmure que la situation devient de plus en plus opaque et mérite bien leur voyage au cœur du Maroc.

— J'espère que l'invitation de celui que tu as sauvé sera à la hauteur du service que tu lui as rendu ?

Médéric hausse simplement les épaules, pendant que son complice replonge dans sa sieste. Mi-juillet à Paris, en croisant Hamza Khelfa, il avait communiqué ce qu'il savait des deux amants. Quelque chose dans le regard de Hamza lui donnait toujours confiance. L'homme l'avait assuré d'une voix ferme que sa reconnaissance serait sans limites.

Il avait goûté les prisons d'un pays d'Afrique, et trois mois accroupi à pourrir dans une geôle d'un mètre carré, creusée dans la terre, l'avaient traumatisé. Un de ses gardiens, moins odieux que les autres, lui donnait de temps en temps un peu d'eau et de nourriture. L'homme annonçait qu'un chef des armées du pays, déchu pour avoir déplu au président, pourrissait depuis plus d'un an, non loin de lui. L'ancien général devenait progressivement fou. Hamza savait que les cachots d'Iran n'étaient pas moins inhumains, il n'arrêtait pas de remercier Médéric de l'avoir sorti de ce très mauvais pas.

C'était lors de cette entrevue que le Marocain avait confié un secret, un de ceux qui scellent une amitié sans faille. Il prenait des risques dans ses affaires, engageait sa parole avec des politiques qui n'en avaient pas, voyageait beaucoup dans des pays peu soucieux de la vie humaine. Une ampoule de cyanure ne le quittait jamais.

9

L'éclair rouge, indiquant la course du soleil, rappelle l'ocre des murailles qui attendent nos voyageurs. Par le hublot, on peut imaginer la destination finale. Elle s'inscrit en lettres de feu sur la pointe d'une flèche incandescente déchirant l'horizon.

Lorsque l'avion touche le sol de Marrakech, il fait jour. Quand les passagers atteignent le parc à voitures de l'aéroport, la nuit a étendu son emprise. Le crépuscule en noir et rose enveloppe les êtres et les choses. Le rideau d'une scène de théâtre ne s'abat pas moins vite devant les spectateurs. Un géant invisible de la région a dû, en enjambant l'Atlas, lancer son turban vers le soleil. Un homme s'avance tout sourire vers nos deux voyageurs. Il se présente comme le chauffeur de Hamza Khelfa. En s'inclinant, il prend les bagages avec une aisance surprenante. Il pivote pour rejoindre le véhicule qu'il désigne du menton.

Depuis l'atterrissage, Bob est de bonne humeur. Il ne l'avouera jamais, il n'aime pas les vols commerciaux. Pourtant, le vent dans les cheveux, avec une aile ou un parachute, il apprécie d'imiter les grands rapaces.

La voiture parcourt les longues routes vers sa destination, en se glissant au cœur d'un trafic dense et bruyant. Un vieil homme, aux pas hésitants, surgit sur un passage piéton sans tenir compte de la couleur des feux. Indifférent aux véhicules qui s'avancent, il s'immobilise pour ramasser un bout de papier au milieu de la route. Il ne regarde même pas la voiture qui a dû freiner brusquement pour l'éviter. S'il était en plein désert, il n'agirait pas autrement, il rejoint paisiblement le trottoir. Le chauffeur de Hamza Khelfa ne marque aucune impatience.

Médéric songe à la dernière communication téléphonique qu'il a eue avec Hamza Khelfa. Il avait indiqué qu'une Française avait connu, trois ans plus tôt, un séjour assez similaire à celui de Dominique. Un hôtel isolé lui avait également servi de refuge pendant une semaine, avant de monter dans un taxi, puis d'avoir un accident avec un véhicule de location le soir même de sa première sortie. Officiellement, la femme, une veuve aisée, était morte dans l'incendie de la voiture. L'affaire avait été classée. Mais Hamza, en prenant un ton mystérieux, n'avait pas voulu en dire plus au téléphone.

Les murs lointains de la vieille ville offrent une chaîne de lumières ocre. Quelques reflets d'étoiles, un clin d'œil de lune, « la terre de parcours[3] » éblouit nos voyageurs au soleil couchant. Des dromadaires se déploient nonchalamment sur le bas-côté, sur une longue bande de sable, indifférents à leur environnement moderne. Une moto, trop frêle pour ses deux passagers, double poussivement un vélo qui plie sous des sacs énormes et mal arrimés. Ses pneus peu gonflés donnent l'impression que les roues vont s'enfoncer dans le bitume.

La vieille ville s'éloigne, de grands terrains vides accueillent les ombres d'une chaude soirée. Un dernier virage à droite, puis à gauche, et deux tours carrées massives se détachent. Une porte imposante en bois clouté s'ouvre lentement. Un gardien est à la manœuvre.

— Tout droit, c'est la route d'Ouarzazate, indique brièvement le chauffeur en tendant le bras.

Le véhicule suit un chemin étroit entre deux hautes haies. La riche résidence de leur hôte se dévoile, avec son parc entouré de murs qui l'isolent du monde extérieur. Un feu d'artifice de fleurs rouges et blanches explose dans l'ombre envahissante de la soi-

---

[3] Un des noms donnés à Marrakech.

rée. Une porte massive, ouvragée, se détache sur un mur blanc. Deux grands flambeaux montent la garde.

Hamza s'avance tout sourire, pour serrer chaleureusement les mains de ses deux invités. Il indique deux chambres en se limitant à des paroles de courtoisie, pendant que deux serviteurs portent les bagages. Médéric remercie intérieurement Hamza de ne pas aborder le sujet de leur déplacement, il sait qu'il doit prévenir Bob de toutes les informations qu'il possède. Il n'avait pas trouvé le temps de le faire. Pendant le vol, son compagnon sommeillait sans cesse. Le commandant confirme juste qu'avoir des billets à cette époque de l'année n'a pas été facile.

Le seuil de la maison franchi, le dépaysement est immédiat au sein d'une architecture marocaine. Le temps de se rafraîchir, de changer de vêtements, de découvrir une vaste chambre au confort moderne et aux décorations locales, puis Médéric et Bob sortent en même temps, vingt minutes plus tard. Ils prennent un large escalier conduisant vers des milliers de petites étoiles, dansant entre les palmes avant de glisser sur le miroir d'une piscine. Des invités entourent le maître de maison. Des rafraîchissements sont servis en bordure de l'eau par trois serveurs discrets etagiles. Une table fleurie indique une quinzaine de convives.

Sans cause réelle, un large frémissement de bonheur relie Bob et Médéric, même s'ils croient que la soirée ne sera pas propice pour évoquer le cas de Dominique avec le propriétaire des lieux.

***

Un peu de miel dans les yeux, du vin fruité et rosé dans les verres, les propos futiles unissent rapidement les convives. Les accents d'une mélodie, que personne n'écoute, portent les paroles d'un bout à l'autre de la table. Parfois, un éclat de voix traduit une boutade et entraîne l'hilarité générale. Un autre laisse échapper une réflexion plus sérieuse. Les fourchettes et les couteaux s'activent. Une heure avant, Médéric et Bob ne connaissaient personne. Après quelques sourires, ils échangent avec leurs voisins et leurs voisines, bercés par la douceur du soir étoilé, comme s'ils se fréquentaient depuis des lustres.

Notre géant invisible, évoqué sur le parking de l'aéroport, a dû, en enjambant l'Atlas, éclabousser le ciel d'une pluie de flocons de neige. Ils brillent autour des invités qui festoient, discourent et rient dans cet écrin de verdure qui les isole des terres arides. Médéric tente de se rapprocher d'une femme gracieuse. Sa silhouette élancée et sa petite frange de cheveux lui rappellent une de ses conquêtes d'un été au Sénégal. Ses sourires sont ses seules réponses.

Ce cocon aux charmes délicats se déploie jusqu'à minuit, puis les convives prennent congé.

— Vous venez de rencontrer brièvement une partie de mes invités de demain soir.

Hamza, d'une seule phrase, répond à la question que Médéric ne pose pas. Il invite ses deux convives français à l'accompagner vers une petite tente aux lueurs vertes et rouges, faiblement éclairée. Ses traits se durcissent. Une petite cascade cachée par un taillis lance un son cristallin qui ponctue chaque mot murmuré.

— Dominique a eu un accident ; officiellement, son corps a été identifié dans le véhicule calciné. Pour d'obscures raisons administratives, le corps a été incinéré rapidement, et les cendres remises aux autorités françaises. Cette situation ressemble étrangement à celle évoquée trois ans plus tôt.

— Le corps carbonisé est-il celui de la victime ?

Hamza prend une profonde inspiration. Le large mouvement circulaire de sa main droite prouve qu'il n'en est pas convaincu. Il ose émettre l'hypothèse que c'est possible, mais que les deux victimes peuvent très bien avoir été vendues dans un endroit où la vie humaine n'a pas de valeur, et où le désert empêche toute fuite. Hamza n'a qu'une certitude : dans le premier cas, la veuve avait un mari ayant la double nationalité. Il se nommait Rachid Hami.

Hamza Khelfa prend une longue inspiration avant d'expliquer qu'il aime son pays et respecte la famille royale. Il est simplement très déçu par l'agissement de ceux qui ne respectent pas les institutions et qui méprisent la vie humaine. Un long silence suit cette déclaration. Enfin, Hamza précise d'une voix ferme que tous les pays ont leurs oiseaux de malheur, et qu'il n'est pas toujours simple de combattre la corruption. Son ton est convaincant, il a l'accent de la vérité. Médéric et Bob échangent un long regard. Hamza sourit en achevant de livrer ses révélations. Il étend les bras, après avoir posé un doigt sur ses lèvres, et propose un thé avant de se retirer. Puis, il précise :

— Prudence, si vous sortez, vous faites du tourisme. Mes dernières informations prouvent que Rachid Hami a des liens étroits avec des hommes localement très puissants. Mon chauffeur est à votre disposition, il connaît les lieux qui vous intéressent, l'hôtel de Dominique et l'endroit de son accident.

Médéric tente une réponse, mais Hamza Khelfa a le geste autoritaire de celui qui désire clore la discussion. Une blouse blanche se détache sur l'ombre d'un oranger. Un serveur vient de surgir, une théière brillante et finement ciselée à la main.

Médéric l'admettra plus tard, il avait été surpris par les remarques du chef d'entreprise, il l'avait cru moins épris de justice sociale.

***

Le lendemain, Médéric et Bob ont choisi de se rendre au dernier hôtel habité par Dominique. Les deux associés arrivent devant les deux tours rondes de tailles inégales que Dominique avait admirées avant eux. Un gardien s'avance, Médéric explique qu'il fait une reconnaissance pour préparer le voyage d'un groupe de ses amis. Peu après arrive le gérant, homme affable et souriant. Médéric tient à visiter la chambre occupée par Dominique, il dispose de quelques indices, car la jeune femme, dans un moment de déprime, avait envoyé une seule carte postale à Christine. Elle ne donnait pas l'adresse de l'hôtel, elle décrivait assez étrangement lit, armoire, coffre, murs de la salle de bains, en terminant par des points de suspension. Ce courrier ainsi formulé traduisait ses hésitations, elle avait souhaité s'épancher, se confier, mais n'avait visiblement pas osé aller jusqu'au bout de sa démarche.

En parlant avec le gérant, Médéric pense localiser la chambre occupée, située au rez-de-chaussée et ayant un accès direct sur un massif fleuri. Le gérant sourit et ouvre une porte, flatté de proposer ses installations. Il explique qu'elle est actuellement libre. Bob exprime le désir de visiter le premier étage, pour permettre à Médéric d'inspecter seul l'endroit. Lorsque les deux hommes s'éloignent, Médéric examine chaque recoin, sans se faire trop d'illusions. Il pense être dans la bonne chambre. Il désespère un peu, car le ménage est bien fait. Dix minutes plus tard, au fond d'un tiroir de la table de chevet, il sent un morceau de papier en boule. Il a un peu de mal à le retirer et l'esquisse d'un escargot le récompense de ses efforts. Quelques mots nerveux l'encadrent.

« *Ce soir, il m'envoie un taxi pour rejoindre sa famille. J'ai attendu ce moment si longtemps que…* »

Ce papier oublié avait été déchiré d'un carnet. L'escargot, l'écriture, tout le ramène à Dominique. Médéric imagine qu'elle avait griffonné une page à défaut de pouvoir échanger avec quelqu'un, puis qu'elle l'avait arrachée pour écrire une autre version. Le calepin avait disparu, la feuille était restée, coincée par le défaut d'un tiroir.

La visite s'achève et Médéric promet une réponse prochaine au gérant attentif. Les deux associés rejoignent leur véhicule.

— Je pense qu'il est l'heure de visiter le lieu de l'accident.

À ces mots de Bob, le chauffeur sait ce qu'il a à faire. Pendant le trajet, Médéric montre le petit papier trouvé à son complice. Ce dernier lève le pouce, admiratif.

La route, conduisantsur les traces de Dominique, est surprenante. Dans un virage, le conducteur s'arrête pour montrer une carcasse de voiture en contrebas. Nos deux compagnons descendent, observent les parages, cherchent entre les débris de ferraille calcinés. Cette fois, aucun indice, aussi mince soit-il, n'apparaît. La chance ne peut sourire à chaque recherche. Les deux militaires à la retraite notent toutefois que cette route s'éloigne de toute habitation, sans présenter la plus petite difficulté pour un conducteur hésitant. En se regardant, sans un mot, ils savent qu'ils se posent les mêmes questions :

« *Que faisait-elle dans un tel endroit ? Comment a-t-elle pu perdre le contrôle de son véhicule ?* »

10

C'est au cœur de la cité, sur les terres arides du Maroc, qu'un homme mince au regard de braise donne des ordres brefs et précis. Le bureau de Reith est austère. Les murs sont gris et nus. Responsable d'une troupe d'élite de la gendarmerie, il s'est fixé pour mission de protéger ses concitoyens dès son plus jeune âge. Discipliné et efficace, il a vite gravi les échelons. Il a peu à peu compris que son responsable direct, Abdelraffar, ne privilégiait que ses intérêts privés. Il a du mal à l'accepter, mais n'en laisse rien paraître. Les hommes qui l'entourent sont entièrement dévoués. Chef reconnu, Reith peut en éprouver de la fierté. Il parle peu, ordonne, exige, aucune voix ne s'élève pour l'interrompre.

Son adjoint semble l'exception, servile, sournois, imposé à ce poste par la hiérarchie, il marque souvent sa différence. Ce balafré, au rictus sinistre, dissimule sa jalousie maladive en exécutant des ordres supérieurs qu'il reçoit directement, sans prévenir son chef direct.

L'interrogatoire un peu brutal de la serveuse du restaurant situé au creux d'une ruelle de la vieille ville n'avait rien donné. La pauvre femme ignorait tout du petit papier bistre qui restait introuvable, mais Abdelraffar exigeait qu'on le retrouve. Sa colère était telle que personne n'osait contester cette recherche. Pourtant, Reith avait soumis la serveuse aux supplices que le balafré avait envisagé de lui faire subir. En la relâchant, indifférent à l'attitude de son adjoint, il avait préféré conduire de longues et patientes recherches. Il avait fini par découvrir que la présence du guitariste d'un soir avait été négligée. Il connaissait Ralid, et commençait à penser qu'il était souhaitable de lui poser quelques questions. Informateur à ses heures, le musicien se vendait aux plus offrants. Toutefois, ce dernier n'avait pas d'adresse permanente.

***

N'ayant pas vraiment d'éléments concrets pour suivre d'autres pistes, Médéric et Bob choisissent de prendre l'air du pays et décident de rejoindre la place Jamâa El Fna. Ils quittent leur chauffeur, pour à pied osciller entre un charmeur de serpents, les pas de danse d'un derviche tourneur, les objets d'un petit homme qui sculpte le bois, et des singes en cage. Ici, à même le sol, tout est poésie, création, artisanat.

Une petite femme menue, dont le voile cache la moitié du visage, tire Bob par la manche. Elle veut vendre quelques bracelets de fils et de tissus. Il accepte, sans discuter le prix. Elle disparaît et resurgit plus loin avec d'autres bracelets plus colorés. Plus loin, un homme propose d'autres bibelots, Bob achète encore.

— Tu ne négocies pas ?
— À quoi bon ? Je suis généreux, répond Bob avec un triste sourire.

Sur la place, des calèches aux grandes roues blanches et aux riches décorations attendent. Les attelages croisent les voitures. À l'entrée du souk, les premiers étals proposent fruits et légumes. Les fruits secs de toutes les teintes se côtoient en formant des murs de gourmandises. Des étiquettes blanches proposent des numéros bien alignés qui indiquent les prix. Bob est attiré par les nombreuses variétés de dattes. Médéric est séduit par les amandes et les cacahuètes.

Les allées sombres et tortueuses d'un souk s'ouvrent comme des entrées de cavernes profondes. On devine déjà des refuges de trésors innombrables. Les poumons de la ville se déploient devant Médéric et Bob. Ils arpentent les couloirs étroits qui permettent de passer d'une échoppe à l'autre. Des effluves de cuir, de tissus, de métaux, de thé les encerclent et les transportent. Des artisans proposent côte à côte des montagnes de produits identiques. Surpris, Médéric et Bob découvrent l'intrusion de matières nouvelles. Le plastique s'invite en force à côté du bois et du laiton. Des djellabas synthétiques concurrencent les étoffes traditionnelles.

Une figurine en bois, à l'allure naïve, représente Tintin. Médéric la regarde, la saisit, la repose et s'éloigne. Un commerçant s'élance pour proposer un prix, Médéric ne répond pas. L'homme continue et baisse ses exigences en le tirant par la manche, pour monopoliser son attention. Médéric ne dit mot, mais entend un prix encore plus faible prononcé dans un souffle. Le marchand s'accroche toujours à la manche de Médéric, avec un air misérable. Ses mots ressemblent à une prière qui ne murmure que des chiffres.

— Je suis désolé, je ne tiens pas à l'acheter.

Le ton sec et l'attitude ferme de Médéric éloignent l'homme qui affiche un air vexé. Bob déclare :

— Dommage, je l'aurais pris, mon neveu collectionne les figurines de Tintin.

— Ne te retourne pas, on nous suit depuis que nous sommes arrivés.

— Je m'en suis rendu compte depuis peu !

Cette remarque de Bob fait sourire Médéric qui montre une rangée de miroirs où se reflète un visage anguleux, trop curieux. Les deux compagnons sont séduits instantanément par la même idée, l'un oblique à gauche, l'autre à droite. Ils disparaissent agilement entre les rangées de meubles, puis réapparaissent pour encadrer l'homme qui n'a pas eu le temps de réagir. L'instant de stupeur passé, le visage du fileur démasqué se marque des signes grotesques de l'affolement. Il décampe comme un lapin découvrant un serpent, en faisant rire un groupe de vendeurs.

« Police », murmure l'un des hommes en rentrant dans sa boutique. Au détour d'une allée encombrée par les objets métalliques, la petite femme menue aux bracelets, dont le voile cache la moitié du visage, revient les surprendre. Elle propose d'autres modèles. Bob achète encore.

— Et toi, tu ne me prends rien ?
— Inutile, mon camarade achète pour deux.

Médéric imagine un sourire sous le voile. Il est interrompu par un groupe de gendarmes qui surgissent. Un homme en civil, balafré, s'avance pour demander uniquement à Médéric et à Bob leurs papiers. L'homme agit lentement et fixe d'un air mauvais les deux Français. La scène s'éternise dans l'indifférence générale. La vendeuse aux bracelets artisanaux s'est effacée entre deux voilages or et grenat.

— Un problème ? interroge Médéric d'un ton flegmatique.

Un rictus au triste présage lui répond.

— Soyez prudents, Messieurs.
— Nous ne sommes que des touristes.
— Méfiez-vous des voleurs et de ceux qui peuvent vous tromper...
— Mon ambassade m'avait affirmé que la ville était sûre.

Le balafré réplique d'un ton n'admettant aucune réplique, les lèvres pincées :

— Permettez-moi de vous raccompagner hors d'ici, pour assurer votre sécurité.
— Nous vous suivons, vous êtes trop aimable.

***

Devant le bar, de jeunes femmes aux tenues provocantes partagent leurs sourires avec des hommes moins beaux. Le charme attire souvent l'argent. La musique et l'alcool rendent plus attrayants un buste généreux et des jambes fines. Reith est venu surprendre Ralid dans son royaume des ombres.

Le temps passe, une jeune fille timide, évitant les regards, passe devant le gendarme qui soudain oublie le but de sa venue. Sans la connaître, il l'aborde, séduit et surpris par son air craintif. Elle tremble un peu, une petite larme semble descendre sur l'une de ses joues. Sa démarche hésitante tranche avec l'assurance de ses semblables qui l'entourent. De loin, le patron attentif n'est pas convaincu d'avoir fait le bon choix en imposant à une gamine recrutée le jour même, dans un village pauvre et lointain, de prendre la place d'une hôtesse absente.

Une main glisse sur un manche, une guitare s'incline et se redresse. Sur l'estrade, les noires et les blanches ricochent sur chaque corde, chaque touche des instruments de l'orchestre. Ralid vient de monter sur scène d'un seul bond, dans son habit de lumière. Mais, ce soir, Reith n'a pas envie de le suivre et de l'interroger. Il remet à plus tard cette recherche qui lui semble brusquement ridicule, d'un bout de papier aux teintes insipides. Son grand patron peut attendre, une peau brune, de grands yeux anxieux mobilisent pleinement son attention. Le long regard qui s'échange dans la pénombre est singulier. Les éclats de lumière ne font pas faiblir son intensité.

Personne ne peut vraiment distinguer celui de l'homme. Le couple reste debout, au bout du comptoir. Il ne danse pas. La jeune femme ébauche un triste sourire qui rappelle celui de l'agneau regrettant son innocence quand approchent les crocs du danger. Une main ferme saisit des doigts tremblants, mais soumis.

Le maître de l'établissement, au visage impassible, reste dubitatif. En regardant partir précipitamment sa dernière recrue avec ce responsable d'une troupe d'élite, à la réputation redoutable, il imagine qu'il ne la reverra plus.

11

Les deux compagnons sont rentrés tôt à la demande de Hamza, qui tient à bien organiser sa grande fête du soir. Il prend toutefois un peu de temps pour écouter Médéric qui, en une phrase, présente les derniers évènements : le papier trouvé et l'échange troublant avec un homme balafré, commandant des gendarmes, qui imposait un contrôle d'identité. Les yeux de Hamza reflètent soudain un ciel d'orage. Il détourne le regard en déclarant :

— La prudence s'impose, ils vous suspectent.

Sur cette réponse équivoque, Hamza s'éloigne en laissant vaciller sa main droite le long de son corps. Les oiseaux se sont tus un instant, l'on pourrait croire qu'ils partagent l'inquiétude des humains. Bob se penche à l'oreille de Médéric.

— J'imagine qu'il doit ignorer tes fanfaronnades face au dénommé Rachid Hami, chez la disparue ?

Le commandant hoche légèrement la tête, comme si l'observation était anodine, alors que la soirée débute, dans l'ombre dense des palmiers bouteilles. Sur une longue table en bois, en rouge et noir, s'alignent des bougies. Dans des bâtisses blanches, derrière des moucharabiehs[4] et des massifs de fleurs généreuses, s'activent des jupes sombres et des blousons clairs. On peut deviner les fourneaux. Des hommes, en vestes blanches, assurent le lien entre les cuisinières actives et les petits groupes des invités qui se forment progressivement. Des plats se succèdent, des rires s'intensifient, des fontaines colorées s'échappent de carafes, des doigts encombrés de bagues

---

[4] Grillages en bois pour voir dehors sans être vu.

tendent des verres de cristal. Sur une petite estrade, un troubadour captive déjà un petit groupe. Avec sa guitare, il enchaîne les mélodies plaintives. Il loue le souffle d'un poète qui offre son cœur à une simple passante. Il évoque le cri de celui qui pleure un amour perdu. Ces douces mélodies accompagnent la chaleur des paroles qui se détachent pour couvrir de temps à autre le brouhaha de l'assemblée. En arrivant sur les lieux, une femme d'âge mûr s'écrie, enthousiaste :

— Merveilleux, c'est Ralid !

Un rire général répond à son exclamation. En allant d'un groupe à l'autre, Hamza propose inlassablement des cigares. Les visages laissent s'éterniser une soirée aussi légère que la fumée de ses havanes. Médéric recroise la femme lui rappelant une de ses conquêtes éphémères au Sénégal. Ses sourires sont plus distants que la veille, il s'approche, elle s'écarte. Bob lui fait comprendre d'un signe qu'il ne doit pas persister.

Une heure du matin, des citrons confits circulent non loin du major lorsqu'un des serveurs trébuche. Son plateau rempli de beignets et de mantecaos à la cannelle chute dans la piscine. L'œil de Hamza reflète l'irritation. Il pointe un doigt rageur vers le coupable, et la nourriture qui flotte, en hurlant un torrent de remarques blessantes. Ralid se tait. Un gigantesque point d'interrogation relie les deux anciens commandos. Hamza fait un geste pour saisir un manche d'outil oublié qui repose contre un fauteuil. On peut presque penser que des coups vont pleuvoir pour punir le maladroit qui tente de grossières excuses. Les invités échangent quelques regards, amusés pour les uns, surpris pour les autres. Hamza ne décolère pas, il élève son cigare comme s'il maniait le manche d'un fouet. La sentence est nette, l'homme est expulsé. Il s'échappe, courbé, sous des lanières de phrases violentes et acerbes. Aucun des invités ne s'interpose face à cette expulsion brutale du maître de maison.

Ralid a repris sa guitare, trois autres musiciens le rejoignent. Instantanément, l'assistance vibre au rythme des mains sur les instruments. L'on veut oublier en épousant les notes qui ruissellent en cascade. Plusieurs invités battent la mesure sur une table ou une chaise. Les ombres des costumes et des robes chamarrées ondulent sur des filets de lumière qui éclaboussent murs et buissons. Les essences de résineux, d'ambre et de cannelle permettent à chacun d'oublier l'incident et de retrouver les voies de l'insouciance. Des faisceaux lumineux, libérés par de petits orifices disposés sur de gros verres mauves, fascinent ceux qui côtoient les buffets. Des lueurs de lune paraissent s'amuser de la folie des humains.

Un homme, de taille identique à celui que Hamza vient de chasser, arrive pour ramasser habilement les débris provoqués par son prédécesseur. Il n'hésite pas à se pencher pour repêcher les morceaux qui flottent. Les plats circulent de nouveau. Médéric, soulagé par la fin de l'épisode conflictuel, ose s'adresser à une jeune femme aux cheveux noirs et longs, qu'il observe depuis un moment.

— Il ne manque plus que le remplaçant nous fasse un plongeon.

Sa remarque est accueillie par la danse d'une chevelure qui effleure sa joue. La lueur d'un flambeau joue avec le relief du visage fragile, presque enfantin, de son interlocutrice. Ses yeux ont pourtant un reflet singulier.

Un bruit sourd retentit et une gerbe d'eau s'élève. Tous se retournent, le nouveau serveur est au milieu de la piscine. Hamza avance sur le rebord, tous attendent de violents reproches. Ils ne sont pas déçus. La guitare et la voix du troubadour s'éteignent instantanément. Le visage du maître des lieux vire aux couleurs de l'orage, alors que son cigare décrit des cercles bizarres. Le serveur a rejoint le bord et se jette exagérément à genoux, pour implorer pardon. Hamza empoigne le menton de l'homme, il tire férocement sur la peau qui s'étire. D'un geste sec, il en arrache des lambeaux qu'il jette devant les invités les plus proches. Des cris de stupeur s'élèvent, personne ne s'interpose. Un homme bedonnant, au visage bouffi, éclate d'un rire sinistre. Sa compagne encourage, avec des cris vulgaires, Hamza qui s'acharne. Le souffre-douleur se tord et hurle. Le carrelage bleuté s'encombre de débris de chair. Étonnamment, un visage succède au précédent. La surprise des invités est totale. Médéric n'est pas étonné. Il avait, depuis peu, saisi la facétie en cours. Il se retourne, mais son interlocutrice a disparu. Le commandant finit par l'apercevoir au bras d'un homme au visage cramoisi, aux doigts couverts de bagues de prix. Médéric est consterné, en constatant que la belle brune lui transmet un clin d'œil.

C'est alors que la victime se redresse, monte sur une table et réclame l'attention générale pour enlever gants, masque et perruque. Hamza sourit, alors que tous découvrent que le serveur d'origine était revenu, grimé. De petits rires nerveux et de légers soupirs se croisent. Le soulagement illumine la plupart des visages. Tout n'était que farce, même la colère du maître de céans.

Un homme arrive. Il porte une grande valise. Hamza présente le maquilleur, qui étale minutieusement l'ensemble de ses accessoires sur une table. Des perruques, des crayons, des maquillages, des masques s'alignent. Entouré par la plupart des invités, il explique ses techniques. Médéric et Bob préfèrent reprendre ces liquides ambrés qui scintillent dans des verres aux ventres ronds.

La soirée reprend pour s'éterniser jusqu'aux premières lueurs d'une aube éclatante. Sur son estrade de fortune, le chanteur chante comme il parle, le sourire aux lèvres. Ses doigts longs et nerveux courent sur les cordes. Sa tête bouge de gauche à droite, avec un visage constamment radieux. Ralid achève une mélodie, des applaudissements et des sifflets d'admiration enveloppent les notes qui résonnent. La plupart des regards féminins sont conquis. Médéric n'a pas tenté de rejoindre la jeune femme brune. Il se contente de l'observer de loin, sans répondre à ses petits gestes ambigus qu'elle lui offre de temps à autre. Son compagnon au visage congestionné ne s'en offusque pas, il les encourage même.

— Si vous aimez les fleurs vénéneuses, répondez à ses appels.

Hamza, qui vient de passer, a soudain lâché ces mots dans un sourire. Bob, qui n'a pas vraiment compris, interroge :

— De quoi parle-t-il ?

— Du couple qui tente de m'attirer dans ses filets.

— Ok, incorrigible ! Je te laisse.

— Surtout pas.

Bob fixe son ami, qui préfère, pour le retenir, aborder un sujet ennuyeux et dénué d'intérêt. Bob l'écoute, hoche la tête, et conclut, maussade, lorsque le monologue de Médéric s'interrompt :

— Tu peux arrêter, ils sont partis. Je te préfère en vadrouille, tu es franchement moins ennuyeux.

L'ocre des murs s'agrandit aux premières lueurs. L'onde rythmée provoquée par la voix de Ralid ne berce plus ceux qui préfèrent l'ombre à la lumière. Les étoiles s'effacent les unes après les autres. Au loin, la Perle du Sud va briller comme chaque jour. Un seul serveur veille encore, Médéric et Bob sont les derniers à quitter la fête en chancelant.

***

Médéric ouvre un œil, « onze heures trente ». Il enfile un peignoir et regarde naturellement par l'une des fenêtres. Deux véhicules 4x4 s'imposent à son regard. Ceux qui les entourent ne dissimulent pas leurs armes. Près de la piscine, Hamza échange énergiquement avec deux hommes. Le plus mince est le plus véhément. Médéric reconnaît l'un d'eux, c'est le balafré qui a contrôlé ses papiers au souk, près de la place Jamâa El Fna. Il décide de prendre une bonne douche, en tentant de penser que le hasard fait son œuvre. Cinq minutes s'écoulent, il chante allègrement. Il musarde dans la chambre quand des coups puissants ébranlent sa porte. Médéric ouvre, une simple serviette autour de la taille, pour découvrir Bob, nerveux, avec un peignoir mal fermé.

— Qu'as-tu ?
— Les gendarmes sont là !
— Rentre, s'ils nous surprennent ensemble presque à poil, ils vont s'imaginer que notre tourisme est sexuel.

La remarque prononcée d'un ton placide a le mérite de faire sourire Bob. Brusquement, des véhicules démarrent comme si le départ d'une course folle était lancé. Peu après, on frappe légèrement à la porte de la chambre de Médéric, qui ouvre spontanément. Hamza Khelfa marque un temps d'arrêt en regardant les deux hommes peu vêtus, mais sa surprise ne dure pas.

— Ils sont venus pour voir le chanteur d'hier soir, Ralid.
— Nous pensions qu'ils venaient pour nous ?
— Ils n'ont rien précisé, mais ils connaissent vos présences.
— Pourquoi teniez-vous à nous prévenir ?
— Je vous ai vus derrière la fenêtre.
— Avez-vous peur ?
— J'ai l'habitude de vivre dangereusement, j'ai mes réseaux et mes appuis. Je sais aussi payer mes dettes.

Médéric hoche la tête, le pouce droit levé. Un instant singulier réunit les trois hommes. Hamza reprend la parole, pour expliquer que Reith est le responsable d'une unité d'élite de la gendarmerie. Il n'a pas besoin de préciser que c'est son adjoint qui a surpris les deux associés pour un contrôle d'identité dans le souk de la ville. Un long silence suit cette explication, Hamza propose de passer l'après-midi au Hammam Marrakech Médina. Il affirme dans un sourire que les gouttes de sueur purifient les corps à défaut d'assainir les âmes. Les trois hommes se regardent longuement, ils sont d'accord.

***

Les teintes du Hammam de Marrakech rappellent les reflets des dunes de sable quand le soleil flamboie. Sur un siège de mosaïques, deux jeunes femmes blondes rient souvent. Elles sont appuyées, lascives, contre des compositions de petits carreaux blancs, rouges et bleus, elles laissent parfois glisser, innocemment, un pan de serviette. Un haut de cuisse, la naissance d'un sein se dévoilent. Leurs gorges dansent à chaque éclat de voix. Leurs mains parfois se croisent. Leurs chairs brillent comme si des poussières de diamants jaillissaient des pierres brûlantes, pour couvrir leurs épaules. Lascives, elles palpitent trop au rythme de leurs ravissantes paupières, pour ne pas s'être étroitement nouées récemment, ici ou avant de venir. Médéric ne peut pas détacher son regard des deux jeunes femmes, en imaginant la scène. Si les murs pouvaient livrer les chuchotements qui ricochent, que de secrets inavouables lui parviendraient !

Les trois compagnons choisissent une autre salle aux reflets quelquefois vermeils, le plus souvent émeraude. Les ombres humides dissimulent les courbes et les ovales des voûtes. Puis, ils visitent le recoin bleuté d'une nouvelle pièce. Ici et là, les pétales roses et rouges des bancs et du sol recueillent les perles de sueur des peaux agate ou cuivrées. Elle n'est occupée que par deux touristes qui s'abandonnent à la douceur des lieux. Cette fois, Médéric est frappé par le visage de la plus proche. Balayé par un halo de lumière ambré, il est parfois dissimulé par une chevelure dorée à la crinière presque rousse. Il imagine que ses cheveux sont traités avec un subtil mélange de safran, de citron et de soleil. Bob se penche pour susurrer discrètement :

— J'ai lu que le blond était lié à la beauté et à la pureté, le roux traduisant un goût prononcé pour la débauche.

— Que va penser notre ami ?

— Si j'en juge par son regard qui a la même direction que le tien, rien du tout.

Hamza ne bouge pas, le regard fixe. Quand les deux femmes quittent la pièce, il lève la main pour attirer l'attention de ses deux compagnons. Il explique, sans préambule, que Dominique ne serait pas morte dans l'accident. Elle a eu le tort de survivre, un autre corps a pris sa place, celui d'une fille de la nuit qui a refusé de se plier aux règles de son maître. Il insiste sur la fragilité de ses propos. Il n'en sait guère plus, mais il est persuadé que Dominique doit encore croupir dans une cellule locale, avant de rejoindre le désert. Pour lui, son sort d'esclave est réglé et personne ne peut intervenir. Pour la veuve, trois ans plus tôt, il pense qu'elle est bien décédée sur le coup dans l'accident. Médéric pose des questions plus précises, mais Hamza avoue ne pas en savoir beaucoup plus. Un long silence suit ses dernières paroles, puis, d'un geste énergique, il se retourne vers Médéric :

— Je sens qu'une idée insensée va envahir votre cerveau, celle de l'homme qui tente toujours l'impossible.

— Vous croyez ?

— J'en suis persuadé, mais tenter de délivrer cette femme serait de la folie.

— C'est justement notre marque de fabrique. Alors, il faut nous trouver un endroit, une adresse !

La dernière réplique vient de Bob, qui s'exprime calmement sans lever la tête, comme s'il énonçait une évidence. Il a mis un point final à la discussion. Un sourire indéfinissable flotte entre les trois regards.

12

Un mois plus tôt

Dominique se réveille de temps en temps. Elle ne saisit pas qu'elle est étendue sur une paillasse, entourée de murs de pierres. Sa chevelure de feu est devenue terne, ses grands yeux sombres restent clos, son visage est exsangue. Son esprit dérive toujours vers un monde où Paulo et sa famille sont rassemblés le long d'un perron d'une villa au style inconnu, à Marrakech. Sa mémoire imprécise amalgame des lieux et des évènements de son passé ou de son imagination. Quand elle bredouille quelques mots, les phrases s'évanouissent sur ses lèvres. Sa tête reste appuyée sur une planche grossière, et ses membres reposent immobiles le long de son corps. Sa respiration saccadée et ses mains recroquevillées ne sont pas des signes encourageants pour celui qui pourrait s'inquiéter de son état de santé.

Derrière la porte en fer, une vieille femme surveille la prisonnière. Deux balafres coupent son visage, son physique est peu avenant, ses vêtements ne traduisent aucune élégance, ses yeux peuvent rappeler ceux d'un oiseau de proie. L'on peut aisément penser qu'elle a l'habitude de garder des prisonnières et que ses mains peu féminines imposent une soumission totale. Un long couloir de terre battue relie plusieurs portes du même type. De temps à autre, un gémissement s'élève, des bruits de chaînes résonnent. L'on comprend que Dominique n'est pas la seule misérable détenue dans ces lieux. Plusieurs victimes subissent la même loi, dans un endroit qui en est dépourvu. Les surmulots[5] circulent souvent et s'acharnent sur les plus faibles.

Une plainte devient plus intense, elle s'intensifie. La vieille femme se lève, saisit un épais et long lacet de cuir. Elle ouvre un accès en ferraille et, sans une seule hésitation, frappe énergiquement deux fois avec son fouet. Sa riposte est efficace, un corps chute, un lourd silence succède à un cri. Une supplique s'élève, elle est suivie d'un autre sifflement de lanière, puis du grincement lancinant indiquant que la porte se referme inexorablement. Un sourire vient de naître sur le visage aux balafres disgracieuses.

Au bout du couloir, la lumière du jour jaillit le temps d'un éclair. Un homme, le visage impassible, se détache et avance vers la vieille femme qui a toujours son fouet à la main. Abdelraffar désigne la prison de Dominique d'un geste interrogateur. La femme ouvre les mains en signe d'impuissance, son sourire s'est évanoui en apercevant le visiteur. Sa grimace tend à expliquer que la prisonnière est toujours inconsciente. Tout porte à croire que la garde-chiourme est muette. L'homme au regard dur fait ouvrir la porte, secoue un peu la blessée qui ne réagit pas. Peu vêtue, elle ne distingue pas plus la lumière qu'elle n'avait perçu l'obscurité. Le responsable de ces lieux sordides l'observe, pose encore une main sur son épaule, la laisse glisser jusqu'à la naissance d'un sein, puis repart en exigeant que la séquestrée soit protégée des rats qui pullulent.

Dominique, insensible à cette visite, reste au fond d'un trou noir quand elle n'est pas bercée par une voix lointaine. Elle ressent de fausses sensations, elle entend un de ces contes d'enfant qui laissent entrevoir des histoires dans des univers de sucre et de miel. La jeune femme ne sent plus aucune gêne-

---

[5] Le surmulot est un rat d'égout. On en compte 2 à 3 pour un terrien, estiment les spécialistes.

dans ses mouvements. De temps à autre, elle flotte toujours vers un perron qui ne se rapproche jamais. Paulo et ses parents tendent leurs bras en vain. Une odeur de peau, d'un parfum l'enivre de souvenirs. De temps en temps, elle est seule avec Paulo ; occasionnellement, elle est entourée par une famille qui l'observe, et sourit. Tous avancent puis reculent, comme s'ils participaient à une folle farandole. Une musique lancinante les accompagne, quand s'atténuent des sifflements. Elle n'entend aucune voix, ceux qui la cernent ne parlent jamais, même si leurs lèvres bougent. Dominique ne réalise pas qu'elle traverse de longs couloirs sombres, sans pouvoir ouvrir les yeux. Puis, un autre visage se substitue à celui de Paulo.

Extraite au dernier moment d'un véhicule en feu, elle croupit depuis longtemps sans en avoir conscience. Le seul médecin qui l'a examinée et soignée lui administre une drogue régulièrement.

***

Août 2015

Trois jours après la soirée chez Hamza Khelfa, Médéric et Bob ont fait un peu de tourisme, peu convaincus d'obtenir de nouveaux éléments. Ils sont au bord de la piscine quand Médéric sursaute, une ombre vient de grandir subitement dans son dos. Il roule sur son côté droit et reste accroupi, prêt à tout. Bob a vu venir l'homme et sourit sans bouger. Hamza fait un pas en arrière.

— Je ne tenais pas à vous surprendre. Je vous propose un peu d'action.

— Du genre ?

— Ce que vous aimez, libérer une victime.

— Alors, dites-nous tout.

Hamza ne répond pas de suite. Il finit par expliquer qu'il a obtenu des éléments permettant d'identifier le lieu où Dominique est détenue. Il tient à exprimer ses doutes, car le renseignement lui a été marchandé par Ralid, un homme qui vend ses informations au plus offrant. Le musicien détient son secret d'une jeune femme, fréquentant les boîtes de nuit locales et qui affirme avoir été détenue avec la Française. Hamza n'a pas compris la raison qui a poussé le chanteur à s'adresser à lui, il peut toutefois dire que l'entraîneuse, qui n'a pas ouvert la bouche pendant la rencontre, était terrorisée. Dominique aurait confié que deux Français, ressemblant à ses invités, viendraient la soustraire à ses ravisseurs. Cette affirmation fait sourire les trois hommes, et Bob, d'une voix calme, énonce :

— Voilà qui respire le piège.
— Vous ne croyez pas si bien dire.

Cette fois, Hamza marque un temps d'arrêt avant de poursuivre. Il explique qu'un de ses amis a appris à Orly qu'un homme avait tenté de mettre en place des charges explosives, alors que Médéric et Bob allaient prendre leur vol. C'était un voleur connu à Marrakech qui a déjà fait plusieurs séjours dans les prisons locales. En séjour en France, dénoncé pour avoir bêtement confié son intention de commettre un attentat à une fille de la rue, l'homme a dû reprendre un vol vers le Maroc. Il vient d'être abattu, car les autorités locales affirment qu'il a voulu agresser un policier non loin du golf Amelkis.

Il est des évidences qui devraient imposer de longues réflexions à des esprits raisonnables. Médéric et Bob étaient identifiés, ce que les derniers évènements venaient de confirmer. Après les explosifs, l'intimidation, le piège s'avérait évident.

— Alors, la tempête nous attend, il est temps de l'affronter. Vous voulez bien nous expliquer le meilleur moyen de rejoindre cette adresse de détention ?

Médéric s'est exprimé calmement, comme s'il envisageait une simple balade. Hamza ne peut s'empêcher de lâcher :

— Dangereux, suicidaire même...

— Mais la folie et l'audace sont nos marques de fabrique...

Hamza grimace en levant une main fataliste. Les deux autres sourient comme s'il s'agissait d'engager une aventure plaisante.

— Nous ne pouvons pas décevoir ceux qui nous attendent. Il est temps d'étudier la carte des lieux.

***

L'on peut imaginer que deux ombres progressent en épousant le mur d'une bâtisse. Une palme frissonne, un chien aboie. Un bruit rappelle un pied qui glisse sur un peu de graviers. Quelquefois, deux espaces sombres sont reliés par une ombre fugitive. Un nuage pourrait voiler la lune, mais le ciel n'en offre aucun. Un spectateur attentif comprendrait qu'un intrus va pénétrer dans le bâtiment.

De temps à autre, les phares d'une voiture balayent la devanture de ces lieux isolés sans rien dévoiler. Des éclats de lune glissent accidentellement. Le temps d'un souffle, l'un d'eux reflète un visage sur un bord de vitre. L'on pourrait reconnaître celui de Médéric, si des traces noires ne dissimulaient pas ses traits. Un filet de lumière disparaît aussi vite qu'il a pu surgir. La nature endormie retrouve sa quiétude.

Les deux gardes cachés derrière un mur proche de la maison à atteindre ont disparu, couchés, ils n'inquièteront pas les intrus. Bob n'a pas perdu la main pour neutraliser prestement les indésirables, il les remplace.

Quand la vieille femme aux balafres disgracieuses ouvre la porte du long couloir, elle n'a pas le temps de réagir, elle est maîtrisée. Médéric pénètre seul dans le bâtiment. Progressant rapidement, il découvre des pièces identiques à des cellules, disposées de part et d'autre. Une jeune femme le fixe, effrayée. Il l'interroge, en lui promettant de la libérer, elle ne semble pas le comprendre. Une voix s'élève dans son dos, Médéric se dirige vers elle. Un sifflement bizarre le laisse sans réaction. Un couteau de lancer vient de s'enfoncer dans le mur non loin de son visage. Ce danger imprévu ne déstabilise pas le commando qui lance deux grenades fumigènes au fond du couloir. Le commandant ouvre encore les deux portes les plus proches pour faire déguerpir d'éventuelles prisonnières, en saisit une qu'il interroge brièvement alors que la fumée épaisse envahit les lieux. En quelques mots, elle parle de deux mortes, en montrant une cellule vide, et marmonne : « Française ».

Le commandant balaye promptement l'endroit du faisceau de sa torche. Il découvre trois lettres : **p, l, o**, gravées sur une pierre et prend une photo. Un groupe de surmulots s'enfuit entre ses pieds. Dehors, un chien lance un aboiement rauque et poussif. Médéric perçoit des mouvements au fond du couloir et préfère rejoindre la sortie. Les jeunes femmes que Médéric a poussées dehors s'échappent vite en criant, des phares s'allument, des individus surgissent pour les ceinturer, mais l'une d'entre elles s'esquive adroitement. Les deux amis choisissent le repli immédiat, en sautant vers la retraite la plus sombre et la plus escarpée. Médéric et Bob ne partent pas au hasard, ils ont décelé sur les cartes une descente impraticable pour des engins à moteur. Ils comptent sur leur forme physique pour distancer d'éventuels poursuivants. Qu'il serait étrange pour un promeneur d'entrevoir deux silhouettes jaillir d'une pente abrupte, comme si le vent chassait du sol des nuages sombres.

Derrière eux, des faisceaux lumineux inondent l'espace, des sommations fusent. Quelques sifflements indiquent que les armes sont munies de silencieux. Un arbre est blessé, les moteurs rugissent. Les fuyards comprennent que les véhicules démarrent en trombe, pour rejoindre un terrain plus favorable, en contrebas.

Médéric avait observé les lieux de nuit une seule fois, par précaution. Il était probable que ceux qui les attendaient soient uniquement à l'extérieur du bâtiment. C'était une mauvaise approche. Puis il avait repéré un club ouvert tard la nuit, proposant des balades en quad et à cheval, situé à trois kilomètres environ.

Médéric et Bob dévalent un chemin étroit pour s'engouffrer dans un trou noir. Le premier des deux saute un muret difficile à franchir, même pour un homme en forme ; à droite, une autre pente très raide les conduit vers un fossé et un chemin de terre en contrebas ; une côte caillouteuse derrière un bosquet s'impose sur la gauche ; Bob ouvre toujours la route. Le chemin zigzague, il est trop sombre pour que les fuyards puissent distinguer les inégalités du sol. Ils entendent une chute et un cri, et comprennent qu'on essaye de les poursuivre. Les deux hommes sont régulièrement à la limite de la perte d'équilibre. Médéric trébuche sur une pierre et se rattrape de justesse à une branche basse. Le macadam favorise brutalement leur fuite. Les anciens commandos franchissent une nouvelle côte. À chaque foulée, ils se sentent plus forts, plus rapides.

Médéric s'immobilise et s'appuie contre un mur qui borde un chemin. Sur un signe, Bob l'imite. Un geste à droite montre les phares de berlines qui grossissent vite, un autre à gauche indique un groupe de touristes en quads qui va se remettre en mouvement. La première carcasse en fer qui démarre est noire, celle du moniteur. Les autres lancent des lueurs rouges. Les moteurs ronronnent, les grosses roues écrasent le chemin. Mais le dernier conducteur peine à redémarrer. Bob surgit, comme un pantin désarticulé de sa boîte. Visiblement maladroit, le conducteur chute, en laissant tomber son casque. Bob le saisit, en prenant sa place derrière le guidon, Médéric est déjà assis derrière lui. Bob accélère pour rejoindre la petite colonne motorisée qui n'a rien vu. Les mouvements de terrain sont nombreux et peu visibles malgré les éclats de lune.

Dix minutes plus tard, Bob, debout sur les marchepieds, oblique à droite et fait rugir le moteur à plein régime pour franchir un champ de pierres. Il slalome, indifférent aux appels du groupe qui ne comprend pas sa manœuvre. Le fugitif devine la route à l'horizon et choisit des passages difficiles. Le commandant, une boussole à la main, confirme d'un signe la direction à suivre. Les deux amis retrouvent cette fougue qui les habitait dans les opérations les plus délicates.

Le quad laisse échapper une fumée peu rassurante. Médéric, ne percevant plus aucun phare dangereux, tape sur l'épaule de son compagnon pour arrêter sa conduite à la limite de l'équilibre. Le major rejoint une route et roule désormais beaucoup moins vite, mais la fumée s'intensifie et accompagne une odeur d'huile brûlée. Ils abandonnent la machine empruntée, qu'ils camouflent sommairement avec des branchages contre un muret, et s'éloignent vivement à pied, sans courir. Une pause, ils écoutent le vent qui siffle légèrement et ne perçoivent aucun bruit suspect. Un quart d'heure plus tard, les deux fuyards montent dans un véhicule conduit par le chauffeur de Hamza. Ce dernier ne pose aucune question et démarre sans accélération bruyante.

***

Là-bas, le touriste, l'ancien conducteur du quad violemment emprunté, se relève. Il titube et glisse sur une pierre. Seul dans le noir, il ne comprend pas comment il est devenu piéton. Il parle tout seul pour se rassurer, frotte ses membres endoloris lorsque trois hommes surgissent dans la pénombre. Ceinturé, jeté au sol sans ménagement, une cagoule voile instantanément sa vue déjà trouble. Des mains puissantes l'entraînent dans le coffre d'un véhicule. Suffoquant, entre des murs malodorants, il souffre de sa chute. Sa nuit sera dure, quand Abdelraffar en personne l'interrogera. L'infortuné vacancier ne le sait pas encore, il ne comprendra rien aux questions qui vont l'assaillir.

***

Non loin de la résidence de Hamza, la voiture s'immobilise. Les alentours sont calmes. Médéric et Bob partent en petites foulées sur un chemin qu'ils connaissent bien depuis plusieurs jours. Ils arrivent devant un mur d'enceinte de plus de trois mètres, le franchir ne pose aucun problème. Ils se déshabillent dans l'ombre avant de rejoindre une douche extérieure. Leurs vêtements sales et leur appareil photo sont récupérés immédiatement pour rejoindre une cache discrète. Médéric sait qu'une visite brutale de berlines ne tardera pas, même si la surveillance de l'entrée principale n'a donné aucun résultat pour ceux qui les attendent et ceux qui les poursuivent.

L'attente n'est pas longue, le balafré se présente et exige de visiter les lieux. Hamza ne s'oppose pas, tout en faisant part de sa surprise devant de tels agissements. Les bâtiments sont envahis par une horde sauvage. Les hommes en noir ne découvrent que des habitants endormis, aucun vêtement sale chez les deux Français. Ils vérifient les salles de bains, mais aucune n'a été utilisée récemment. Une des douches extérieures fonctionne, mais l'homme qui l'utilise explique qu'il vient de terminer son service de gardien. Le sol en pierre ne trahit pas de traces suspectes. Le balafré interroge Médéric qui bâille en négligeant son interlocuteur. Ce dernier se fâche, mais quand le commandant se redresse, le gendarme recule d'un pas.

Le face-à-face pourrait perdurer lorsque Bob, dont l'haleine est celle d'un poivrot, propose une gorgée à l'amitié franco-marocaine. Sa bouteille à la main, il chute à genoux en riant bêtement. Un regard de mépris l'enveloppe et marque le signal du départ de la troupe qui sent que ses proies lui échappent. Le dépit est à la hauteur de l'accélération brusque des berlines noires qui quittent l'allée gravillonnée.

13

Le lendemain de leur expédition nocturne, Médéric et Bob se retrouvent aux premières lueurs, au bord de la piscine. La veille, ils n'ont rien obtenu, sauf un peu d'exercice, et un parfum de ces missions qu'ils exerçaient jadis sous l'uniforme. À l'ombre dense des palmiers bouteilles, les deux hommes lézardent et grignotent toute la journée.

Alors que les fortes chaleurs s'estompent, ils décident de faire un long footing dans la chaleur de la nuit. Quelques longueurs dans l'eau limpide seront leur récompense.

Le gardien ne cache pas sa surprise de les voir arriver en tenue de sport aux couleurs vives. Pour Médéric et Bob, il est l'heure de faire souffrir les corps et d'essayer de réveiller les esprits. Ils côtoient, le temps d'une respiration, de splendides demeures, et des passants qui s'étonnent de leurs foulées puissantes. Un groupe d'enfants rieurs les accompagne bruyamment pendant plusieurs mètres.

Les deux hommes choisissent un terrain accidenté, désireux de semer la lourde berline noire qui roule derrière eux. Ils traversent une piste étroite où une moto vient de surgir. Le jeune autochtone qui la conduit est rapide. Sa compagne est assise sur le porte-bagages. Les pans de sa robe légère virevoltent, comme les ailes d'un grand papillon. Médéric regarde la mécanique pétaradante et les étoffes qui vibrionnent, alors que les ombres de la nuit enveloppent irrégulièrement la campagne aride. Sur leur gauche, une file de quads oscille entre les pièges de la piste, en doublant un véhicule sombre, toujours le même. Les occupants de la voiture ne cachent pas leur volonté de ne pas les perdre de vue.

— Nous avons constamment nos anges gardiens.
— C'est rassurant de se savoir important.

Les deux hommes éclatent de rire tout en parlant, tout en courant dans la poussière brune des chemins caillouteux. Soudain sérieux, Bob interroge :

— N'as-tu jamais douté de tes missions extrêmes quand tu exécutais les ordres sous l'uniforme ?

— Nos chefs tentaient de répondre au bien commun. Dans notre société, personne ne détient un pouvoir absolu. Rejetons les théories du complot.

— En as-tu toujours été convaincu ?

— Ne laissons pas quelques erreurs entacher l'ensemble. Il est plus simple de douter que d'être fidèle, de détruire que de construire. Tout homme peut se renier, abandonner les siens et sa culture, s'inventer une autre vie égoïste.

Bob n'insiste pas, il se reproche même d'avoir abordé un tel sujet. Il s'attendait à des réponses simples et courtes. Les deux hommes, sans ralentir l'allure, terminent leur course. Médéric reprend l'un de ses thèmes favoris pour conclure.

— Nous étions des jardiniers cultivant les terres léguées par nos pères, en ordonnant la nature et protégeant les bonnes herbes des mauvaises. Nous avons veillé aux dangers extérieurs qui menaçaient nos cultures.

— Et aujourd'hui ?

— Nous agissons autrement, en restant fidèles à nos principes.

Ils arrivent devant les deux tours carrées, Bob est soulagé d'échapper à la suite des explications de son complice. Il le trouve parfois compliqué quand il s'exprime. Le gardien ouvre la porte en bois clouté, sans attendre qu'ils frappent. Les deux hommes se jettent dans l'eau transparente de la piscine devant la façade blanche que les derniers rayons éclaboussent. Instantanément, ils entament une course qui se prolonge longueur après longueur. Rien ne semble devoir les départager, ils rejoignent le bord dans un même élan et s'élancent vers l'autre, ensemble. Bob se bat avec l'eau, Médéric glisse sur la surface. Une silhouette noire se détache et interrompt soudain la lutte. Reith les observe, son regard n'est pas des plus sympathiques.

***

Pendant que Médéric et Bob conduisaient leur expédition de la veille sur les traces de Dominique, Agathe, une Française blonde à la peau fragile, sommeillait dans un avion à destination de Marrakech. Agathe ne dormait pas vraiment. Ses yeux noisette étaient clos, mais elle songeait au poste de direction qu'elle convoitait. Depuis un mois, elle avait découvert qu'elle n'avait que deux concurrents à évincer. Les yeux fermés, la jeune femme faisait un point rapide sur la campagne de dénigrement qui devait compromettre le premier. Un contrat avec un détective privé lui avait permis d'apprendre qu'il fréquentait des lieux de débauche. Les photographies prises étaient éloquentes. Les clichés abandonnés à la cafétéria de l'entreprise avaient fait sourire le personnel, mais pas le comité de direction. La crédibilité de l'homme s'était effritée.

Agathe n'avait pas encore arrêté de stratégie pour écarter le second. Elle avait échafaudé en vain plusieurs hypothèses, sans être satisfaite. Ses lèvres posées sur sa main, une idée commençait à germer dans son esprit. Puisqu'elle lui plaisait, l'idée de séduire son concurrent pour l'anéantir s'imposait. L'ambitieuse balaya son aversion, car il ne l'inspirait guère, surtout lorsqu'elle l'imaginait nu, avec son corps blanc et flasque. Agathe avait conclu que pour obtenir cette promotion, elle devait étreindre et embrasser une limace. Curieusement, cette image l'amusa. L'arriviste avait choisi de se ressourcer avant de planter ses dernières banderilles dans le dos de ses collègues qui n'hésiteraient pas à la faire trébucher si elle ne réagissait pas. D'origine espagnole, la séditieuse comparait souvent l'entreprise à une arène, en se refusant de prendre la place du taureau.

Vous entendrez, sans doute, que les personnes qui portent ce prénom sont avides de précision, d'organisation et d'exactitude, ce qui correspondait à son caractère. L'on vous confiera également qu'elles sont sensibles, discrètes, généreuses, ce qui était loin d'être son cas. Elle était aussi froide, calculatrice et cupide que jolie.

Lorsque l'avion amorça sa descente, Agathe songea aux jours de dépaysement et de repos qui l'attendaient. L'intrigante rêvait d'aventures au creux d'un palais aux fenêtres étroites et aux murs mystérieux.

***

Reith fixe les deux hommes qui ne résistent pas à l'idée de dire bonjour joyeusement. Un visage dur et sérieux en affronte deux autres rieurs et malicieux. Sans préambule, le gendarme explique fermement que les deux Français ne sont pas les bienvenus et que leurs agissements pourraient être de nature à troubler l'ordre public. Reith ose demander aux deux hommes de quitter Marrakech, sans justifier sa mise en garde. Médéric répond qu'il ne comprend pas une telle sévérité, mais déclare que leur vol, pour quitter le pays, est prévu dans deux jours. L'ex-commando se redresse sur le bord de la piscine.

Debout, il avance droit sur le gendarme qui n'a pas l'habitude d'être défié. Médéric se répète, en articulant comme si son interlocuteur comprenait mal sa langue. Il précise qu'il devra contacter son ambassade et rapporter les propos déplaisants qu'il vient d'entendre. Le commandant ajoute qu'il pourrait éventuellement envisager de prolonger son séjour, si on le contrariait. D'un geste qu'il pourrait adresser à un vieil ami, tout sourire, il invite le gendarme à prendre un bain.

Les deux hommes sont face-à-face, l'espace d'une main les sépare désormais. Reith sort nerveusement de sa poche un cliché représentant l'ombre d'un intrus dans un couloir. Son doigt accusateur est pointé sur Médéric qui déclare ne pas reconnaître la silhouette, tout en faisant une moue montrant ouvertement que la question est stupide. Puis, d'un mouvement souple et brusque, Médéric plonge pour fendre l'onde sans une éclaboussure. Derrière un moucharabieh, le responsable de l'intendance des lieux est attentif à l'échange.

Médéric et Bob reprennent leur course marine sans prêter attention à celui qui serre les poings, sans pouvoir user de son autorité habituelle.

***

Nos deux commandos ne peuvent imaginer que le gendarme qui s'éloigne doute des ordres qu'il a reçus deux heures plus tôt. Il n'a aucun élément concret contre les deux Français. Il exécute simplement les directives de son supérieur hiérarchique, Abdelraffar, qui a refusé d'en dire plus, tout en affirmant qu'ils étaient dangereux. Reith se cale au fond de son véhicule de fonction en lançant un ordre bref, suffisamment clair pour son chauffeur.

Une destination, le jardin du palais de la Bahia, s'impose toujours quand son chef est de mauvaise humeur. Le responsable de la troupe d'élite, les yeux dans le vague, soupçonne Abdelraffar de tremper dans de sombres trafics. Son regard de braise vacille, car il se sent également épié par son adjoint, le balafré. Reith parcourt le jardin planté de cyprès, puis sillonne les allées entre jasmins et orangers, sans calmer sa nervosité, sans pouvoir définir de ligne de conduite.

***

À l'instant où Médéric et Bob profitent pleinement de son hospitalité, Hamza Khelfa franchit les remparts de la vieille ville. La signature d'un contrat important impose souvent des rendez-vous matinaux, et le transport de liasses de billets. Hamza a réuni la somme d'argent nécessaire, des dollars américains, dans une petite sacoche brune.

Sur sa route, les vêtements clairs d'une touriste blonde illuminent un pan de pierres anciennes. L'homme d'affaires est fasciné en regardant cette jeune femme qui a l'allure des conquêtes qu'il apprécie. Agathe attire le regard de tous les hommes, elle ne semble pas le voir et baisse la tête en minaudant. On peut tout oublier, négliger ses obligations et ses rendez-vous, lorsque l'on est persuadé de faire une rencontre unique. L'homme d'affaires pense instantanément que s'il ne saisit pas sa chance, il n'en connaîtra pas une deuxième. Pareille situation peut aveugler le plus sage.

Hamza se dirige résolument vers la jeune femme et propose d'être son guide au cœur de la médina. Son futur contrat s'envole lorsqu'il prend le bras de la touriste française, tout en feignant de s'excuser pour son audace soudaine. La Française endosse l'habit d'une timide, hésite, tremble un peu, esquisse un léger sourire avant de parler, puis accepte en baissant la tête. Agathe sait jouer de sa beauté et du timbre de sa voix à la perfection. L'aventurière n'a pas souvenir qu'un homme ait pu lui résister.

Quinze minutes plus tard, un éclat malicieux de ses yeux noisette accompagne sa voix lorsqu'elle livre son prénom : Agathe. L'homme d'affaires l'entraîne au sud-est, au Mellah, le quartier juif, en lui prenant la main pour vanter les charmes des jardins de l'Agdal jouxtant le Palais Royal. La jeune femme se laisse conduire par la chaleur de ses doigts, penche souvent la tête vers son épaule, s'abandonne de plus en plus. À chacune de ses paroles, Hamza, qui présente avec chaleur histoire, architecture et paysages, a l'impression d'entendre des secrets, des aveux. Il s'enhardit en laissant progressivement ses lèvres courtiser la joue de la touriste, puis multiplie de petits gestes volés. Les rires discrets de sa conquête laissent entendre qu'elle apprécie. Hamza propose de finir la soirée au palais Namaskar, son hôtel préféré. Agathe ne refuse pas, en plaçant résolument sa bouche contre son cou. Elle murmure des mots qui laissent entrevoir de douces et longues étreintes. Ses déclarations passionnées font même trembler les mains de l'homme qui fait craquer ses vitesses, avec un seul but en tête : rejoindre hâtivement la plus belle chambre. La jeune femme rayonne, sa proie ne lui déplaît pas et semble aisée. Pour ses premiers pas à Marrakech, l'aventure s'annonce prometteuse.

***

La femme nue s'étire dans des draps de soie de couleur bordeaux. Elle songe qu'elle a mal choisi son partenaire du jour, même s'il est très cultivé. Elle se promet de n'en parler à personne. Si elle se confie à sa meilleure amie, elle déclarera, sous le sceau du secret, avoir vécu une soirée intense avec un prince local et connu des élans uniques.

Les ronflements de Hamza inondent la pièce. Agathe sait que ce sera difficilement supportable pour le reste de la nuit. L'aventurière se lève, rejette en arrière ses cheveux blonds, puis entreprend de fouiller les vêtements de son amant. Rapidement, une petite sacoche brune attire son attention. En l'ouvrant, une joie immense l'inonde, la Française vient de trouver sa récompense pour effacer sa soirée calamiteuse. Elle se rhabille sans quitter des yeux son cavalier d'une nuit qui dort toujours profondément.

Dehors, les premières lueurs accompagnent la fuite de la voleuse.

***

Au pied de l'Atlas, le soleil réchauffe les corps et endort les esprits. Il chasse la rosée de l'arrosage automatique.Médéric et Bob restent engourdis au rythme des jus d'orange nature que presse le personnel. Un gros insecte immobile, aux teintes des murs du jardin, semble les observer. Le temps est suspendu aux ondulations des orangers et des bougainvilliers. Ainsi s'écoulent les heures, entre terre aride et ciel brûlant.

De temps en temps, on entend le clapotis de l'eau résonner dans le domaine privé, lorsqu'un des deux hommes décide de faire quelques longueurs. Le nageur creuse un sillon qui se transforme en vaguelettes chatoyantes. Un battement régulier, mais éphémère, s'impose dans ce paradis sans horloge, où la chaleur écrase le vent.

La nuit s'étire autour des murs de l'hôtel, elle s'étend jusqu'aux remparts ocre qui, impassibles, défient depuis des siècles la chaîne du Haut Atlas. De petites lucioles chatoyantes s'éparpillent pour zébrer les contours de la bâtisse. L'ébène, l'or et l'azur envahissent les murs quand le soleil se couche. Médéric et Bob ont préféré demeurer prudents en restant sur place, sans s'écarter de la demeure de leur hôte. Ce dernier n'a fait aucune apparition depuis deux jours. Ils n'échangent plus, même si leurs regards parlent pour eux.

À l'heure du dernier repas de la journée, le responsable de l'intendance rejoint les deux hommes. Il indique que son maître attend ses invités dans un restaurant de la vieille ville, pour un dernier dîner avant leur départ pour l'Europe. Le chauffeur les attend.

***

Une porte dans la muraille est franchie. Les rues étroites et tortueuses semblent tout juste tolérer la circulation d'une seule voiture. Les façades dépourvues de larges ouvertures créent des gorges profondes, des canyons angoissants. Parfois, on croise une ombre furtive, quelquefois une boule de lumière trahit la présence d'une échoppe où des hommes se regroupent en silence. Une place, minuscule, trouée entre les murs, se dévoile. Elle est encombrée de voitures collées les unes aux autres. Un homme aux tempes grises surgit dans la lumière. Il guide prestement le nouveau véhicule pour le garer contre un mur. Une main ne pourrait pas s'engager entre la pierre et la tôle.

Le chauffeur indique une porte en bois sculpté qui s'ouvre sur de longs couloirs étroits, aux murs blanchis à la chaux. Sous les stucs ciselés s'ouvre le patio central. Un homme s'incline et les guide. Ils traversent des salles spacieuses, agrémentées de bassins rafraîchissant l'air et offrant de doux murmures. La table occupée par Hamza est encombrée de tajines et de pastillas. Debout, il les reçoit avec un large sourire.

— Avant votre départ, un véritable repas local s'impose.

— Et si nous restions encore ?

— Je ne vous le conseille pas, et tout porte à croire que Dominique n'a pas survécu. Sombre affaire qui s'achève, mais j'ai une autre tâche pour vous.

Hamza est d'abord un peu embarrassé, puis finit par raconter sa mésaventure récente avec une touriste française. Médéric et Bob hochent souvent la tête sans faire un seul commentaire. L'homme d'affaires avoue péniblement sa faiblesse et son aveuglement.

— Une aventurière, une dénommée Agathe m'a volé. Je vous offre dix pour cent de la somme, tous frais payés.

Les deux Français écoutent le montant de la somme dérobée, sans dissimuler leur surprise. Hamza hausse les épaules, en précisant que ces liasses de dollars américains, soigneusement enroulés, étaient destinées à faciliter une négociation discrète. Entre deux bouchées, il confie qu'il a été distrait en allant à son rendez-vous par une femme ravissante, enivrante. Sans dévoiler sa soirée au palais Namaskar, il affirme qu'il trouvera l'identité et l'adresse de l'aventurière. Il ne souhaite pas savoir comment la somme sera recouvrée ; toutefois, il aimerait que la voleuse soit punie. Le monologue s'achève lorsque, d'un signe, ses interlocuteurs indiquent qu'ils acceptent d'agir et de suivre sa volonté.

Le couscous commandé arrive avec un cérémonial d'importance. La maîtrise du maître d'hôtel pour découper chaque morceau de viande est la dernière phase de ce spectacle. Lames et dents de fourchettes virevoltent avec adresse. Plusieurs boissons sont disposées sur le large plateau ambré d'un guéridon d'où s'élancent trois pieds ouvragés.

À la table voisine, un jeune couple gazouille. Là, de petits rires font onduler un groupe qui chahute sous les coupoles ciselées. Sous des arcs polylobés résonne un anniversaire. Un homme seul dodeline régulièrement du chef, un sourire immuable aux lèvres. Soudain, il cherche ses lunettes dans ses poches. Il se lève, s'énerve, agresse deux serveurs qui tentent d'éviter tout conflit.

Hamza et ses deux amis regagnent la sortie, comblés et détendus comme s'ils venaient d'assister à une représentation d'exception.

— Je n'ai pas compris, j'ai laissé un bon pourboire au maître d'hôtel et il n'a pas eu l'air satisfait, confie Hamza au propriétaire du restaurant qui a tenu à le saluer.

— Eh bien, qu'il fasse la gueule, réplique ce dernier en souriant.

Sur la place, une fine ouverture éclaire le temps d'une respiration un pan de mur. L'on pourrait deviner un voile, un visage de femme qui s'allonge, trahie par la flamme d'un flambeau. Ici, de telles visions sont fugitives. Toute plume qui décrit ces lieux trempe dans l'encre du mystère.

14

Agathe a rejoint une villa au cœur d'une oliveraie, sur la route d'Amizmiz. Elle marche le long d'une piscine aux teintes uniques dont se pare rarement le grand large. Elle avait choisi de louer un « borjs », une tour berbère. Elle croise un couple qui a fait le voyage vers Marrakech avec elle. Elle répond d'abord à leurs questions par un sourire qui se veut joyeux, puis livre quelques fadaises pour expliquer sa longue absence. Enfin, l'aventureuse déclare qu'elle est lasse et souhaite se reposer. Le couple comprend que la magie locale n'est pas la cause des cernes qui marquent le visage de la fugueuse.

Une heure plus tard, Agathe ne trouve pas le sommeil dans sa tour berbère. Elle choisit de se réfugier dans un lieu où règne le traditionnel gommage au savon noir. Sur les nombreuses étagères sont alignés une multitude de flacons contenant des produits à base d'huile d'argan. Elle ferme les yeux, en se livrant à des mains expertes. Les odeurs l'incitent toujours à voyager et l'entraînent vers l'une de ses anciennes randonnées vers Tamegroute et ses corans enluminés. La voleuse est transportée au pied d'une palmeraie où elle avait connu, deux ans plus tôt, une aventure de quelques jours avec un homme du désert. Il n'était pas riche, mais beau, musclé et vigoureux.

Agathe regarde constamment l'heure. Elle a décidé de reprendre un vol le plus rapidement possible vers Paris. Une place s'est libérée le soir même, mais une journée à attendre pour fuir s'avère longue, surtout quand la crainte plane sur votre tête.

La détrousseuse reprend la petite sacoche brune cachée au fond de son sac. Elle l'ouvre. Plusieurs liasses de dollars américains soigneusement enroulés s'échappent de ses mains. Agathe regarde autour d'elle, comme si des yeux pouvaient la surveiller. Elle compte attentivement. La somme obtenue lui fait tourner la tête. Elle reste assise sur le sol, hébétée. L'aventurière a mis la main par hasard sur cette besace de son compagnon de circonstance. Après l'avoir instantanément subtilisée, elle a fait comme si tout se déroulait normalement. Elle n'a pas hésité à rejoindre sa victime pour l'enivrer de son corps et de ses caresses. Agathe exulte de l'avoir volé habilement, puis s'interroge. Le propriétaire d'un tel trésor ne peut que vouloir la rechercher, pour reprendre son bien. Pour donner du sens à son départ immédiat, l'escamoteuse précise à la réception qu'elle doit se rendre au chevet d'une amie brutalement et gravement accidentée.

Sa tête tourne, elle n'ose songer aux affaires douteuses qui peuvent générer pareil pactole. Agathe envisage de cacher l'argent dans le coffre de sa banque et de vivre sans l'entamer. Demain, elle pourra peu à peu utiliser cette fortune inespérée. Impatiente de quitter Marrakech, la jeune femme choisit de commander un taxi, en se persuadant que l'aéroport sera un refuge plus sûr. Agathe s'active, de peur que l'homme qu'elle vient de dépouiller ne surgisse après avoir découvert son lieu de vacances. Lorsque la voiture s'éloigne, le poids de son larcin devient moins lourd à porter.

En arrivant à l'aéroport, la chance sourit toujours à Agathe, rien ne vient contrarier son départ. Elle avait pris soin de camoufler son nouveau magot dans le double fond d'un sac de cuir acquis dans un souk tunisien, l'année précédente.

Dans la glace d'une vitrine, un visage prend forme. Il a la forme et les traits de celui qu'elle fuit. Agathe sent ses jambes flageoler, elle se glisse derrière un poteau, remet ses lunettes de soleil. Elle se retourne, l'homme est devant elle, mais il s'écarte vivement pour aller embrasser une femme trop maquillée qui se précipite vers lui. La voleuse reprend confiance, il n'a pas la silhouette de celui qu'elle a dépouillé.

Sa joie de se retrouver dans l'avion est telle qu'elle ne peut pas résister à plusieurs coupes de champagne. Lors du vol, Agathe esquisse un avenir nouveau, elle ignore les possibles facéties du destin, puisqu'il s'annonce radieux.

***

À son arrivée à l'aéroport, Agathe cherche à prendre un taxi aux bandes rouges qui s'avance. Elle est seule sur le trottoir, mais une femme forte et déterminée surgit comme une diablesse sur ressorts le ferait en jaillissant d'une boîte. Repoussée, écartée, la blonde à la peau fragile doit se résoudre à attendre le suivant.

Un quart d'heure plus tard, un long poids lourd zigzague un peu trop sur la voie rapide reliant Orly à Paris. Le chauffeur a les yeux rivés sur le petit téléviseur fixé sur son tableau de bord. Il regarde un film en conduisant, alors que son train de roues gigantesques menace toutes les voitures. Un taxi, venant de l'aéroport, entreprend de le doubler. Le chauffeur du lourd camion ne regarde plus la route. Une seule de ses mains est posée sur le volant, elle est agitée par de violents tremblements. L'écran lui propose une jeune femme, un peu trop belle, qui marche, lascive, sur une plage lumineuse. Élancée, la bouche ouverte pour embrasser le ciel, elle se déshabille lentement en avançant. Ses vêtements volent les uns après les autres. Elle est nue lorsqu'un bruit de tôle écrasé accompagne les soubresauts du camion et de sa remorque. Sur la route, le spectacle est beaucoup moins enchanteur que sur sa télévision. Le routier hurle pour accuser les conducteurs des voitures tout en freinant trop tardivement. Deux autres voitures deviennent des prisons mortelles pour leurs conducteurs et leurs passagers.

***

Médéric et Bob prennent leur vol de retour lorsqu'Agathe roule en taxi. Leurs formalités sont rapides, on cherche visiblement à les encourager à partir vite, même si aucun comité officiel ne se présente. Ce qu'ils ignorent, c'est que Reith aurait dû interpeller Médéric. Le gendarme a demandé un acte officiel et Abdelraffar n'a pas confirmé son ordre.

En prenant place dans son fauteuil, Médéric cherche à percer les derniers instants de Dominique, il ne sait plus s'il doit accepter de clore son enquête. Il n'est pas vraiment convaincu de sa mort. Quelque chose le pousse à persévérer dans ses recherches et à ne pas se décourager.

En fermant les yeux, Médéric repense aux lettres gravées dans la pierre. Rien ne prouvait que Dominique les ait tracées, même si elles présentaient des similitudes avec celles de ses deux cartes postales. Les trois, le **p**, le **l** et le **o** pouvaient évoquer : Paulo. Le commandant éprouve un soupçon de jalousie. Il revoit de grands yeux sombres se détachant d'un visage très pâle, et une chevelure de feu. Une phrase tinte si fort dans sa mémoire qu'il ouvre les yeux pour chercher celle qui vient de la prononcer. Aucune bouche féminine ne l'entoure, mais les mots résonnent toujours :

« *Me trouvez-vous jolie ?* »

Cette question laisse place à un appel. Imprécis, il prend la forme d'une prière. Le commandant ressent la chaleur d'une main. Qu'il avait été long cet échange de regards entre un homme et une femme qui se rencontraient pour la première fois !

L'officier secoue la tête, en refusant de se laisser gagner par l'émotion. Il se persuade qu'il n'a plus l'âge de céder à la nostalgie. Médéric ébauche le sourire d'un homme désabusé, cette femme n'était qu'une cliente qu'il doit oublier. Effacer cette supplique lancinante, fruit de son imagination, s'impose. Mais plus on tente de retirer une silhouette de sa mémoire, plus elle s'incruste.

Le temps s'écoule, d'un nuage à l'autre, la dernière folle aventure de Hamza avec une dénommée Agathe envahit sa mémoire.

Le major sommeille en songeant à leur dernière soirée à Marrakech. Pour tous, l'affaire Dominique était close. Ils avaient fêté leur départ avec des rires bruyants, arrosés d'alcool et de rythmes exaltants. Sur la scène, une chanteuse corpulente imposait à son corps d'épouser le tempo de sa voix. Leur soirée était peuplée de nombreuses déesses aux robes légères offrant des sourires engageants. Tout homme ne pouvait que se sentir flatté en croisant leurs regards.

En se réfugiant dans d'autres souvenirs pour ne pas penser aux éventuels soubresauts de son vol, Bob revoit un jeune couple d'amoureux venus d'ailleurs, indifférent aux voituriers qui s'activaient. Les tourtereaux s'embrassaient sur un coin de trottoir. Le sous-officier avait imaginé qu'ils étaient venus sous un autre ciel pour savoir si leurs baisers auraient le même goût. Cette idée surprenante l'amusait, il lui tardait de retrouver l'infirmière qui partageait sa vie. Ses lèvres et ses yeux verts manquaient à son bonheur.

***

Sur la voie rapide qui relie Orly à Paris, le côté droit du taxi aux bandes rouges a été broyé. Son conducteur arrive à s'extraire indemne du reste de l'habitacle. Sa passagère n'a pas eu cette chance, encastrée entre les tôles, elle ne respire plus.

Au fond de son taxi, la main sur son magot, la petite sacoche brune, Agathe double sans la voir la carcasse aux bandes rouges brisées qui s'embrase dans la brume d'un crépuscule parisien. Elle ignorera qu'elle a eu une veine insolente. L'intrigante est subjuguée par la couleur des dollars américains qu'elle a subtilisés. Leur saveur devient incontestablement plus exquise que les sommes issues d'un salaire. Décidée à dissimuler son butin inespéré au fond du coffre d'une banque, elle songe dorénavant au poste de direction qu'elle convoite. Les derniers rayons du soleil lui font espérer qu'elle est à l'abri de toute poursuite.

TROISIÈME PARTIE

15

Le mois d'août 2015 jette ses derniers coloris. Bob est assis, il est perdu dans des piles de paperasse depuis deux heures, ce qui ne l'enchante pas. On sonne, une dénommée Christine se présente. La jeune femme rentre, déterminée, sans laisser à l'ex-commando le temps de réagir. D'abord satisfait d'être distrait par une visite, il est marqué par la profonde tristesse de la visiteuse. Sans préambule, elle évoque la disparition de Dominique, sa meilleure amie avant qu'elle rencontre un intrigant originaire de Marrakech. Elle ne dissimule ni sa rancœur ni son inquiétude. L'horloge de l'agence égrène les minutes, alors que se succèdent les regards perturbés des deux interlocuteurs. Bob n'évoque pas les trois lettres gravées dans la pierre d'une des cellules gardées par une vieille femme aux cicatrices disgracieuses. Ne disposant d'aucune certitude, le commandant refuse de dévoiler cette information. Il pense qu'un espoir trompeur ne fait que prolonger et intensifier la douleur.

Peu à peu, les deux interlocuteurs conviennent que Paulo, ou Rachid Hami, s'ils ne sont pas une seule et unique personne, sont arrivés à leurs fins. Rien ne peut les mettre en cause, surtout qu'un pays étranger, le Maroc, précise officiellement que Dominique a subi un accident mortel de la route. Ses cendres, arrivées tardivement, ne permettent aucune analyse, aucune contestation.

Pendant un long quart d'heure, l'homme et la femme échangent encore. Bob lève les bras en signe d'impuissance et de regret. En conclusion, Christine remet un chèque comme solde de tout compte. Le major n'envisage pas d'échanger trop rapidement sur cette fin d'affaire avec son complice. Il craint que ce dernier ne partage pas son analyse.

En ouvrant la porte, Christine tombe nez à nez avec Médéric. La discussion reprend, et s'éternise. Un long silence succède à son apparition. Lorsque le commandant, après un temps d'arrêt, prend la parole, ses deux interlocuteurs ne craignent que son obstination. Curieusement, en quelques mots, le commandant admet à voix basse qu'il ne peut plus rien faire. Bob et Christine sentent qu'il a du mal à l'accepter, pourtant, le commandant se range aux évidences qui viennent d'être développées.

***

La journée s'achève, Agathe prend une chambre d'hôtel non loin d'un aéroport international. L'homme qui l'accompagne est hésitant et souvent maladroit dans ses gestes. Le portier comprend que le couple vient de se former pour quelques instants. Il a l'habitude des amants éphémères qui se retrouvent quelques heures et reviennent quelquefois.

Agathe l'entraîne dans une chambre louée pour la nuit, mais qu'elle ne compte pas utiliser longtemps. L'intrigante vient de séduire le deuxième concurrent de sa boîte. Sa stratégie pour écarter cet homme est prête. Le second obstacle doit tomber. Embrasser, un instant, une limace est le prix à payer, elle est déterminée. Elle surmonte l'aversion qu'elle éprouve pour un amant sans élégance et sans charme. Elle murmure « Laurent » à son oreille. Il commence par obéir à cette voix, puis, bizarrement, la surprend en imposant soudainement sa loi.

Une heure plus tard, l'homme et la femme n'ont pas connu les mêmes plaisirs. Il est aux anges. Agathe n'a pu que subir. Au bord du malaise, elle se rassure en pensant que les autres rendez-vous qu'elle a prévus n'auront pas la même saveur.

Depuis deux jours, des yeux espionnent la jeune blonde. Ses deux téléphones portables, le privé et le professionnel, sont équipés depuis peu d'un mouchard, elle ignore tout de la menace qui la guette.

***

Médéric ne peut détacher ses pensées d'un souvenir obsédant. Il musarde dans une rue passagère sans mêler son pas à celui des passants. Il revoit des doigts fins triturant les lanières d'un sac jaune clair. Le commandant a le souvenir précis d'un simple écusson représentant trois escargots. Fasciné, il entend soudainement cette voix qui évoquait gauchement une situation confuse.

Le commandant a, le matin même, accidentellement retrouvé dans un tiroir le blason de ses jeunes années. Il savait qu'il l'avait détaché jadis de son anorak bleu, sans se souvenir de l'endroit où il avait échoué. Ce hasard l'interpelle. Médéric doute de nouveau. Clôturer l'enquête concernant Dominique ne lui semble plus une évidence. Perdu dans ses contradictions, il croise un couple, lorsqu'il entend une phrase qui lui en rappelle une autre. Il ressent une brûlure, comme s'il avait inopportunément touché un objet brûlant.

« *Tu me dis que je suis jolie…* »

Médéric ne regarde pas la femme, il n'écoute pas la réponse de l'homme. De grands yeux sombres, sur un visage très pâle, encadrés par une chevelure lumineuse, brillent dans une vitrine. L'apparition semble si réelle que le commandant s'arrête. Les faibles lueurs d'un réverbère, les ombres qui l'entourent lui font vite réaliser qu'il est victime d'un souvenir trop fort. Un de ceux qui aveuglent et qui réveillent un long et unique tête-à-tête silencieux.

Quelques rues plus loin, Médéric repense aux trois lettres gravées dans la pierre d'une cellule. L'ex-commando, en refusant de céder au vertige du doute, se reproche surtout d'avoir abandonné trop vite. Dominique avait probablementété présente dans cette maison transformée en prison. On pouvait imaginer que la jeune femme n'avait pas succombé à son accident de voiture. Cette hypothèse n'avait pas pu être vérifiée.

Avait-elle pensé à l'homme qu'elle aimait en traçant ces quelques lettres ? L'aimait-elle vraiment ? Ne voulait-elle pas dénoncer, accuser ?

Une jalousie insidieuse empêche Médéric de raisonner. Hier, elle avait paralysé sa volonté ; aujourd'hui, elle l'obscurcissait toujours.

Certains évènements abandonnent un souvenir qui assaille notre mémoire, sans que nous puissionsen percer le mystère. Le commandant a gardé dans sa poche les derniers mots de la jeune femme écrits sur un morceau de feuille, déchiré d'un carnet : « *Ce soir, il m'envoie un taxi pour rejoindre sa famille…* »

Refusant provisoirement de percer le mystère des trois lettres de la cellule, Médéric réagit. Il fait un effort pour se replonger dans sa nouvelle mission.

Hamza Khelfa a réussi à trouver l'adresse de l'appartement de sa voleuse de Marrakech, un véritable exploit. Avec cet élément, identifier la société qui l'emploie a été simple. Quelques rencontres avec une employée un peu trop bavarde lui ont également donné la possibilité de comprendre les ambitions de certains cadres et les jeux de pouvoir qui se déroulent au sein des bureaux. Elle s'appelle Rose.

***

Ce soir, Laurent est impatient de rejoindre celle qui lui a fixé un rendez-vous dans une chambre d'hôtel, toujours en bordure d'un aéroport. Il franchit le hall, satisfait de ne pas rencontrer de portier. Il monte en sifflotant, ouvre la porte et découvre deux jeunes femmes à moitié dévêtues à la place d'Agathe. Il marque un temps d'arrêt, mais l'une des déesses le saisit et l'entraîne vers le lit. Laurent tente de se redresser, mais cède rapidement sous les caresses qui l'enveloppent.

Lorsque de la cocaïne s'étale généreusement sur la table, l'homme divague, se dilue dans un plaisir unique. Une main l'oblige à courber la tête et à aspirer la poudre par une narine, puis l'autre. Il n'oppose aucune résistance. Il se sent transporté par des doigts habiles et un produit qui envahit ses voies respiratoires.

Cette fois, les deux femmes sont vigoureuses et imposent une soirée que l'homme ne pourra pas oublier de sitôt. « Vingt et une heures » marquait l'horloge quand Laurent est arrivé. Minuit sonne, les ébats s'éternisent toujours.

Quand il s'éloigne de l'hôtel au petit matin, Laurent titube en découvrant un message sur son téléphone. Agathe s'excuse de ne pas avoir pu venir au rendez-vous prévu. Il doit lire plusieurs fois pour comprendre. Les lettres dansent devant ses yeux. Deux heures du matin trouvent un homme qui ne regrette pas sa soirée, mais qui a du mal à comprendre ce qu'il vient de vivre.

S'il s'est trompé de chambre, il ne peut qu'avoir pris la place de quelqu'un qui n'est pas venu. Il trouve surprenante cette coïncidence. Mais ses réflexions ne durent pas, il avance en se sentant plus fort, plus grand que d'habitude. Au volant, il accélère sans tenir compte de la circulation. Si aucun accident ne freine sa route, cela tient du miracle. En arrivant chez lui, il s'irrite en refusant de justifier son absence à son épouse. Il ose la frapper. Sa colère bruyante réveille beaucoup de monde.

Bob, qui vient de surveiller son départ de l'hôtel, a du mal à comprendre. Il choisit donc d'observer la chambre de la rencontre, convaincu que la réponse naîtra de son attente. Quatre heures indique l'horloge du hall, l'ex-commando découvre une fine silhouette qui se dirige vers la chambre, après avoir glissé une enveloppe au réceptionniste des lieux. Il se coule dans le couloir sombre et, en entrouvrant la porte légèrement, il distingue Agathe qui se hisse pour saisir une petite boîte habilement placée sur une étagère, entre deux figurines aux formes étranges.

Une porte voisine claque dans le couloir, la jeune femme se retourne brusquement. Le major a déjà disparu, il avait dévissé les deux ampoules du couloir qui auraient pu le trahir.

***

Certaines personnes manquent cruellement quand elles doivent s'absenter, ou quand elles quittent le service. Médéric n'ignorait pas cette évidence. Il comptait trouver ce maillon faible après quelques jours de surveillance de l'entreprise d'Agathe. Il avait noté que Rose était toujours seule et qu'elle ne partageait la vie de personne. Des six cibles qu'il avait repérées, c'était elle qui occupait l'un des postes de confiance. Médéric avait compris qu'elle était transparente, mais indispensable. Discrète, effacée, elle ne devait présenter aucun danger pour ses collègues et ses supérieurs.

Médéric, en sélectionnant Rose, l'avait volontairement croisée dans un café. Il avait fait semblant de la heurter en provoquant la chute d'un vase qu'il tenait à la main. L'ancien commando avait composé un visage de circonstance, en évoquant un objet cher à sa mère. L'employée ne pouvait que se confondre en excuses. Médéric avait accepté de prendre un café. Rose avait été flattée d'attirer l'attention d'un homme avenant.

Elle ne savait qu'évoquer son univers professionnel, et se révéla une source intarissable sur les petites et grandes histoires de sa firme. Si un tel dialogue ne pouvait qu'être pénible pour une simple rencontre, il fut utile et passionnant pour Médéric. En affichant un sourire complice, il veilla à rester distant. La jeune femme parlait, expliquait, détaillait la vie des bureaux qui l'entouraient. Son débit ne faiblissait pas, il était à la hauteur des attentes de son interlocuteur qui restait attentif. Deux rendez-vous furent des plus utiles.

Désireux de s'effacer assez vite, lors de la seconde rencontre, Médéric finit par expliquer à Rose qu'elle ne devait pas évoquer leurs rencontres. Il déclara que le hasard avait permis un contact qui devait rester professionnel. L'officier chuchota que le grand patron du groupe, monsieur Pierre de Saint-Juste, l'avait mandaté pour déceler discrètement les perles de son entreprise. Rose, qui entrevoyait les prémices d'une idylle, ne cacha pas sa déception. Médéric, d'un ton neutre, détailla les qualités recherchées, en laissant deviner une promotion. Entrevoir un peu de reconnaissance ne pouvait que mettre du baume au cœur de cette femme qui subissait l'exclusion. Tout autre que Rose aurait douté, surtout en comprenant que sa discrétion devait rester totale. Puis, en regardant l'homme, elle se consola en pensant qu'elle n'avait aucune chance de lui plaire.

***

Déclin de l'été 2015

Deux jours après sa dernière aventure, Laurent se rend encore à une adresse indiquée. Cette fois, il a pris des menottes, désireux d'attacher Agathe qu'il trouve trop fière, trop méprisante, mais superbe. Le hall de l'hôtel est désert. Un homme est caché derrière un journal, il ne bouge pas de son fauteuil. Laurent recherche le numéro de la chambre que la jeune femme a répété plusieurs fois et ouvre la porte. Tout est plongé dans le noir, l'interrupteur ne semble pas fonctionner. Il croit entendre une voix féminine murmurer son prénom. Il avance ; cette fois, un éclat lumineux le paralyse. Deux hommes nus, à la peau cuivrée, le saisissent et le jettent sur le lit. S'il avait connu l'extase avec deux femmes, les deux gaillards musclés vont lui faire connaître des délires identiques, avec l'aide de deux diablesses.

Une poudre blanche coule sur la table, une main de fer l'oblige à en aspirer beaucoup. Les menottes servent désormais à immobiliser leur propriétaire et à libérer les fantaisies des quatre autres partenaires.

Aux premières lueurs, Laurent, épuisé, est toujours attaché sur le lit. Un brouillard épais voile sa vue, et il ne peut pas remarquer la silhouette féminine qui récupère un minuscule boîtier. Médéric, toujours derrière son journal, pourrait lui dire que c'est Agathe.

Vers onze heures, prévenu par un appel anonyme, le patron de l'hôtel ouvre la chambre pour délivrer le malheureux cadre nu sur le lit. Le propriétaire exige une solide récompense financière pour rester discret. Il affiche un profond mépris en prenant les clefs des menottes posées sur la table de nuit. Laurent aurait pu les saisir s'il avait été moins perturbé, en suivant la voix calme de la raison. Sur son portable s'affichent de nombreux messages de son épouse, il les néglige.

***

Vers neuf heures du matin, Agathe est rayonnante en montant dans sa voiture, pour aller à son rendez-vous. La perspective d'une séance dans son salon de coiffure préféré ne peut que la détendre.

Le seul concurrent qui pouvait prétendre au poste convoité va bientôt chuter. Elle a obtenu des enregistrements de qualité avec les caméras placées dans les petits boîtiers. Agathe a choisi de mettre en valeur le visage et le corps nu de Laurent. Les clichés qui ont sa préférence présentent des scènes scabreuses et des prises de drogue. Il ne lui reste plus qu'à placer les photographies sélectionnées, avec des gants, dans quelques enveloppes. Les adresses ont été tapées sur une vieille machine à écrire qu'elle a dénichée dans une brocante. Cette antiquité devrait finir dans une benne à ordures prochainement. Elle est pour l'instant dans le coffre de sa voiture.

L'intrigante préfère, elle-même, glisser l'un de ses envois dans la boîte aux lettres d'une maison particulière. Les autres photos sont abandonnées, discrètement, sur l'un des bureaux de l'accueil de son entreprise à Levallois-Perret.

Agathe franchit la porte de son salon de coiffure habituel. Elle constate que le personnel n'est plus le même et que la coiffeuse, à laquelle elle est habituée, est partie. En se pliant de mauvaise grâce à cette situation, elle se plonge dans des magazines aguicheurs, sans trop prêter attention aux gestes de celle qui tente de suivre ses exigences. En découvrant le résultat final, Agathe s'insurge et exige une entrevue avec la direction du salon. La jeune brune qui répond note son numéro de téléphone et, en pliant sous ses remontrances, promet que son patron la contactera rapidement.

***

Midi résonne au loin quand Laurent pénètre dans son entreprise à Levallois-Perret. Il imagine une excuse pour son retard. En passant la porte centrale, le portier lui demande d'attendre dans une salle d'attente. Le cadre refuse, mais deux vigiles surgissent. Laurent abdique.

Une demi-heure plus tard, la secrétaire du directeur général arrive. Elle indique d'une voix neutre qu'on l'attend. À cet instant, tout semble possible, soit la promotion tant attendue, soit une mission particulière, soit… cette dernière possibilité fait trembler notre homme. Des sueurs froides glacent le bas de son dos. Il ne croise personne, et doit encore attendre l'entretien prévu. Ce dernier sera bref. Le patron du groupe, monsieur Pierre de Saint-Juste, au costume clair, étale quelques photographies particulièrement éloquentes. Laurent blêmit en découvrant sur papier ses dernières prouesses dans une chambre d'hôtel. Terrassé, il perçoit une voix ferme qui s'élève comme la tornade imparable qui va balayer et détruire le voyageur imprudent. Pierre de Saint-Juste, d'une voix puissante, énumère brièvement des dérives surprenantes, avec des femmes, des hommes, sur fond d'alcool et de drogue. Son bras droit affirme que l'on ne souhaite pas juger, mais éloigner définitivement un cadre qui pourrait ternir l'image d'un groupe. L'orage est plus violent que long. On ne juge pas, on exclut celui qui dérange.

Quand le cadre chassé ouvre les yeux, sans réaliser la sanction qui le frappe, il se heurte à un sourire indéfinissable de la secrétaire de direction. Elle l'invite à suivre une jeune collaboratrice. En se levant comme un automate, Laurent doute de sa raison, des derniers mots qu'il vient d'entendre. Il suit la jeune femme sans comprendre, comme le condamné accompagne le bourreau, en tentant de se persuader qu'il va être gracié.

En pénétrant dans un taxi, Laurent réalise progressivement sa disgrâce, à côté d'une boîte en carton remplie de ses objets personnels. Il retrouve sa rue, sa maison. En sortant du véhicule, le cadre déchu tente de trouver une explication plausible pour son épouse. Le taxi s'éloigne et Laurent bute presque sur son carton que le chauffeur a laissé à ses pieds.

Il sonne en vain, puis finit par introduire sa clef dans la serrure. Le désordre de l'entrée lui fait d'abord penser bêtement à un cambriolage. Il appelle, la maison est vide. Un mot sur le frigidaire, des photos de ses débauches sur une table indiquent que sa femme a été prévenue et qu'elle est précipitamment partie avec les enfants. L'homme tente de téléphoner, les réponses obtenues ne souffrent aucune équivoque. Il est rejeté par les siens avec un mépris insoutenable.

Si une vie chavire vite, Laurent sent le sol se dérober sous ses pieds. Il s'écroule sur le sol sans qu'une main secourable le soutienne. Il ne le sait pas encore, mais personne ne viendra l'aider à comprendre, à passer l'épreuve. Le cadre exclu n'a pas de vrai ami, il n'a rien fait pour. Le gouffre qui le happe ne laisse aucune issue.

***

Agathe vient de démarrer. Au premier feu rouge, un fer froid touche sa gorge. L'ordre qui sort d'un visage masqué est clair, elle doit suivre les indications de son GPS. La jeune femme tente de se maîtriser, et de risquer une question. Une pression contre son cou est l'unique réponse qu'elle reçoit. Elle espère que son agresseur ne souhaite obtenir que de l'argent. Elle ignore comment sortir de ce mauvais pas.

Une maison isolée se détache au bout d'une impasse. Elle comprend qu'elle doit s'engager dans le garage ouvert. Quand la porte est franchie, elle se referme. Une semi-obscurité peut lui faire croire que c'est le moment d'agir. Mais un bras ceinture la victime et l'entraîne dans une pièce sans fenêtre.

Jetée sur un lit en fer, Agathe tente de se redresser, mais déjà son poignet droit est immobilisé par un anneau d'acier. Elle s'affole lorsque son poignet gauche subit le même sort. Le poids d'un corps sur son torse lui coupe le souffle, l'empêchant de se tordre. Ses chevilles sont liées promptement aux barreaux.

L'attente ne dure pas. Une voix explique, et exprime deux exigences. Tout d'abord, une lettre manuscrite avouant par le détail ses manigances pour obtenir un poste au détriment de deux de ses collègues. Dans un deuxième temps, l'endroit où a été déposée la somme d'argent dérobée à un Marocain lors de son dernier voyage à Marrakech.

Agathe tente de trouver une issue et commence par dire qu'elle ne comprend pas. La lame qui lacère méthodiquement son chemisier l'inquiète. Elle indique une détermination qu'elle ne peut ignorer sans le payer très cher. Elle hésite, tente de réfléchir, mais la panique paralyse son esprit, sa mémoire. Par réflexe, elle tente de tirer sur ses liens sans y parvenir. Sans défense, elle perçoit une voix qui répète les mêmes demandes, en précisant qu'elle n'a que peu d'options pour survivre, soit être vendue à des marchands d'esclaves, soit recevoir des injections de coke, infectées par le virus du sida. Tout en répétant les mêmes mots, le bourreau masqué déchire méthodiquement sa jupe, et ses sous-vêtements. Impuissante, la victime se rebelle, sans accepter que seule une soumission totale, immédiate et sans condition puisse lui rendre la liberté.

Agathe propose subitement n'importe quoi. Elle est prête à offrir son corps et ses caresses pour gagner sa liberté. Un regard de mépris est la seule réponse du tortionnaire. Les mains gantées ouvrent une trousse dévoilant des instruments chirurgicaux devant un regard affolé. Un scalpel brille indéfiniment. La voix indique qu'en fonction de la résistance de la victime, les supplices peuvent se prolonger plusieurs jours. La lame frôle son corps, Agathe hurle et finit par s'avouer vaincue alors que danse l'acier brillant au-dessus de sa peau. Terrorisée, elle craint de capituler trop tard.

16

Une lame oscille longuement devant les yeux d'Agathe qui devient folle. L'attente est interminable. Elle sent que son bourreau a choisi d'être sourd pour entailler sa chair. De longs sanglots la traversent, puis elle hurle à se rompre les cordes vocales.

Soudain, le tortionnaire devient presque gentil. En expliquant qu'il va conserver la vieille machine à écrire qu'il a découverte dans le coffre de sa voiture, il accepte de la délier pour qu'elle puisse écrire.

Une fois assise, avec un stylo dans les mains, la jeune femme rédige sous la dictée. Elle se dénonce, surprise de découvrir que ses tortionnaires connaissent si bien sa vie et ses récents agissements. Elle se concentre sur sa survie, et le meilleur moyen d'éviter tout supplice. Celui qui commande lui impose d'écrire l'adresse d'envoi du courrier. Cette arriviste, particulièrement volontaire, redevient instantanément maîtresse d'elle-même.

Agathe remet la clef du coffre loué récemment. Heureusement, elle avait le sésame qui protège son larcin dans la petite sacoche brune ayant contenu les liasses de dollars, au fond de son sac. La jeune femme écrit une autorisation manuscrite pour que le porteur de la clef récupère le bien dérobé. Pour demeurer en vie, elle rend ce bien volé qui l'avait fait rêver. Elle murmure avoir laissé la somme intacte.

Lorsque la voix demande de faire un chèque pour une association de sans-abri, elle marque un temps d'arrêt en saisissant le montant à inscrire. Un murmure précise que si elle fait opposition à ce chèque, une main se fera un plaisir de le lui faire regretter amèrement. La blonde à la peau délicate aperçoit encore le reflet d'une lame affilée et s'exécute.

Une heure plus tard, le butin a changé de main, la lettre est postée. Agathe, de nouveau attachée sur le lit, distingue un des bourreaux masqués qui revient. Les mêmes anneaux d'acier, les mêmes cordes l'immobilisent. Le tortionnaire saisit une seringue. L'intrigante refuse d'accepter de suivre la trajectoire de l'aiguille qui pénètre sa cuisse. Lorsqu'elle sent une deuxième piqûre dans l'autre jambe, elle demande grâce, comme le condamné à mort qui se retrouve devant la guillotine, et distingue le bourreau. Insensible à ses plaintes, l'homme qui range méthodiquement son matériel répond dans un souffle terrible, celui d'un justicier :

— Vous méritez une punition, alors je viens de vous offrir le sida.

Elle reste seule, sans déceler ces bruits caractéristiques d'un départ, d'une fuite. Dans l'ombre inquiétante de la pièce, Agathe, sans bâillon, n'appelle pas.

Elle perçoit peu à peu qu'elle s'enfonce dans des sables mouvants, sans ressentir d'asphyxie, constat horrible pour celui qui ne peut plus respirer. La jeune blonde s'endort sans souffrir, en refusant l'idée d'embrasser la mort.

***

À son réveil, Agathe est derrière son volant, avec des vêtements de sport qu'elle trouve sans goût. Son véhicule est dans un petit chemin de terre, en pleine campagne. En consultant son GPS, elle réalise que tous ses trajets et toutes ses adresses sont effacés. Un sourire fugace parcourt les lèvres de celle qui vient d'échapper au pire.

Le premier réflexe de la victime est de revenir chez elle pour prendre une longue douche chaude. En jetant les vêtements de sport de ses ravisseurs, Agathe veut effacer l'épisode malheureux qu'elle a vécu. Elle se rassure d'avoir sauvé sa vie. Une seule idée l'obsède : rejoindre son bureau.

Dehors, la jeune blonde à la peau claire retrouve peu à peu sa superbe et son sourire de cadre suffisant. Elle tient à oublier le magot perdu qu'elle croyait avoir habilement dérobé, tendue vers un seul objectif : obtenir sa promotion dans l'entreprise. Elle songe qu'elle ne s'opposera pas au débit de la somme exorbitante pour une association de réfugiés, par peur. Pour l'infection annoncée, elle envisage de faire dans quelques jours des tests dans un pays étranger. Une fuite sur ce sujet pourrait être préjudiciable. Un secret complet s'impose. Elle range ce danger dans la case obscure des problèmes à venir, résolue à ne pas dévier de ses ambitions.

Agathe est surtout rassurée d'avoir pu récupérer le courrier qu'elle a écrit sous la contrainte d'une lame. Elle avait eu la présence d'esprit de mentionner le nom d'un directeur de l'entreprise récemment admis à la retraite. Depuis deux mois, elle se faisait adresser son courrier nominatif, toujours à l'affût d'information.

***

Levallois-Perret, septembre 2015

Le véhicule du dirigeant du groupe, monsieur Pierre de Saint-Juste, attend depuis quinze minutes au bas de l'escalier blanc, situé devant l'entrée du siège du groupe. Non loin de là, Laurent épie tous les mouvements de la voiture. Depuis les premières lueurs du jour, il est là, veillant, sans manger et sans dormir. Sa main gauche serre nerveusement un fusil de chasse. Sa main droite porte régulièrement à sa bouche le goulot d'une bouteille « Sol y Sombra[6] ». Un cocktail aux teintes de son passé et de son avenir.

---

[6] Cocktail Sol y Sombra (Soleil et Ombre), contenant du cognac et de l'anis pur.

Il l'a élaboré depuis la veille, dans sa folie, d'une main tremblante, sans vraiment respecter les proportions. Laurent en a abusé plus que de raison. Blanc comme un linge, il est sorti de chez lui pour se venger de celui qui a détruit sa vie. Il n'a jamais soupçonné la vraie coupable, Agathe. Pendant qu'il conduisait, une fausse évidence a tout balayé dans son cerveau épuisé par les phases de désespoir et de découragement qui se sont succédé. Il n'a connu aucun accident pendant son trajet, le dieu des ivrognes avait veillé sur sa conduite désordonnée, en particulier dans les deux rues en sens interdit qu'il a parcourues.

Laurent guette, comme le chasseur tapi dans son fossé. Il attend sa proie. Il exige une vie pour venger la sienne. Il n'a jamais tué, il est persuadé que la chose est facile. L'homme brisé, détruit, est convaincu qu'il doit simplement braquer son canon vers une tête pour tout effacer. Il ignore que le garde du corps et le chauffeur sont armés, entraînés et prêts à faire usage de leurs armes.

L'attente s'éternise. Une averse dense martèle le trottoir. La fin de la saison est aussi triste que l'homme qui épie. Elle se voile du même rideau humide qui obscurcit la journée et la raison d'un esprit malade.

***

Médéric et Bob n'échangent plus depuis le début de la journée. Ils viennent de rassembler des chaussures, des vêtements, des cordes et divers objets. En vidant un jerrican d'essence sur le tas obtenu, un grand feu lèche rapidement l'ensemble. Les deux hommes restent devant le grand trou creusé pour cette opération singulière : supprimer leurs traces. Les flammes mangent tout et noircissent la terre. Bientôt, quatre mains récupèrent les cendres qui ne remplissent qu'un sac. Les pelletées de terre se succèdent, dans ce terrain vague isolé. La fosse éphémère est rebouchée lorsque le plus nerveux s'exprime :

— As-tu déjà torturé ?

La réponse de Médéric est brève.

— Jamais.

Son sourire fugitif fait comprendre à son associé qu'il est satisfait d'avoir été très convaincant.

— Mais… l'histoire de la seringue infectée ?

— Cette femme est un vrai serpent, j'ai voulu éloigner son venin. Le temps qu'elle perdra à survivre l'éloignera de nos routes.

— Habile, le temps qu'elle soit convaincue qu'elle n'est pas infectée, nos traces s'effaceront complètement. Et tu as récupéré l'argent volé, avec un commando qui a fait un bref passage en France entre deux missions secrètes.

Médéric tourne la tête en montrant la petite sacoche brune rembourrée qui ne le quitte plus. Le major n'est pas décidé à s'interrompre.

— J'avoue que ton exigence surprenante pour un chèque conséquent au profit d'une association de sans-abri m'a bluffé.

— Soulager un peu de souffrance humaine s'impose, non ?

— J'apprécie, commandant… Je m'incline…

Un silence remplace parfois de longs échanges. Puis, la détermination soudaine qui colore la voix de Bob brise l'instant.

— Je te propose de revenir à Marrakech, d'abord pour rendre son bien à Hamza Khelfa, puis pour répondre à une invitation.

Si un regard peut marquer la surprise, celui de Médéric est éloquent. Bob ne semble pas s'en étonner, en rajoutant avec un flegme imperturbable :

— Notre avion part cet après-midi, juste le temps de rentrer pour faire nos bagages, de compter le total de notre récompense promise par Hamza et d'établir la liste des frais engagés pour ce contrat.

Robert Spencer s'éloigne sans ajouter un mot. Il disparaît derrière une butte de terre comme un acteur quitte une scène après avoir promis une révélation d'importance à son public.

***

Le président-directeur général sort de son bureau, puis du bâtiment, suivi par une collaboratrice qui porte trois épaisses chemises de documents. Depuis peu, la rue s'est animée, comme elle le fait chaque jour de la semaine à la même heure. Laurent surgit comme un fou et vide son chargeur en direction de cette cible qu'il veut détruire, effacer de sa vue. Le recul de l'arme le déséquilibre.

Un lourd camion de déménagement s'intercale un instant entre le tueur et la victime. L'assistante se jette dans un massif de fleurs en hurlant et en lâchant ses dossiers. Pierre regarde les feuilles colorées qui se dispersent sur les marches blanches, en revoyant celles qui, en automne, encombrent les balcons et les allées de son château. Le garde du corps touché à la tête s'écroule, sans avoir pu complètement dégainer son arme. Le chauffeur tire sans ménagement son patron, Pierre de Saint-Juste, et le pousse violemment vers la porte en verre qu'il vient de franchir. Puis il s'accroupit, prêt à riposter, sans savoir où se dissimule le tireur qu'il a juste entrevu.

Le conducteur du camion n'a rien vu, son pare-brise explose. Stupéfait, en tournant le volant sur sa droite, il percute les véhicules en stationnement. L'écrasement des tôles augmente l'affolement général. Laurent, qui a contourné l'obstacle, surgit d'un endroit sombre. Son deuxième chargeur ne blesse qu'une façade. La confusion est désormais à son comble. On crie, on court, on braille. Un homme annonce en hurlant une attaque terroriste en téléphonant à la police. Les portes et les rideaux se ferment devant ceux qui cherchent un abri. Dans les yeux de beaucoup, un parapluie fermé devient une arme. Si la panique était un virus, sa diffusion serait effrayante, imparable.

Agathe est surprise dans son bureau par les premiers coups de feu. Elle entend dire que le président du groupe est blessé. Contrairement à ses collègues qui se figent ou se cachent sous les bureaux, elle court vers la sortie de l'immeuble. Elle dévale les escaliers, sans perdre l'équilibre, une force la pousse à agir, sans qu'une once de logique ne la guide. Rose, qui est dans un bureau voisin, la suit, plus par habitude que pour répondre à une exigence. Le désordre ambiant est traumatisant.

En arrivant dans le hall d'entrée, elle se heurte au président, monsieur Pierre de Saint-Juste, hagard, fuyant la deuxième salve de Laurent. Perdu, l'homme connu pour ses nerfs d'acier et son manque d'empathie demande de l'aide à Agathe. Cette dernière écarte Rose et prend la main du président pour le conduire vers le bureau le plus proche. Comme le chauffeur s'est ravisé et a décidé de suivre son patron, elle lui ordonne sèchement de garder la porte. Elle la ferme pendant que le président-directeur général semble acquiescer. L'homme s'exécute. Il n'a pas aimé le tutoiement de la jeune femme quand elle s'est adressée à lui. Il bougonne :

— Je m'appelle Denis.

Rose s'est agenouillée, non loin du chauffeur. La main noueuse et déterminée, puis l'arme qui la prolonge, la fascinent. Le hall est maintenant désert. Elle tremble, sans pouvoir détourner son regard du canon qui scintille.

Agathe comprend soudain qu'elle peut jouer un rôle décisif. Une idée la traverse comme un éclair, le hasard lui offre une chance inestimable. En louant son initiative peu réfléchie, elle entraîne Pierre de Saint-Juste vers un fauteuil. Les tremblements qui l'agitent s'accélèrent. La jeune femme le rassure, avec les premiers mots simples qui lui traversent l'esprit. Il porte la main à sa poitrine en grimaçant, semble étouffer, indique faiblement que sa fréquence cardiaque est de plus en plus irrégulière. Si un observateur avait été présent dans la pièce, il pourrait raconter qu'il était surprenant, ce spectacle d'une cadre importante de l'entreprise desserrant cravate et ceinture du président-directeur général de son groupe, en chantant une chanson douce destinée à faire dormir les plus petits.

De longues secondes s'écoulent, le président semble aller mieux. Pierre de Saint-Juste demande à Agathe d'écrire quelques mots et exige deux témoins. La jeune femme ouvre la porte et fait rentrer le chauffeur. Elle découvre Rose qui attend inutilement, elle l'appelle. La collaboratrice se lève et avance comme une automate, sans quitter des yeux l'arme du chauffeur. Devant ces deux témoins, le président fait relire par Rose le court texte établi et signe. Il tend le stylo, trois signatures succèdent à la sienne.

Les nombreuses sirènes qui déchirent le silence font sursauter. Un seul coup de feu résonne longuement, aussi proche que les précédents. La main de Pierre de Saint-Juste retombe, ses difficultés respiratoires reprennent, plus intensément. La panique éclaire ses yeux.

Dehors, le calme a succédé à la tempête.

***

Pendant qu'Agathe profitait d'un clin d'œil du destin, dehors, Laurent continuait sa route vers son sort cruel et impitoyable.

Il glisse sur les débris d'un pare-brise qui vient d'exploser. Il se blesse, mais ne sent rien. Le flacon de « Sol y Sombra » qu'il tient toujoursest intact. Il avale le liquide restant, puis lance la bouteille vers des formes humaines qui se dissimulent derrière des poubelles grises. Son jet de récipient vide fait fuir un couple.

Le cadre déchu pénètre, en titubant, dans un magasin de vêtements déserté par les clients et le personnel. Il heurte des étagères de chaussures, trébuche sur un portemanteau, déchire un chemisier pour entourer son bras sanguinolent.

En atteignant une ouverture qui donne sur une cour intérieure d'immeuble, le meurtrier hésite sur la direction à suivre. Les enveloppes vides de l'unique châtaigner se dispersent sur le sol pavé, comme les chances de survivre de l'homme qui choisit une porte vitrée, puis longe un couloir aux carreaux blancs et noirs. Une vieille femme avec un tablier d'un autre âge lui parle, sans voir immédiatement son fusil. Laurent répond par un raclement de gorge, puis continue sa marche vers son destin. Les appels et les cris, de celle qui réalise en découvrant son arme qu'elle a questionné un tueur, l'indiffèrent.

Laurent atteint une porte cochère. Il l'ouvre. L'escalier blanc situé devant l'entrée du siège de son ancien groupe est devant lui. Un silence pesant marque des lieux brusquement sans vie. Un corps immobile est allongé sur les marches, la tête vers le bas, une traînée brune la prolonge, entourée de feuilles bariolées. Laurent reconnaît le garde du corps de Pierre de Saint-Juste.

Parfois, une pincée de lucidité égratigne les esprits malades. Le cadre comprend qu'il a abattu cet homme inutilement. Il le connaissait. Un dégoût ineffable le saisit, le tueur découvre l'horreur et l'incohérence de ses gestes. Une sirène rugit au loin. D'autres l'accompagnent bientôt. Justice, semblent-elles hurler. L'assassin ferme les yeux, retourne le canon de son arme contre sa tête. Un violent tremblement agite ses membres, Laurent ne peut pas supporter ce qu'il vient de devenir.

Une détonation interrompt les hurlements de la vieille femme qui vient de se figer, le doigt tendu vers le nouveau cadavre. Elle affirmera plus tard qu'avant son geste fatal, l'homme avait crié : « C'est un cauchemar… Il faut que tout s'arrête. »

***

Médéric achève ses bagages. En fermant sa valise, il décide de prendre son petit cadre en bois brun-pourpre, veiné de noir. Il ne l'avait pas emporté lors de sa précédente expédition à Marrakech, mais pour ce nouveau voyage, la guerrière viking lui semble indispensable. Il devine les moqueries prévisibles de son complice, tout en ressentant l'impérieuse nécessité de pouvoir contempler, épisodiquement, la force et la détermination du regard noir de la conquérante rouge. Médéric peut admettre que son attitude est peu logique, voire risible. Il ne peut pas se passer d'un portrait qui reflète le visage de la mort.

À cet instant, Bob rentre dans la pièce. Il suit des yeux les gestes précautionneux de son associé qui insère son cadre entre deux vêtements épais. Les deux hommes évitent de croiser leurs regards, c'est d'un seul geste que le major, à la taille imposante, fait comprendre à son partenaire que le taxi commandé pour l'aéroport vient d'arriver.

17

Un policier surgit et affirme que le tueur est mort. En entendant ces mots, Agathe demande du secours, elle déclare que Pierre de Saint-Juste présente les symptômes d'une crise cardiaque. Denis, toujours maître de lui-même, reste en retrait. Rose s'affaisse. Agathe réserve ses soins à celui qui, de temps à autre, la fixe avec des yeux embués par le désespoir. Pierre de Saint-Juste s'accroche à ce visage agréable, à cette douce présence qui essaye de le secourir, de le sauver. Il devine son prénom sur les lèvres de celle qui se penche, un voile sombre l'enveloppe, un souvenir de sa jeunesse l'accompagne. Une ombre surgissant de Marrakech « la magicienne » s'impose.

La messagerie du téléphone du médecin personnel du président-directeur général précise qu'il est en déplacement à l'étranger. Les secours évacuent monsieur de Saint-Juste vers une clinique privée. Agathe ne le quitte pas, en restant sereine. Le malade s'accroche à sa main, en lui broyant les doigts. Insensible à l'incident qui a traumatisé la rue et le siège du groupe, l'intrigante sent qu'elle vient de prendre une revanche sur sa journée. Dans son sac, elle a soigneusement plié le petit document, dicté par le patron.

« *Moi, Pierre de Saint-Juste, sain de corps et d'esprit et devant trois témoins qui attesteront que j'étais en pleine possession de mes moyens, indique que la dénommée Agathe Clark, ici présente et cadre de mon groupe, aura la charge de veiller sur moi, de traduire ma volonté et de me représenter si nécessaire, à compter de ce jour.* »

Elle revit la scène où Pierre s'était redressé pour faire rajouter une phrase. L'expression de son visage faisait peur.

« *Elle prend, ce jour, la direction de sa division.* »

Elle ne saisit pas la volonté de celui qu'elle a secouru. Tout en sachant que ce document aura peu de valeur, surtout dicté par un homme qui ne peut plus imposer ses décisions, elle compte bien l'utiliser. Curieusement, Agathe reçoit sa nomination au poste de direction tant convoité sans satisfaction particulière. Elle ambitionne subitement de gravir d'autres échelons, de côtoyer le sommet.

Dans les bureaux de l'entreprise, la confusion règne toujours. Personne ne s'occupe de Rose qui reste allongée, inanimée, sur la moquette. L'intense nervosité rend aveugle.

***

Une fois dans les services d'urgence de la clinique, tout s'accélère. Dans un premier temps, on écarte Agathe. Comme elle insiste, et que Denis la suit, avec un air peu commode, un médecin explique que certains tests s'imposent. Une succession d'examens est énumérée par l'homme pressé : électrocardiogramme, échocardiogramme, angiographie. La conversation est interrompue par un appel général, rassemblant précipitamment des personnels de la clinique. Des cas graves, liés à un récent accident de la route, font courir des blouses blanches et bleues dans les couloirs.

L'attente est longue pour celui qui, sur son siège, imagine les soins et les interventions qui se déroulent derrière les cloisons blafardes où pendent de tristes gravures. Parfois, quelqu'un se faufile, le visage grave. De temps à autre, des lumières s'allument ou clignotent, des chariots aux équipements étranges surgissent. On perçoit des vagues d'énervements et de tensions qui gagnent les lèvres, les locaux, et déferlent quand s'entrouvre une porte.

Une heure s'est écoulée, Agathe intercepte un homme qui porte un badge de médecin, elle demande des nouvelles. Son interlocuteur a dans les yeux une immense fatigue, la jeune femme insiste et offre son sourire en fin de phrase. L'ombre du chauffeur qui ne la quitte plus appuie ses interrogations par sa présence. Le praticien promet une réponse.

Peu après, on conduit Agathe dans une chambre. Pierre de Saint-Juste est allongé. Une infirmière arrive. Agitée, elle n'explique rien, mais laisse entendre que l'infarctus du myocarde sera fatal. Le visage du patient porte un masque qui correspond au diagnostic chuchoté. Agathe se retourne, mais la soignante a disparu, elle est seule avec Denis. Elle lui demande de sortir sans utiliser son prénom, avec un tutoiement méprisant qui l'insupporte.

Dans le silence de la pièce, la jeune intrigante découvre que son espoir a fait long feu. La fatigue, les épreuves de la journée, le découragement l'assaillent. Elle, qui avait caressé l'espoir de renforcer son influence professionnelle, saisit que ses efforts ont été inutiles. En regardant une gravure banale représentant une barque ballottée par des vagues, la jeune femme se sent à la dérive, sans gouvernail, sans rames. Ses espoirs meurent sans qu'elle puisse entrevoir la moindre accalmie. Pour la première fois de sa vie, Agathe Clark verserait une larme sur son avenir si Denis, qui ne comprend pas son désespoir, ne l'avait prévenue de la présence de plusieurs visiteurs.

***

Au fond d'un taxi, le major ne confie rien à Médéric. Ce dernier ne pose aucune question, il a décidé de voir venir.

Les formalités de départ sont rapides. Brusquement, Bob se retourne vers Médéric, alors qu'ils suivent les passagers dans les couloirs conduisant à la carlingue.

— J'ai quelque chose à t'avouer.

— Je t'écoute.

— J'ai montré à un graphologue ta photo des lettres gravées dans la pierre de la cellule et la dernière carte écrite par Dominique. Il a noté de très nombreuses similitudes.

— Et ?

— Il est convaincu que la même main a tout tracé.

Médéric interroge toujours du regard le major, il s'attend à découvrir le motif et le but de leur retour au Maroc. Mais Bob pose un masque sur ses yeux, en prenant la position de celui qui aspire à faire la sieste.

— Merci, lâche l'officier à la retraite, lorsque l'avion bouge pour rejoindre la piste d'envol.

Médéric revoit danser trois lettres, un **p**, un **l**, un **o**, sur un visage très flou, qui se précise aux premières secousses de la carlingue traversant les nuages. C'est celui d'un homme brun portant un costume taillé sur mesure : Paulo.

Dominique pensait-elle à ce compagnon en traçant laborieusement ces lettres ? L'aimait-elle encore ? Ne voulait-elle pas l'accuser ?

Médéric sent couler le poison de la jalousie dans ses veines. En se tournant vers son acolyte pour chasser son dépit, il devine que Bob tente d'oublier son départ vers les étoiles.

***

Comme à chaque vol, le major ne souhaite pas penser aux vibrations qui l'enveloppent. Aujourd'hui, il les trouve anormalement violentes. Bob s'est réfugié volontairement vers sa dernière folle soirée à Marrakech. L'une de celles que l'on recherche pour oublier un échec. Il se concentre sur le moment où il était devenu souhaitable de quitter les lieux. Les entraîneuses devenaient envahissantes. Les plaisirs vénéneux étaient trop nombreux à leur goût.

Les deux commandos et Hamza étaient sortis tard de l'établissement, poursuivis par des airs langoureux. Le voiturier marchait devant eux, en jouant avec la clef de contact de leur voiture. Elle tomba une fois, il la ramassa. L'homme était décidé à montrer son adresse. Il finit par la remettre à Hamza qui tenta de démarrer et cala. Après plusieurs tentatives, le moteur restait silencieux. On appela le voiturier qui tenta en vain de faire mieux. Une évidence s'imposait, la clef avait perdu sa pile en chutant. La circulation était inexistante, la nuit profonde. Tous les voituriers de la place s'activaient, courant d'un trottoir à l'autre. Entre les détritus qui jonchaient ici et là le caniveau, ils cherchaient une pile minuscule nécessaire au démarrage du véhicule. L'un des voituriers, un homme frêle et visiblement muet, s'acharnait plus que les autres. Quelquefois, il essayait en vain de tourner la clef, puis courant ici et là, il poussait des grognements rauques en direction de ses collègues. Tous, même les plus costauds, lui obéissaient et multipliaient des recherches désordonnées.

Hamza s'impatientait, il regrettait de ne pas avoir gardé son chauffeur personnel. Alors qu'il s'avançait pour exprimer sa colère, le miracle avait eu lieu. Une main avait brandi la pile retrouvée dans un tas d'immondices. Le chef malingre de l'équipe la remettait en place. La voiture avait pu repartir.

Cette tranche du passé ne permet pas à Bob de s'assoupir, il finit par se la remémorer plus lentement en boucle, comme on peut le faire en lisant une bonne histoire. Le souvenir alcoolisé n'avait pas trop endommagé la pellicule de cette phase de nuit distrayante.

**

La secrétaire du directeur général ne cache pas sa surprise en découvrant la feuille exprimant la seule volonté de son patron. Elle bredouille à Agathe que la famille du président est injoignable, en vacances sur une île lointaine. Perplexe, elle relit deux fois le document que lui a tendu celle qui désormais protège le patron.

En sortant, la secrétaire croise différents responsables du comité de direction. Elle annonce à voix basse que la situation du malade est critique, et elle ne peut s'empêcher de parler de ce papier ressemblant à un testament. Denis, consulté, décrit devant des visages décontenancés les derniers instants de lucidité de son patron. Il ne sait pas expliquer l'attitude de la jeune femme qui ne quitte plus le mourant.

Peu décidés à pénétrer dans une chambre qui respire la mort, les hommes s'éloignent pour se réunir sur le parking. Les uns osent sourire, persuadés de balayer le moindre obstacle le moment venu. D'autres s'interrogent inutilement sur les liens de la jeune femme et de Pierre de Saint-Juste.

Les différents collaborateurs, qui ont suivi de loin, comprennent qu'une guerre de succession se prépare. Ils s'éloignent progressivement les uns des autres. L'heure des futurs conflits s'annonce et sépare ceux qui ont des ambitions.

Un des costumes sombres revient sur ses pas. Il insiste pour rencontrer Agathe. Perplexe, il ose l'interroger sur ses liens avec de Saint-Juste, elle répond par un triste sourire. Le visage grave, peu courtois, l'homme insiste, la sonde sur ses études, ses activités, ses ambitions. Il demande à consulter le dernier écrit du président-directeur général. Un long silence marque sa lecture attentive. Ce court entretien s'achève par des promesses qui ne rassurent pas vraiment la jeune femme.

***

Par la fenêtre, la lune est resplendissante. Agathe veille toujours celui qui lui a fait subitement confiance en s'éloignant du monde des vivants, Pierre de Saint-Juste. La main qui pouvait lui offrir une voie royale repose inerte.

Une sirène retentit, déclenchant un doute dans l'esprit de la garde-malade. L'homme n'est stabilisé par aucun appareil. Aucune soignante ne vient le voir. Elle sent que le patient est isolé, pourtant, le mouvement de sa poitrine montre qu'il respire. Prise d'un doute, Agathe court vers le bureau des infirmières de garde qui visiblement réagissent face à de nouvelles urgences. La jeune femme est saisie par l'agitation intense de blouses blanches. Elle ne sait que hausser le ton et exiger de voir un médecin de garde. L'incompréhension est totale, son autorité naturelle ébranle ; la stature de Denis, qui reste derrière elle, intimide. Pour la calmer, et répondre, la plus âgée des soignantes propose de consulter le dossier du malade. L'infirmière cherche et n'ouvre qu'une chemise vide. Une autre décide d'aller voir le patient et revient visiblement inquiète. Indifférente aux urgences qui ne la concernent pas, Agathe imagine une négligence. Sa voix enfle, menace, met en cause, évoque une procédure. L'égoïste ne peut appréhender le dévouement du personnel médical.

La jeune femme revient dans le couloir, elle a saisi le téléphone portable du président et se heurte à un mot de passe. Une idée la taraude, elle revient vers de Saint-Juste et pose nerveusement le pouce de l'homme sur le téléphone portable, en espérant le déverrouiller. La liste des correspondants de Pierre défile. Agathe ébauche un léger sourire.

***

L'homme au bout du fil est mal réveillé. Il ne comprend pas qu'une voix féminine parle sur le portable personnel de son ami et client privilégié, Pierre de Saint-Juste. Il lui faut quelques minutes pour comprendre la situation, lui que personne n'a prévenu. Il vient de rentrer de l'aéroport et il n'a pas suivi les informations de la journée. Son temps de réflexion est court. La fatigue de son voyage à l'étranger et ses longues séances de négociations le font vaciller lorsqu'il se lève. Il demande un café fort à son épouse, habituée aux urgences de son mari. L'avocat réveille ses collaborateurs, sans hésiter. Il devient désagréable, en exigeant. Son dernier appel est destiné au directeur de la clinique. Entre deux gorgées de café, il trouve les mots qui angoissent et traumatisent.

Dans la salle des infirmières, des visages épuisés et préoccupés surgissent. Personne ne semble pouvoir expliquer qui a pris en charge monsieur de Saint-Juste. Les examens prévus ont pourtant bien été réalisés. Il est des réveils brutaux, le directeur de la clinique en connaît un pour la première fois de sa carrière. Il tente de se rassurer et téléphone à son conseil. Ce dernier, avant de se lever à son tour, prédit à son client un avenir cellulaire si le président-directeur général décède.

***

Qu'elle est belle la lune, avec sa longue traîne d'étoiles éblouissantes ! Pourtant, les groupes d'avocats et de médecins, levés aux aurores, sont peu sensibles aux lueurs qui ruissellent sur la voûte céleste. Une réunion improvisée se déroule sur une des terrasses de la clinique. Les phrases brutales et les menaces se succèdent. Debout, manquant de sommeil, les hommes perdent leur vernis. Triste spectacle, ils aboient sans s'écouter.

18

Septembre 2015

Là-bas, à Marrakech, une page semble se tourner à l'ombre des remparts. Ils s'imposent toujours, protègent souvent, affaiblissent parfois.

Abdelraffar est inquiet depuis quelques jours. Il a perçu des attitudes équivoques chez ses amis et son ministre de tutelle. Il s'est réfugié dans son bureau pour faire le point. Il est vrai que des maladresses incompréhensibles de deux de ses hommes de main ont levé le voile sur une partie de ses activités. Paulo a même été entendu par des policiers français. Une dénonciation anonyme est également arrivée sur le bureau d'un journaliste qui a préféré se taire, en le prévenant. Cette confidence a exigé une dépense conséquente, mais n'a pas empêché une nouvelle fuite. Les trafics d'êtres humains et d'armements ne supportent pas la lumière.

Par les portes-fenêtres de son imposante terrasse, Abdelraffar peut voir l'ombre rassurante de deux hommes qui veillent sur lui. Il a voulu joindre son fidèle exécutant, le gendarme à la balafre impressionnante. Ce dernier reste injoignable depuis deux jours. Reith, trop discipliné à son goût, est devenu distant. Il l'inquiète. Le temps s'écoule, le soleil décline, l'homme feuillette quelques documents, sans conviction.

Soudain, un léger vrombissement lui fait lever la tête. Un petit cercle rouge flotte devant une fenêtre, ressemblant à ces derniers feux que jette le soleil sur les terres arides. L'engin propulse un jet rouge vif qui s'écrase sur une vitre. Abdelraffar n'a pas le temps d'avoir peur, car le drone disparaît. Il ouvre la fenêtre, vérifie instinctivement la nature du jet vermillon, et obtient un goût amer dans la bouche. Ses gardes n'ont rien vu.

Abdelraffar s'interroge en songeant aux clichés ou aux films que le drone aurait pu prendre. Cet espion volant l'a intrigué, puis fasciné. Sur les espaces voisins, il ne distingue personne. L'intrus dérangeant a disparu derrière les façades voisines. Alors, il imagine que l'appareil est dirigé par un gamin insolent d'une famille suffisamment aisée.

Curieusement, Abdelraffar pense d'abord à l'un de ces interminables colloques auquel il avait participé en France. L'intervention d'un des conférenciers était passionnante et surprenante. Il affirmait, avec éloquence, que les libertés publiques seraient fragilisées par de petits aéronefs sans pilote. L'orateur captivait son auditoire en présentant les drones comme un danger. Il montrait des modèles de tailles différentes, équipés de caméras et d'armes.

Abdelraffar dérive vers le souvenir d'une voisine gracieuse. Son parfum singulier, qu'il n'a jamais oublié, l'avait conduit à se rapprocher d'elle. Ses grands yeux sombres et sa chevelure rousse le troublaient. Convaincu de l'intriguer, voire de lui plaire, il avait tenté de lui faire un cadeau, en précisant ses fonctions dans son pays. Elle l'avait ignoré, refusant d'accepter ses avances et ses invitations ; pire, elle avait prononcé des mots humiliants en public. Vexé, peu habitué à être éconduit, il n'avait écouté que sa colère en décidant de se venger.

***

À Paris, le médecin principal n'est pas à l'aise, même s'il est rassuré sur l'état du malade. Il explique à Agathe Clark les premiers symptômes qui peuvent surgir brusquement après une situation intense, générant des niveaux de stress élevés. Son visage exprime ses regrets pour l'information erronée qui a été donnée. L'homme évoque des équipes fatiguées par les multiples interventions de la nuit.

Monsieur de Saint-Juste n'a pas été victime d'un infarctus, mais d'une cardiomyopathie dite de Takotsubo, appelée « syndrome du cœur brisé ». Son diagnostic est confirmé par les derniers tests qui viennent d'être refaits et réétudiés. Il est convaincant en affirmant que l'état du patient ne présente aucun danger et qu'un rétablissement complet est envisageable dans quelques semaines.

Le flot de paroles ininterrompues prouve que le médecin prend de l'assurance, retrouve ses réflexes. Les mots s'enchaînent, appuyés par des mains énergiques qui fascinent Agathe. En l'absence de traitement spécifique pour cette pathologie, des médicaments aideront, pendant un mois, à réduire la charge de travail du cœur afin que le muscle cardiaque récupère. Le praticien rassure en disant qu'il s'agit d'un évènement unique qui se produit une fois dans la vie d'un patient. Pierre de Saint-Juste a été correctement pris en charge et ne doit rester que quelques jours à la clinique.

Seule dans la chambre, contre le lit du malade qui semble calme, Agathe éprouve une profonde fatigue. Elle a subi une journée très lourde. Lorsque l'avocat la rejoint, il a du mal à comprendre la situation. Il a l'impression d'être en face d'une amante éprouvée par le malheur, alors qu'il ignore tout d'une éventuelle liaison, lui qui était sûr de connaître toute la vie de son ami, de son client. Le papier posé sur la table qui ressemble à un testament l'ébranle autant que l'attitude de la jeune femme.

***

Maroc, 2015

Ce matin, Abdelraffar découvre une flèche rouge qui s'est plantée avec sa ventouse sur une de ses portes-fenêtres. Un petit bout de papier pend comme un drapeau sur le dard pourpre. Le message est une menace lourde de sens. Le propriétaire de la maison s'enflamme, en pensant au drone de la veille, mais son éventuel adversaire demeure invisible.

Un bourdonnement s'impose. On peut l'imaginer à droite, en tournant la tête, il s'amplifie progressivement sur la gauche, puis disparaît. Abdelraffar attend, rien ne se passe. En haussant les épaules, il se dirige vers sa douche, désireux de chasser ses craintes sous des jets de perles d'eau fraîche, puissantes et caressantes.

En revenant, une simple serviette autour de la taille, il découvre une deuxième flèche. Une petite page bistre pend. L'homme se précipite pour découvrir le papier. Il retrouve le document qui s'était volatilisé dans le restaurant situé au creux d'une ruelle de la vieille ville. Cette feuille trahissait un secret. Un fluide glacial parcourt son dos, malgré la chaleur ambiante. Il pense à son complice du jour, aux traits secs, à la Chevrolet Camaro rouge. Il l'appelle sur son téléphone portable. La voix féminine qui lui répond l'inquiète. Elle ne dit presque rien, simplement que son père vient de mourir dans un accident de la route. Abdelraffar coupe la communication, sans accepter la teneur de l'échange. Il appelle son secrétaire et lui demande de rendre visite personnellement à l'homme à la Chevrolet. Ensuite, il multiplie les appels, en se heurtant à la même phrase qui revient en boucle sur les lèvres des secrétaires et des collaborateurs particuliers :

« Il vous rappelle. »

Abdelraffar s'excite, un bouc émissaire s'impose. Augmenter sa colère en associant un nom, Rachid Hami, dit Paulo, à des sifflements insultants semble le rassurer. « Bellâtre, traître, parasite » s'entrechoquent sur ses lèvres. En hurlant vengeance, ses poings se serrent exagérément et font blanchir ses phalanges.

Celui qui se sent exclu saisit son téléphone pour émettre, d'un ton rauque, un ordre à un correspondant lointain.

Il est nerveux, l'homme de haute taille qui sur sa terrasse fait les cent pas, en essayant de déceler quelque objet volant, quelque message du ciel.

***

Paris

Pierre de Saint-Juste avait été saisi par une panique intense et incontrôlable en découvrant la chute mortelle de son garde du corps dans l'escalier. Le regard de l'homme le fixait, comme s'il implorait de l'aide. Pierre n'avait aucun souvenir des évènements suivants. Tirs, cris, tumultes se mélangeaient et se diluaient dans une ronde infernale, seul l'appel désespéré de deux yeux gris marquait sa mémoire au fer rouge. Tout le reste était flou et imprécis. En entrevoyant la mort, l'effroi l'avait traumatisé.

Lorsqu'on lui présentera, plus tard, le document qu'il a dicté et fait signer par trois témoins, le voile de l'incompréhension l'enveloppera le temps d'une respiration. Toutefois, il le confirmera. Pour l'heure, Pierre de Saint-Juste perçoit une silhouette qui ne le quitte pas, et cela le rassure pleinement. Il n'a plus peur, il sait qu'il devait la rencontrer.

Dans cette tornade, un rayon de soleil avait surgi. Il sentait une main qui le protégeait, il entendait une voix qui le rassurait, en voyant un visage agréable penché sur lui. L'homme dur, intègre, redouté, ne vivant que pour ses affaires, avait basculé dans un monde sombre, en perdant pied après un coup de feu. Un tsunami venait de balayer son cerveau. Toutefois, un parfum, une présence le raccrochait à la vie.

***

En reprenant pied dans le monde réel, Pierre de Saint-Juste a toujours besoin d'Agathe Clark à côté de son lit. Sans aucun trouble, il lui prend la main presque comme un enfant le ferait avec sa mère. Il connaît cette collaboratrice, mais il ne la voit plus avec le même regard. À cet instant, Pierre est convaincu qu'elle lui a sauvé la vie, que sans elle, son accident cardiaque aurait été fatal. Lorsque son médecin personnel expliquera que le syndrome du cœur brisé peut parfois causer la mort, il en sera fermement persuadé. Une petite voix intérieure lui répète : « agathos[7] ».

Très vite, Denis comprend qu'Agathe est indispensable à son patron, le chauffeur modifie instantanément son attitude à son égard. Un sourire servile remplace désormais un rictus plus agressif qu'ironique.

**

Le vol vers Marrakech s'éternise pour le passager songeur. Un bruit insidieux résonne, Médéric cherche à l'oublier, pourtant, il s'impose. « *Jolie ?* », semble répéter un son venu de nulle part. Le commando se laisse gagner par le souvenir d'une rencontre. Il pense même distinguer, sur une bordure de nuage, le triste sourire de cette femme qui n'était qu'une cliente rousse. Trois lettres gravées sur le mur d'une cellule sordide par une main maladroite resurgissent. De grands yeux sombres, encadrés par une chevelure de feu, le fixent. Il avait tenté l'impossible sur cette terre qu'il allait rejoindre. Par le hublot, il contemple une aile étincelante tranchant des bandes de nuages, qui rappellent les cerisiers en fleurs du domaine de son grand-père. Une secousse de la carlingue fait presque résonner l'écho de sa voix grave : « *L'injustice n'est pas simple à supporter… Je te donne un seul conseil : ne te laisse jamais envahir par elle…* »

Ses souvenirs s'évanouissent, le voyage s'achève, l'avion touche le sol. La nuit de Marrakech accueille les passagers.

---

[7] « Agathos » signifie « bon », « brave » en grec.

Médéric suit son complice sans trop se poser de questions. Le major est enfermé dans un profond mutisme, depuis qu'il a évoqué ses recherches graphologiques, juste avant le décollage d'Orly. Il agit comme s'il était profondément vexé par une remarque, une situation. Le commandant a l'habitude de ce trait de caractère de son collaborateur qui s'enferme, de temps à autre, dans un monde qui n'appartient qu'à lui. Il avance, les yeux fixes, la bouche crispée. Rien ni personne ne peut le distraire, ne peut lui arracher un mot.

Médéric s'attend à découvrir le chauffeur de Hamza Khelfa sur le parc à voitures de l'aéroport. Comme à chaque voyage, sous les néons à la lumière agressive, les bagages se font attendre, et cette fois un peu plus que d'habitude. Le voyageur ne doit jamais abandonner sa patience quand il emprunte le chemin de l'aventure aérienne.

***

Médéric remarque la présence de gendarmes dans l'aéroport. Il en note un grand nombre. En arrivant aux contrôles des passeports, un homme s'avance, mince et au regard de braise. Il a le geste directif. Les passagers s'écartent. Médéric reconnaît le responsable d'une unité de la gendarmerie locale. Il n'a oublié ni son visage ni son nom : Reith. Il se remémore la scène chez Hamza quand, de la fenêtre de sa chambre, il l'avait entrevu avec le balafré, son adjoint. Puis le commandant revoit le gendarme au bord de la piscine, la menace aux lèvres, évoquant une possible expulsion du Maroc.

L'homme avance vers les deux voyageurs, puis, d'un geste bref, indique leurs bagages à trois ombres en uniforme qui les saisissent. D'un geste ample, il présente étonnamment le terminal 1 de l'aéroport réaménagé depuis peu, avec une architecture de palais marocain moderne. D'une voix forte, il insiste sur les motifs géométriques islamiques qu'il détaille. Ses invités découvrent, en levant la tête, un plafond de béton représentant des diamants géants. Fier de surprendre, Reith fait comprendre aux deux voyageurs qu'ils doivent rejoindre des berlines noires. Le commandant s'interroge sur sa destination, sans avoir la possibilité de consulter son associé qui est conduit dans un autre véhicule. Le convoi démarre vers l'inconnu.

La chaîne du Haut Atlas étend son ombre menaçante aujourd'hui sur les terres endormies, pendant que roule sous des jets de lumière un petit convoi vers une destination que Médéric ne cherche plus à deviner. Contrairement à son premier voyage, il ne regarde pas l'animation des rues. Aucune passante, même les plus agréables à contempler par leurs silhouettes ou leurs tenues, n'attire son regard. Rien ne l'intrigue. Il ne se pose qu'une et seule question : pourquoi le major vient-il de le conduire dans cette voie apparemment sans issue ?

***

Paris, septembre 2015

Agathe vient de s'évader, sa fonction de garde-malade ne l'enchante pas vraiment, elle qui aime vivre et bouger. Elle a promis, avec cet air mutin qui semble désormais faire fondre Pierre de Saint-Juste, de revenir avant la fin de la journée.

Elle arrive au café où un homme lui a fixé un rendez-vous, le responsable du salon de coiffure. Surprise par un tel lieu, la jeune femme apprécie de découvrir un homme brun, souriant et séduisant. Ils commandent un café.

Quinze minutes plus tard, le couple a changé de table pour partager une nouvelle boisson, une de celles que l'on consomme quand on se sent bien avec son interlocuteur. Il est dorénavant à l'écart, dans l'ombre. Agathe dévore des yeux un homme musclé et charmant, comme elle les aime. Paulo rêve de serrer contre sa peau cette femme superbe, blonde à la peau fragile. Il finit par toucher ses doigts, puis sa main, elle se laisse faire.

L'homme a compris que la femme avait des moyens financiers conséquents, il n'aime que posséder. La femme a senti le prédateur, sûr de son charme. Goûter au danger avec un beau partenaire ne lui déplaît pas. Ils sont faits pour se séduire, s'affronter, se déchirer.

Paulo propose de faire un tour dans un parc aux allées et aux massifs romantiques. L'aventurière, jouant constamment de son charme et du timbre de sa voix, ne répond pas de suite, en caressant les doigts qui dominaient jadis Dominique en tirant sur sa chevelure flamboyante. La jeune femme confie, avec un sourire prometteur, qu'elle a peu de temps et qu'elle lui laisse le choix pour fixer le lieu d'un prochain rendez-vous. Elle se lève, il propose avant qu'elle ne s'éloigne :

— Une auberge loin de la ville vous conviendra-t-elle ? La vue est imprenable, la table est bonne, les chambres...

Ses yeux noisette sont suffisamment éloquents. Ils remplacent un accord qu'elle ne prononce pas. Paulo regarde en souriant la silhouette qui s'éloigne. Une lueur inquiétante danse dans son regard.

19

Marrakech, septembre 2015

Abdelraffar est toujours cloîtré dans son domaine. Il a peur de sortir et s'inquiète de voir gonfler la tempête qu'il devine. Écouter les médias le rassure. Aucun scandale ne l'éclabousse. On ne le cite pas, mais ses correspondants sont tous absents. Malgré ses appels téléphoniques, personne ne le recontacte.

L'homme observe le ciel, comme si, une fois de plus, un de ces objets volants pouvait surgir. Il plonge par réflexe une main dans un tiroir pour saisir un mouchoir. Brusquement, il identifie sur l'étoffe le parfum envoûtant de cette jeune rousse, qui n'avait pas daigné répondre à ses avances lors de ce colloque auquel il avait participé en France. Éconduit, il sourit intérieurement en pensant qu'il s'était consolé en trouvant les lanières de son sac jaune clair de mauvais goût. L'écusson avec trois escargots était ridicule. Il avait même pensé, lui qui ne s'attachait jamais à observer ses conquêtes, qu'une telle femme n'était pas digne de l'accompagner pour quelques nuits.

Blessé dans sa fierté, il avait interrogé un organisateur qui, après plusieurs verres et quelques billets, avait accepté de conduire une enquête sur cette dénommée « Dominique ». Le résultat fut rapide, elle n'avait pas de famille et était propriétaire de sa maison et d'un salon de coiffure.

L'heure d'une petite revanche pouvait s'accomplir sans risque. Abdelraffar avait longuement cherché et trouvé de bonnes raisons pour assouvir sa vengeance. L'homme éconduit avait contacté l'un de ses rabatteurs, Rachid Hami, pour qu'il se charge de cette pimbêche. Son plan avait fonctionné mieux qu'il ne l'aurait souhaité. Rachid, qui se faisait appeler Paulo, l'avait séduite. Abdelraffar avait même ressenti une certaine jalousie en constatant que son piège était en place, lui qui multipliait les représailles comme d'autres cultivent l'empathie.

Sa colère contre Rachid s'exprime une nouvelle fois lorsqu'il brise une vitrine de bibliothèque, en lançant une statuette. Son secrétaire entrouvre la porte, à la fois inquiet et porteur d'une information. En découvrant son visage, Abdelraffar comprend, avant qu'il n'ouvre la bouche, que l'homme à la Camaro rouge est bien mort. En demandant à rester seul, il panique comme celui qui sent qu'un virus mortel vient de pénétrer son corps. Il décide de fermer la fenêtre ouverte. La solitude accablante du désert l'assaille.

Un nouveau drone vient de s'élever d'une balustrade imposante. Il est plus imposant et plus coloré que le précédent. L'appareil semble narguer l'homme en se dandinant, puis en pivotant. Sa teinte rouge sombre se détache sur un pan de façade ocre. La danse aérienne pourrait ensorceler. Abdelraffar se réfugie derrière un meuble. Il frissonne, lui qui ne tremble devant personne.

***

Dominique repose sur un lit rustique. Elle a connu de longues semaines de cauchemars, de longs mois de délires, puis, peu à peu, elle a repris conscience pour découvrir qu'elle est derrière des barreaux. Son état de santé s'est progressivement amélioré grâce aux visites régulières d'un médecin aux ordres d'Abdelraffar qui ne l'a pas fait soigner par grandeur d'âme. Une longue période de captivité a fait perdre la notion du temps à la jeune rousse. Elle a supplié, imploré en vain l'ombre qui la surveille. Par ses mains, on peut deviner que c'est une femme âgée. Son visage de geôlière reste invisible. Sa gorge émet des sons déplaisants qui ne ressemblent pas à des mots. Ce que la captive ignore, c'est qu'elle est devenue la propriété d'un homme qui ne l'a pas encore vendue.

Son nouveau maître, Abdelraffar, n'a pas pu se résoudre à la voir partir. Il n'a pas agi par souci d'humanité. L'homme impitoyable veut une nuit entière pour asservir sa victime. Il y a peu, il a tenu à justifier son action, en se souvenant que dans plusieurs cultures, les roux ont été détestés. Il s'est également-souvenu de sa mère qui évoquait régulièrement un colon roux, impitoyable et cruel envers sa famille. Un préjugé ne pouvait que le rassurer, s'il avait besoin de l'être : « Les roux n'ont pas d'âme. »

Après avoir profité de son corps, il lui expliquera qu'elle sera esclave à vie dans le désert. Il prendra plaisir à dévoiler qu'elle est officiellement morte, rayée de la liste des vivants. Lire l'affolement et le désespoir dans les yeux de sa proie sera le meilleur moment pour ce prédateur, à l'enveloppe humaine, mais au cœur de reptile.

C'était la première fois qu'il tenait à écraser de la sorte une esclave. Abdelraffar prenait son temps. Dominique avait donc été transférée vers une cellule isolée depuis deux mois, dans les sous-sols de sa demeure. Un minuscule soupirail laissait filtrer la lumière du jour. Une femme, au corps et au visage dissimulés par des étoffes aux teintes des murailles, était chargée de la surveiller et de la préparer pour la soirée fatale.

Dominique disposait d'un confort relatif pour être présentable le moment venu. Elle n'avait que le droit d'attendre, de manger et de dormir. La jeune femme ne pouvait pas concevoir que de tels monstres, de telles organisations puissent exister. Elle ne comprenait pas sa situation et imaginait qu'elle avait été emprisonnée par la police, par erreur. Dominique se raccrochait à cette conclusion pour se rassurer.

Elle pensait de plus en plus rarement à Paulo. Parfois, elle l'accusait de l'avoir abandonnée. De temps à autre, elle se persuadait qu'il avait pareillement été arrêté, surtout quand elle revoyait ce deuxième passeport, tombant de son sac, au nom de Rachid Hami. Le visage de Paulo s'effaçait de sa mémoire, un autre s'imposait de plus en plus dans sa détresse et la pénombre de son cachot, celui d'un ancien officier. Son prénom la renvoyait confusément à un monument, un viaduc[8] qui l'avait impressionnée lors d'un voyage au Canada, cinq ans plus tôt. Elle associait la force calme, la stature rassurante de Médéric, à cette construction.

***

Par la fenêtre ouverte, Abdelraffar pourrait apprécier le paysage proposé qui inspirerait un peintre orientaliste. La lumière est étonnante, les contrastes accentués, des teintes rouges, jaunes ou brunes éclatent ici et là. Mais l'homme est de plus en plus irrité par un drone rouge imposant qui s'éloigne et revient. Il ignore tout de celui qui a l'audace de le déranger de la sorte. Dans ce décor aux tons chauds, sa question ne reste pas très longtemps en suspens : un trait mortel a jailli et se plante dans son crâne.

L'attaque est brutale et silencieuse, un simple sifflement. Ainsi s'affaisse, en fin d'après-midi, celui qui faisait peu de cas de la vie de ses semblables pour s'enrichir. Une tige rouge sort de son front. Les gardes du corps assurent toujours inutilement leur veille, personne n'a suivi la scène fatale. Abdelraffar restera longtemps allongé sur le sol, avant que l'on découvre son corps sans vie. Sur le bureau, un dossier reste ouvert. Les feuillets resteront inachevés.

De la toiture-terrasse qui a servi d'observatoire au tueur, une femme range le drone dans un grand sac vert bouteille. Elle laisse flotter sa chevelure sombre, comme un drapeau au

---

[8]Pont Médéric-Martin : viaduc canadien reliant l'île de Montréal à Laval.

présage inquiétant. Le regard circulaire d'un œil noir marque un départ rapide et discret.

Équipé de jumelles, allongé sur un tapis, l'homme qui l'accompagne reste dissimulé par des balustres cannelés. Ce site d'observation lui est utile depuis la veille pour surveiller la demeure de sa cible. Il s'esquive à son tour, comme une ombre qui précède un éclat du soleil. Les vêtements du couple ne présentent pas de caractéristiques particulières, leurs gestes précis et rapides sont ceux de professionnels.

***

Médéric ne voit pas les colorations crépusculaires aux reflets changeants des murailles de la ville. *Vermillon* s'émerveillerait un visiteur, *indigo* s'étonnerait son voisin à cette heure du jour.

Les ombres de grands terrains vides entourent bientôt le petit convoi qui roule à vive allure. Le commandant reste vigilant, peu désireux de subir. Un dernier virage à droite, puis à gauche, et deux tours carrées massives se détachent. Médéric retrouve la porte imposante en bois clouté. Elle s'ouvre lentement. Il répète machinalement : « *Tout droit, c'est la route d'Ouarzazate* », phrase que le chauffeur avait prononcée lors de sa première venue. Il est surpris de voir le conducteur hocher la tête pendant que le véhicule suit le chemin menant à la résidence, entre les deux hautes haies. Les fleurs rouges et blanches inondent l'ombre envahissante. Hamza Khelfa est debout, souriant, entre les grands flambeaux qui encadrent la porte massive, superbement travaillée.

— Bon voyage ?

— Oui, je pensais voir votre chauffeur ?

— Le chef de la gendarmerie, que vous avez dû reconnaître, a tenu à vous accueillir.

Sans répondre, Médéric remet la petite sacoche brune contenant les liasses de dollars à son interlocuteur, pendant que la voiture du major se gare. Ce dernier descend et, d'un air grave, précise qu'il n'a rien confié à son complice. Hamza murmure un long « merci », puis fait un geste directif. Son personnel rassemble les bagages des deux voyageurs.

Hamza ouvre le chemin pour ses visiteurs vers la petite tente aux lueurs vertes et rouges, toujours faiblement éclairée, lieu propice pour les confidences. Là-bas, au bord de la piscine, les petites étoiles éclairent entre les palmes des silhouettes menaçantes. Médéric n'a pas le temps de profiter du son cristallin de la petite cascade dissimulée sous un taillis décoré, il distingue très nettement Reith et son regard étrange. Le commandant, le premier à pénétrer sous la toile, marque un temps d'arrêt. Le gendarme se lève, comme un sénateur peut le faire, sans précipitation.

***

France, septembre 2015

Paulo a décidé de ne pas perdre de temps. Le bellâtre a rapidement identifié la société de la jeune femme, par la fiche du salon de coiffure, au nom de madame Clark. Rentrer en contact avec une de ses collaboratrices lui semble la meilleure piste. Parfois, la chance sourit à la canaille. Paulo interroge la réceptionniste en expliquant qu'il doit remettre un courrier en main propre à madame Clark. Cette dernière, seule, lui demande de revenir à cause des récents évènements tragiques qui ont imposé la fermeture des bureaux.

L'homme est charmant, la jeune femme finit par fléchir en l'écoutant. Elle se sent perdue, car la société qui met en place les vigiles de la porte d'entrée tarde à remplacer ceux qui viennent de partir. Un sourire charmeur efface les règles les plus élémentaires de sécurité.

Elle avoue son angoisse lors des tirs d'un fou ; tremble et pleure en évoquant le calvaire des personnels ; dépeint l'état de

Rose retrouvée, trois heures après l'évacuation du président-directeur général, inanimée. Paulo écoute patiemment, laisse affluer les révélations. Il rejoint l'hôtesse derrière son comptoir où clignotent plusieurs écrans de surveillance que personne ne regarde. Il endosse l'habit du copain, du confident, pour rassurer la jeune femme.

L'homme au rictus de rapace, qui emprunte l'escalier blanc pour quitter les lieux, élabore de sombres projets. Il est satisfait de l'information qu'il a su obtenir avec quelques mots apaisants et de longues minutes en serrant dans ses bras une jeune femme au parfum déplaisant. Paulo a obtenu l'adresse de l'hôpital où Rose, une des collaboratrices de sa proie, est en observation.

***

Agathe ne pense plus uniquement à son prochain rendez-vous avec sa rencontre séduisante. Elle a préféré s'isoler dans un café aux décors anciens, en choisissant un coin retiré. La jeune femme a ses habitudes quand elle souhaite se retirer sans se couper de l'agitation de ses semblables. Elle déplie le petit texte dicté par Pierre de Saint-Juste, détaille les quatre signatures. Deux se déploient, énergiques et imposantes : celle du président et la sienne. Les autres marquent la feuille quadrillée de façon plus discrète, plus hésitante.

Agathe relève la tête, faisant durer l'instant, avant de parcourir le texte qu'elle connaît bien. Elle observe le long comptoir noir, aux chromes dorés, les tableaux aux encadrements massifs et aux motifs champêtres, les tables en bois sombre et les fauteuils aux revêtements verts. Elle contemple une tenture aux tissus soyeux lorsque le regard insistant d'un homme croise le sien. Madame Clark baisse la tête, refusant d'être troublée ou importunée. Elle souhaite rester seule et profiter égoïstement des mots qui offrent un horizon aux couleurs de son ambition. Agathe sourit presque en pensant à sa rencontre désastreuse avec deux inconnus masqués. Le montant du chèque qu'elle a dû faire pour une association de sans-abri érafle sa mémoire. L'idée de faire opposition lui paraît indispensable, elle qui ne donne jamais rien. Néanmoins, le souvenir du murmure menaçant de son tortionnaire et le reflet d'une lame aiguisée la dissuadent d'agir. La tonalité de la voix de son bourreau résonne encore dans sa tête et se prolonge par une horrible révélation, une seringue porteuse du sida s'est enfoncée dans sa cuisse. Elle s'est toujours persuadée que c'était une fable, mais le doute pernicieux persiste. L'arrivée d'un groupe joyeux et bruyant, à une table voisine, la distrait.

Le papier qu'elle tient entre les mains achève de gommer toutes ses craintes.

« *Moi, Pierre de Saint-Juste… indique que la dénommée Agathe Clark… aura la charge de veiller sur moi, de traduire ma volonté et de me représenter…* »

Agathe range méthodiquement son précieux document, relève la tête pour retrouver le regard fixe de celui qui croit toujours pouvoir séduire. L'inconnu s'avance, ébauche un sourire confiant, ose proposer de prendre un siège. Agathe, sans un regard, sans un mot, se lève et s'éloigne comme s'il n'existait pas. Elle parcourt la rue qu'un timide soleil éclaire, en regrettant de quitter trop vite cet établissement où elle aime laisser vagabonder son imagination.

Les lieux avaient connu peu de transformations. Jeune, Agathe y avait connu sa première grande aventure. Un garçon aussi irrésistible que redoutable. Un désastre qui avait transformé sa vie. Elle se cherche sans doute une excuse, en restant convaincue qu'il l'avait métamorphosée en redoutable prédatrice pour ses semblables.

Peut-on penser qu'elle y croit quand on peut déceler son actuel petit sourire ?

20

Maroc, septembre 2015

Le balafré rejoint son bureau au crépuscule. Un virage étroit à l'entrée d'un village l'oblige à ralentir. Il sait que son chef, Reith, a invité les deux Français recherchant Dominique à revenir. Nerveux, il n'aime pas la tournure que prennent les derniers évènements, en particulier l'assassinat récent de celui qu'il considère comme son protecteur, Abdelraffar. Il a préféré s'isoler en percevant le danger, sans concevoir un tel dénouement, une pareille catastrophe.

Devant ses phares, une ombre se dresse. Une jeune femme vient de surgir devant son capot comme un diable de sa boîte. En tenue noire et seyante, elle fait onduler sa chevelure sombre. L'homme à la balafre stoppe précipitamment, descend de son véhicule sans arrêter le moteur. Un vieil homme est assis, contre une façade. Une gamine chantonne entre un tas de sable et des sacs de gravats.

Le gendarme croit reconnaître une jeune femme qui, d'un clin d'œil, l'avait encouragé à l'aborder la veille, dans un établissement de la nuit. Sa silhouette est toujours aussi gracieuse. Curieusement, elle tend une main ouverte. Décontenancé, il avance. Au clair de lune, un regard froid le surprend. Il est semblable au reflet d'un marbre noir de cimetière. Malgré la chaleur du soir, il frissonne. Ses réflexes, liés à de longues années d'entraînement, ne lui permettent pas d'esquiver la force d'un pied qui le frappe à la gorge. Le gendarme vacille, sans toutefois tomber. Le coup est rude, le gendarme tente de parer le suivant qu'il devine. Le tranchant d'une main l'affaiblit, décisif face à ses réactions moins véloces.

Il a l'impression que plusieurs agresseurs l'entourent. La jeune femme se déplace comme le vent des montagnes. La courtisane envoûtante du comptoir s'est transformée en une redoutable combattante. Le balafré multiplie les parades de plus en plus maladroites, les coups trop inefficaces. Il entrevoit des ongles rouges qui accompagnent sa chute dans la poussière. Tout s'est déroulé très vite. Le vieil homme et la fillette ont disparu depuis longtemps. La rue paraît dépeuplée. Aucun secours n'intervient pour aider l'adjoint du chef d'une troupe d'élite de la gendarmerie. Il est tombé plusieurs fois, en tentant de regrouper ses forces. Sa tenue et son visage sont souillés par la poussière qui volette autour de lui.

Son rictus n'inquiètera plus grand monde. Le balafré voit son sang colorer la terre, en croyant pouvoir se redresser, il garde le nez au sol. Ses membres sont ankylosés, sa vie s'envole comme celle qui vient de le frapper et qui, la veille, dans la pénombre, entre deux boissons et plusieurs sourires, lui confiait son prénom. Sa montre marque vingt-deux heures.

Le carrefour est désert, aucune lumière ne s'allume. Le véhicule de l'adjoint d'une troupe d'élite repart, son conducteur habituel n'est plus au volant, remplacé par une jeune femme aux reflets de la nuit la plus noire. Elle pose sur le siège passager un sac vert bouteille renfermant un drone rouge.

***

Il est vingt-deux heures, pour cette deuxième rencontre rapprochée de la précédente, Médéric serre la main que lui tend le chef de la gendarmerie. Il trouve la tente plus petite que les fois précédentes. Surpris, il note que Bob et Hamza accueillent le gendarme avec un sourire aimable. Reith interroge brusquement Médéric sur Kaboul[9]. Il évoque le transfert progressif des responsabilités aux forces locales afghanes, comme s'il évoquait des souvenirs communs, entre deux combattants de l'époque. L'ex-officier français ne répond pas.

— On dit que la devise d'un service[10] que vous avez bien connu serait : « Partout où nécessité fait loi » ou « *Ad augusta per angusta*[11] ». Pouvez-vous m'éclairer ?

— J'avoue mon ignorance sur ce sujet.

— Pourtant, nous avons trouvé une médaille de votre ancien service dans un secteur où vous affirmez n'être jamais venu. Vous souvenez-vous du cliché représentant l'ombre d'un intrus dans un couloir ?

— J'ai peu de goût pour l'art photographique, mais je me rappelle que vous avez refusé de nous rejoindre dans la piscine, ce jour-là. Pourtant, quelle bonne baignade !

Médéric éclate d'un rire fort, un de ceux qui résonnent longtemps. Personne ne l'accompagne. Reprenant son sérieux, il demande à voir l'insigne. Reith répond qu'il ne peut pas, qu'il la garde comme pièce à conviction. Puis, il quitte son air grave et sourit à son tour.

— Aujourd'hui, vous êtes sous ma protection.

— Bonne nouvelle.

— Nous avons tenu à faire un peu de ménage et à décapiter un réseau qui déshonore nos actions et l'image de notre pays.

Reith indique qu'il a pu faire désavouer son responsable et son propre adjoint. Il ne dissimule pas que ses méthodes pour traiter ce qu'il nomme un cancer de société sont expéditives.

---

[9] La France a assuré le commandement du RC-C Kaboul, jusqu'au 1er novembre 2009, puis elle a transmis le commandement à la Turquie.

[10] Devises attribuées à la DGSE : Direction générale de la Sécurité extérieure.

[11] « À des résultats grandioses par des voies étroites ».

Le gendarme ne cite que quelques faits, sans s'attarder à expliquer ou à convaincre. Son invitation est liée à la présence d'une Française, dénommée Dominique, que ses services pensent avoir localisée dans un sous-sol. Il précise qu'il préfère donner carte blanche aux deux hommes pour agir comme ils savent le faire. Sa conclusion est fataliste, car un nouveau réseau remplace toujours celui qui vient d'être décapité.

Médéric dissimule son émotion. N'osant croire aux mots prononcés, il interroge d'une voix qu'il espère neutre. Son correspondant précise que Bob, qui baisse la tête, a confirmé qu'ils tenaient à retrouver cette jeune femme. Ses ravisseurs ont voulu la faire disparaître, pour mieux la vendre comme esclave. Le commandant ne précise rien, mais entend Reith proposer d'agir vite, avec les renseignements dont il dispose. Le chef de la gendarmerie exige un minimum de désordre, une action brève. Il tend un dossier cartonné au commandant qui a peur de se laisser dominer par ses émotions. Médéric hésite, Reith se méprend, et rajoute qu'il ne peut pas agir pour des raisons intérieures. L'opportunité offerte ne couvre qu'une poignée d'heures. Aucun souffle de vent n'anime la toile tendue au-dessus des deux hommes. Médéric fixe son interlocuteur, en tentant de ne pas laisser filtrer ses sentiments. Reith se lève, serre trois mains et s'engouffre avec ses hommes dans leurs berlines noires.

— Qu'en pensez-vous ? interroge Médéric.

Hamza précise, en prenant posément son thé, alors que celui de Reith est toujours intact dans sa tasse de faïence richement décorée :

— Je n'ai pas vraiment confiance, j'hésite, alors je vous propose d'agir au plus vite.

— Et après ?

— Je m'en charge… J'assume.

— Bien, il nous faut une voiture dans trente minutes et un avion pour la France dans deux heures.

Le timbre cristallin de la cascade enveloppe les trois hommes. La nuit a envahi les allées du jardin et les contours de la piscine, en s'étirant autour des murs de l'hôtel. On l'imagine s'étendre jusqu'aux remparts de la cité en pisé, pour envelopper les premières marches du Haut Atlas, pays des Berbères. La vie n'est pas toujours une dune tranquille sans tempêtes destructrices.

Médéric reste assis quelques secondes, alors que le temps presse. Il finit par confirmer sa pensée dans un souffle.

— Attendre sans agir n'est pas une option. Il faut apprendre à vivre avec l'incertitude.

— J'adhère… J'ai appris à vous comprendre.

La réponse de Hamza marque le départ de la tente. Bob lève les mains, pour afficher son accord. Il espère que son associé ne lui reprochera pas cette étrange entrevue. Le sourire reconnaissant du commandant, qui pivote vers la demeure avec le dossier cartonné dans la main, ne peut que le rassurer. Bob emboîte le pas à son complice. Le commandant explique, en levant trois doigts vers le ciel étoilé :

— On se prépare, on délivre, on repart. Une question ?

Bob n'a pas besoin de répondre, son visage déterminé parle pour lui. Les deux hommes se comprennent vite en lisant les documents qui présentent les plans d'un quartier, d'une maison isolée et d'un sous-sol. Bob ne fait aucune remarque, en sentant l'agitation et la fébrilité de son complice.

Avant le départ, Médéric chuchote à l'oreille de Hamza, qui se contente de hocher la tête. Trente minutes ne sont pas écoulées quand la porte imposante en bois clouté s'ouvre entre deux tours carrées. Une voiture, conduite par le chauffeur de Hamza, emporte deux hommes qui sont décidés à affronter une troupe sauvage, à surmonter les obstacles les plus infranchissables. L'éclat des phares épouse la route d'Ouarzazate entre deux lueurs d'étoiles, puis s'efface quand glisse un nuage.

***

Septembre en France

Rose se réveille sur son lit d'hôpital. Elle regarde le lit voisin. Il est vide. La blancheur des draps et des murs ne la rassure pas. Son regard accroche le seul espace coloré de la pièce, une reproduction d'un paysage champêtre. La femme préfère se perdre au cœur du troupeau de bovins qui patauge dans une mare, sous les branches sécurisantes de chênes centenaires. En revoyant la ferme de ses grands-parents, encouragée par le silence de la chambre, elle ferme les yeux, voyage dans le temps.

La gravure ressemble à un coin de paysage qu'elle aime bien, le préféré de son aïeule. Refusant le monde froid et sans âme qui l'entoure, elle retrouve des pages de ses jeunes années. L'une d'elles la projette au pied d'un arbre d'antan, le bruit lourd des sabots de sa grand-mère résonne sur le chemin de terre. En levant la tête, elle prend peur en découvrant la tête d'un taureau qui approche. Ses cornes redoutables dansent sous le feu d'un soleil de vacances. Son souffle sauvage se mêle à celui de la brise. Elle selève précipitamment pour se réfugier dans les jambes de sa mamie qui vient d'arriver, en s'amusant de la scène.

Rose entend des coups secs et pense d'abord à des bruits de sabots. Intriguée, elle ouvre les yeux. Ce n'est pas sa grand-mère qui s'avance, mais une femme bredouillant quelques mots. Rose finit par comprendre que la visiteuse est à la recherche d'une amie. Les premières minutes s'écoulent silencieusement, puis les deux femmes échangent quelques formules de politesse. Une conversation commence peu à peu entre une collaboratrice qui se sent abandonnée par sa hiérarchie et une dame qui déclare sa solitude et son désarroi. Cette dernière, en une seule phrase, confie qu'elle a peur de perdre sa seule amie. Son mouchoir éponge une larme que personne ne peut voir.

Rose répond à des questions anodines, puis succombe à la gentillesse, conte ses mésaventures à une auditrice pleine de mansuétude. Progressivement, c'est la vie d'un service d'entreprise qui est détaillé à une inconnue écoutant religieusement, toujours un mouchoir à la main. Rose insiste sur ses attentes, sur les actions peu acceptables de ses dirigeants. Elle s'épanche beaucoup en dévoilant les décisions d'une certaine « madame Clark ». Sans se soucier de l'attitude de cette femme qui l'encourage sur pareil sujet, elle cite des tromperies. Désireuse de briller, la collaboratrice force le trait, en se livrant comme on peut le faire quand notre interlocuteur inspire confiance. Avouant ses attentes, elle développe ses désillusions.

La comploteuse tente de prendre congé sans rompre brusquement le flot des confidences. L'arrivée d'une infirmière pressée achève le long monologue. La visiteuse en profite pour remercier et s'éloigner précipitamment. Rose se sent soulagée d'avoir pu parler, sans avoir de raisons de l'être.

***

La journée est belle. Agathe arrive à l'auberge indiquée par Paulo. Elle a une folle envie de se perdre dans les bras de ce charmeur, même si elle se méfie. En descendant de son véhicule, elle regarde un paysage agréable. Au loin, un clocher tinte dans la plaine. À sa droite, un soleil éclatant ; à sa gauche, l'ombre d'une forêt d'où se détachent les tours massives d'une forteresse, en partie détruite par les hommes et les ans. Agathe fait durer l'instant, en comprenant qu'elle est observée de la terrasse. La jeune femme est arrivée un peu en retard, pour ne pas avoir à attendre. Paulo est debout pour l'accueillir. Les premiers clients de l'auberge tardent à lire les cartes des menus.

Le couple qui a ouvert le service est rieur. Il mange peu, parle beaucoup, multiplie les silences et les petits sourires complices. Les mets se succèdent. L'homme est charmant et attentionné, oubliant ses récents démêlés avec la police française. La femme est ravissante, voire exubérante. Au fond d'elle-même, refusant d'être infectée par le sida, elle n'en parle pas. Le devenir de ses amants éphémères ne l'a jamais intéressée. Le personnel de l'établissement peut penser qu'ils se connaissent depuis longtemps.

Ils rejoignent une chambre, et leurs rires résonnent dans l'escalier. Des vêtements jonchent bientôt le plancher. Sur le couvre-lit, une peau brune enveloppe une silhouette claire. Dans la pénombre, on peut imaginer que la nuit épouse le jour. Le bonheur des amants résonne longtemps et un peu trop. Une tourmente se calme, une nouvelle s'annonce.

***

Un éclat de crépuscule illumine un homme qui parle doucement à une femme. Il sourit méchamment en énonçant les confidences que Rose, sur son lit d'hôpital, a faites à l'une de ses espionnes. Paulo ne dévoile pas ses sources. Agathe se raidit, un nouveau piège paraît se refermer sur elle. Brusquement, elle se redresse en distillant quelques mots orduriers, puis se rhabille devant un homme qui sourit. Il croit la déstabiliser en évoquant deux de ses malversations dans son entreprise. Elle est persuadée de pouvoir lui résister.

La porte de la chambre claque, la jeune blonde s'enfuit. Le personnel s'amuse de la fin de cette scène en la traduisant par des gestes déplacés. Agathe Clark croit comprendre, en martyrisant sa boîte de vitesses, l'origine des informations que des inconnus utilisent depuis peu pour la menacer. Au fil des kilomètres, tout en roulant à vive allure, elle est convaincue d'avoir décelé le maillon fragile de son équipe : Rose. En regardant défiler les peupliers, gardiens rigides d'une route de campagne, une idée germe dans son cerveau contrarié et en ébullition.

***

Aux premières lueurs de l'aube, Paulo descendra, calmement, avec un demi-sourire. Il prendra un siège sous la véranda, feuillettera négligemment le journal régional, en utilisant de temps à autre son téléphone portable. Il prendra un solide petit-déjeuner et trouvera même le temps d'essayer de séduire une serveuse timide.

Personne ne semblera s'apercevoir qu'un homme, aux allures précieuses, le rejoint dans sa chambre. Certaines silhouettes sont imperceptibles.

21

Marrakech, septembre 2015

Les âmes généreuses appréhendent peu le mal, la cruauté humaine. Ses chaînes ne pouvant pas résister à une juste décision, Dominique attend sa libération. Ce matin, dans la pénombre, elle a noté une agitation plus intense que d'habitude. Sa geôlière a échangé, pour la première fois, avec un homme qui est resté derrière ce qui ressemble à la porte d'accès du sous-sol. Ce court entretien a augmenté la nervosité de la femme âgée qui ne dissimule plus autant les traits de son visage. Accroupie contre un mur, la geôlière multiplie les grognements discordants et désagréables.

Dominique se lève et décide, comme on peut le faire pour faire bouger ses muscles, de réaliser plusieurs fois le tour de sa cellule, puis de poursuivre par des exercices. Aujourd'hui, elle opte pour des vêtements légers. Elle se rassoit sur son unique chaise, lorsqu'un bruit assourdissant résonne au-dessus de sa tête. La geôlière s'est réfugiée dans le coin le plus sombre des caves. Un interminable silence s'installe. Les pas précipités d'un homme retentissent. Un cri, un corps chute, la porte s'ouvre. Une lumière s'invite dans le sous-sol aux murs poussiéreux. Une ombre s'allonge. La jeune rousse croit reconnaître le visage de celui qui s'avance. La prisonnière découvre le profil de cet ex-officier qui l'avait si bien écoutée, il y a longtemps, quand elle doutait de Paulo. Cette apparition la bouleverse. Une grille s'ouvre, la prisonnière d'Abdelraffar est saisie par la main, entraînée vers un escalier étroit, des salles lumineuses, puis un long couloir aux murs blanchis à la chaux. Docile, Dominique, qui croyait parfois perdre la raison, n'est plus convaincue de ne pas devenir irréparablement démente. Celle qui a longtemps connu la captivité ne peut pas saisir quand elle cesse.

Aucun appel ne perturbe la fuite rapide de celui qui l'entraîne, la soutient, la soulève. Posée sur une épaule solide, elle descend une longue échelle en bois, traverse une terrasse fleurie, côtoie des murs saumon ouvragés, des oliviers. Sa tête effleure des frises magnifiques. Un reflet aveuglant sur une carafe en cristal, la chute d'un grand vase qui se brise, la font sursauter. Un seul mot d'une voix la rassure. Sous les stucs ciselés s'ouvre un patio central.

Une sangle sous les aisselles, la jeune rousse se sent suspendue au bout d'une corde. Le trajet est interminable le long d'un mur sans ouverture. Elle subit, sans comprendre. En arrivant sur une dalle claire tachée par des pétales de roses, d'autres bras la recueillent en silence. Contrainte depuis de longs mois à vivre dans des caves sombres et fraîches, elle vacille sous le soleil brûlant. Son sauveur la rejoint rapidement. Il la porte, la tire par la main et la propulse vers la lumière loin de ses chaînes, en lui inspirant confiance. Si des gardes devaient veiller, ils se sont tous endormis.

La jeune femme ne réalise pas qu'elle parcourt une ruelle déserte. Elle ne distingue que des formes, des couleurs. La fugitive ne perçoit que la chaleur, la poussière et la sueur de son protecteur qui la guide maintenant vers une voiture. Le moteur s'affole et l'entraîne loin d'un calvaire qu'elle impute à celui qui l'a abandonnée, Paulo. Dominique entrevoit la liberté, le retour à son ancienne vie. Aucun doute ne l'a étreinte en suivant celui qu'elle revoyait parfois avec des escargots sur les murs gris de sa solitude. Elle est rassurée.

***

France

Une femme de ménage frappe longuement à la porte de la chambre où Agathe et Paulo avaient donné libre cours à leurs ébats. Une étiquette colorée : « *Ne pas déranger* » est toujours sur la porte, mais l'heure de fin d'occupation est dépassée. Elle croit entendre au loin un brame de cerf, elle suspend son geste, puis persiste. N'obtenant aucune réponse, elle prévient le responsable des lieux. Devant la porte, il insiste, appelle. Sans réponse, l'homme finit par utiliser le pass de l'hôtel. La chambre et la salle de bains sont vides. Les placards présentent des étagères et une penderie sans vêtements. Peu sensible aux appels du cerf désormais distincts, il descend en colère. En découvrant que la chambre est déjà réglée, sa bonne humeur revient.

En fin de journée, une femme arrive en hurlant de la blanchisserie. Un corps presque dénudé, celui de Rachid Hami, repose entre des piles de draps blancs. Ses bagages ont disparu. Une demi-heure plus tard, un médecin, encadré par deux policiers, constate la mort, sans pouvoir en déterminer la cause.

Les employés décrivent la présence d'une femme blonde, en indiquant l'immatriculation de son véhicule. Certains précisent les désordres sonores interminables de leurs ébats. Les draps du lit et un soutien-gorge transparent accroché à l'angle d'un grand cadre confirment leurs propos. Tous omettent de mentionner l'homme aux allures précieuses qui n'avait fait que passer comme une ombre que l'on n'est pas sûr d'avoir vue.

Abdelraffar s'était vengé peu avant d'être frappé. Lui seul aurait pensé que son châtiment n'était pas inutile. Désireux de détruire ceux qui le contrariaient, Rachid Hami ou Paulo méritait de payer pour les traîtres.

***

La voiture roule à vive allure, en quittant les remparts de Marrakech. Les murs de sable, d'argile rouge[12] et de soleil s'estompent, pour laisser partir Dominique qui ferme les yeux.

---

[12] Les remparts de Marrakech sont surtout constitués d'argile locale rougeâtre.

Elle a du mal à affronter la réalité, à découvrir son retour à une vie libre. Elle croit vivre un songe en percevant un échange entre ses deux anges gardiens.

— Nous venons de dépasser l'aéroport !
— Nous ne prenons pas l'avion ici.
— Mais la route va être longue !
— Non, ne t'inquiète pas.

L'un des deux hommes semble ne pas comprendre, l'autre pointe un doigt vers l'horizon. Sur l'écran de ses paupières, Dominique devine l'ombre d'une caravane sur une haute dune. D'abord imprécise, dissimulée par le voile de sable que les sabots soulèvent, elle grandit pour effacer « la terre de Dieu[13] ». Soudain, en se souvenant de ce nom donné à la cité, la voix de sa mère éclaire sa mémoire. Elle lui affirmait dans sa jeunesse qu'Elemiah était son ange gardien, puisqu'elle était née au début du mois d'avril. Son nom, disait-elle, signifiait « Dieu caché ». Cette similitude l'amuse, malgré la situation.

Le véhicule prend un virage très marqué et, dans une clairière, un petit hélicoptère apparaît. Il est déjà prêt à s'élever au-dessus des palmiers. Les deux compagnons de l'évasion entraînent Dominique vers les sièges de toile. Le bruit du rotor s'intensifie. La jeune femme entend son sauveur, Médéric, confirmer qu'il est allé à Kaboul et a formé les forces afghanes. Elle ne saisit pas la suite, car les hommes communiquent par l'interphone intégré au casque. L'aéronef s'élève vers un ciel sans un seul nuage. Au rythme de la voilure tournante, Médéric précise à son acolyte qui est le seul à l'entendre :

— Notre chef de la gendarmerie est bien informé, sur ma mission à Kaboul et mes activités. Je n'ai pas aimé le ton de ses confidences.

---

[13] Un des noms donnés à Marrakech.

— Je comprends. C'est Hamza qui m'avait proposé ce rendez-vous, en me disant que nous pouvions achever notre mission d'origine, libérer Dominique. Il tenait à te surprendre.

— Il devait craindre ma réaction. C'est peut-être une relation redoutable. Évitons de nous attarder, Dominique n'a aucun papier.

— Tout s'est bien déroulé jusqu'à présent !

— Attends un peu avant de faire couler le whisky de la réussite…

Bob regarde Médéric qui fait volontairement flotter sa main, pour exprimer sa prudence. L'air fouette les visages. Dominique, entre sable et soleil, ne regrette pas la pénombre de ses cellules, mais a peur d'une luminosité et d'une liberté trop brutales. Elle voit Bob écrire sur un carnet, déchirer une feuille et attirer l'attention du commandant. Sachant que ce dernier est le seul à l'entendre, le major l'interroge en lui remettant le papier plié.

— Je pense que tu n'es pas mécontent d'avoir libéré notre passagère. N'as-tu rien à lui dire ?

Médéric hausse les épaules, fait une moue déplaisante et se retourne. En regardant le papier, il découvre que le major a mentionné par écrit les trois mouvements qu'il vient d'effectuer. Aucun geste ne traduit sa réponse. La tête penchée, les yeux fixés sur l'horizon, le commandant reste attentif au paysage.

Au loin se détache l'aéroport de Rabat-Salé. L'hélicoptère passe à côté de la tour de contrôle située en zone militaire, puis se pose rapidement.

— Le pilote vient de recevoir un ordre. Nous sommes sur la base des forces aériennes royales, murmure Médéric.

Bob perd son sourire blagueur, l'aventure n'est visiblement pas terminée.

***

Levallois-Perret, septembre 2015

En rentrant dans son nouveau bureau, Agathe entend prendre instantanément ses nouvelles fonctions. Les nouvelles sont aussi rapides que les vents d'hiver sur une terre glacée. Les cadres s'empressent de venir la féliciter, les collaborateurs arrivent ensuite. Tous veulent marquer leur fidélité à la nouvelle protégée du grand patron, Pierre de Saint-Juste. D'ailleurs, une note de service du comité directeur conforte l'ascension d'Agathe Clark depuis une heure.

Elle s'isole deux heures avec une décoratrice et ses assistantes. Son objectif : disposer d'une gravure représentant un village avec une foule de détails pittoresques, puis par un jeu de lumière, augmenter la luminosité sur les sièges des visiteurs. La manipulatrice mise sur l'éclairage et sur sa reproduction pour distraire et intimider dans son bureau. Elle demande de disposer un aquarium géant dans son dos, dans la salle de réunion, pour apaiser les passions qui ne peuvent qu'éclore dans pareil lieu.

En recevant Rose, Agathe lui tend sa nouvelle affectation qui ressemble à une nomination. C'est sa première décision, elle a tenu à se défaire de cette collaboratrice trop bavarde à son goût en la désignant adjointe de la secrétaire du directeur général qui ne peut que s'incliner. Agathe cherche ainsi à handicaper et à surveiller les actions de celle dont elle se défie. Rose croit entrevoir la main de celui qui lui avait promis une promotion, sans pouvoir imaginer qu'elle est le jouet d'une calculatrice. Agathe prend un air convaincant en évoquant ses qualités, en lui renouvelant sa confiance, en lui conseillant de tout lui confier sur ses nouvelles responsabilités. Elle prend d'ailleurs soin d'accompagner la promotion d'un petit commentaire indiquant que c'est elle qui notera et appréciera le travail de cette collaboratrice.

Cette nouvelle journée s'achève, quand un inspecteur de police se présente. Affable, il parle de tout et de rien, puis brutalement évoque une petite auberge, voire une rencontre, une aventure. Agathe reste maîtresse d'elle-même, le coup est rude pour celle qui a l'habitude de tout contrôler. D'un air confus, elle avoue une liaison éphémère avec le responsable de son salon de coiffure. Elle présente les messages, tous anodins, de son portable, précise son horaire d'arrivée et de départ, et sa présence à une interminable réunion de bureau. L'inspecteur note et ne peut pas résister à parler à une femme qui semble si agréable, si jolie. Il déclare le meurtre de son amant d'un jour, sans oser présenter le soutien-gorge transparent qui gonfle une de ses poches. Le policier s'émeut en découvrant une petite larme qui coule sur la joue qu'il observe. Sachant larmoyer sur commande, Agathe paraît fragile. L'inspecteur a une soudaine envie de protéger cette ravissante tête blonde qui s'incline, en lui promettant de l'importuner le moins possible.

En quittant le bureau, il est heureux d'avoir obtenu un rendez-vous pour partager un café, le lendemain midi.

***

L'hélicoptère se pose sur une plateforme déserte du Maroc. Un homme et une femme attendent les passagers. Médéric n'est pas vraiment surpris de retrouver Reith.

— Vous ne pensiez pas quitter mon pays sans me dire aurevoir ?

— Nous ne voulions pas vous déranger.

— Nous qui sommes nés sur le même sol, nous ne pouvons que nous comprendre.

Cette phrase accompagne le sourire de Reith qui présente sa compagne. Timide, elle baisse la tête. Il précise qu'il a tenu à accueillir la femme libérée avec celle qui, depuis peu, partage sa vie. Médéric ignore que le gendarme l'a rencontrée dans un établissement de la nuit, alors qu'il parcourait la place Jamâa El Fna, lors de son premier séjour. Cette rencontre avec la fille d'un paysan berbère, hôtesse d'un soir[14], avait changé la vie du gendarme.

Le petit groupe échange peu, guidé par un homme en tenue de maître d'hôtel. Dans l'angle d'un hangar, une table est dressée. Un serveur prépare le thé, en ajoutant la menthe fraîche au fond de la théière. Pendant que les feuilles sont noyées dans l'eau bouillante, Reith prend la parole.

— Partageons un peu de convivialité, et cessez donc de vous méfier.

Médéric et Bob ne peuvent réprimer leurs sourires. Dominique reste à côté de la compagne du gendarme et ne quitte pas des yeux son sauveur. Prisonnière à l'aube, elle découvre quelques gouttes de liberté. Le voyageur du désert doute souvent de sa raison en distinguant une oasis. Comme lui, la fugitive craint le mirage, l'illusion. Ébranlée par une longue captivité, elle a peur de se réveiller.

Le thé brûlant jaillit, comme une cascade brillante. Le serveur tient la théière à bout de bras pour faire « mousser » le sucre. Tous prennent les petits verres et boivent très chaud. Médéric ne peut s'empêcher de raconter l'histoire de son père, pilote sur cette base quand elle était française. En 1960, la France rapatriait ses militaires et ses aviateurs. Quelques années plus tard, en revenant pour faire un stage au Maroc, Médéric était né. Il lève sa tasse pour dire au gendarme qu'il est bien renseigné. Ce dernier s'incline, en affirmant que l'on doit tout savoir sur ses hôtes.

---

[14] Cf chapitre 10. (Le maître de l'établissement regarde partir sa dernière recrue avec ce responsable d'une troupe d'élite.)

Reith ne semble plus aussi redoutable et inquiétant aux yeux de Médéric. Les conversations s'éternisent, en devenant plus amicales. Après plusieurs verres de thé, le gendarme entraîne les trois Français vers un jet, prêt à décoller.

— Messieurs, ne faisons pas attendre l'avion de votre ami.

Les mains se serrent. Dominique suit ses deux sauveurs dans la carlingue. Déjà, l'avion bouge. Un ciel nuageux l'attend, mais le vol sera lumineux pour ceux qui ont accompli leur mission et celle qui retrouve sa liberté. En partageant une fiole de whisky, Médéric, sans quitter des yeux Dominique, confie à Bob qu'il a mal jugé le gendarme. Le major esquisse un mince sourire.

La fugitive rousse ne le réalise pas encore pleinement. Qu'il est doux de bouger sans entrave, qu'il est agréable de parler sans contrainte !

QUATRIÈME PARTIE

22

Les trottoirs s'habillent des feuilles mortes des grands arbres alignés. Une ondée d'octobre 2015 vient de strier les vitres du véhicule d'Agathe Clark. Elle rejoint Pierre de Saint-Juste, comme chaque jour à la même heure depuis deux semaines. La jeune femme gare sa voiture devant son hôtel particulier, toujours flattée que cet homme riche et influent ne puisse plus se passer d'elle. Le président-directeur général a besoin de sa présence, d'entendre le son de sa voix pour se rassurer. En lui demandant de temps à autre un avis, en lui expliquant souvent ses stratégies, il n'a jamais de gestes ambigus et ne lui propose pas de devenir sa maîtresse. Agathe aurait tout accepté. Elle a du mal à comprendre les motivations de cet homme, tout en l'écoutant, éblouie par ses connaissances et sa maîtrise des affaires.

Quand Pierre lui propose de nouvelles responsabilités, comme tout arriviste, elle sait se faire respecter. Elle sait imposer aussitôt sa volonté à ses nouveaux subordonnés.

Nombreux sont ceux qui imaginent Agathe comme une courtisane, voire une conseillère secrète ; ils se trompent. Pour d'autres, Pierre doit la considérercomme la grande sœur qu'il n'a jamais eue, ou comme une bienfaitrice lui ayant sauvé la vie. Ils ne pensent pas que monsieur de Saint-Juste la perçoit comme une protection, un rempart contre le mauvais sort. Elle est devenue son porte-bonheur.

Ce matin-là, Agathe se retourne et pense distinguer entre les branches humides une ombre perchée sur une façade. Elle se recule vivement et se heurte à un arbre, en se croyant surveillée par quelque démon maléfique. Ce n'est qu'un atlante, folie d'un ancien propriétaire des lieux. La jeune femme reprend ses esprits, toujours perturbée par les analyses médicales qu'elle a dû aller faire en Suisse, pour savoir si elle était porteuse du virus du sida. Dans l'attente des résultats, ses certitudes s'effritent peu à peu. Deux jours plus tôt, elle s'est surprise à faire un don à un diocèse, espérant sans doute la pitié d'un dieu qu'elle ne respecte pas et dont elle bafoue constamment les préceptes. Du temps de l'Olympe païen, elle aurait sans doute imploré et fait des offrandes à Mercure[15]. La mécréante est ainsi, quand le destin la frappe, elle se réfugie dans les mains d'une religion.

Madame Clark est nerveuse et inquiète. Elle a découvert par hasard, la veille, une note manuscrite sur le bureau de Pierre de Saint-Juste. Il évoquait succinctement qu'il voulait reprendre, par la ruse, chez l'un de ses partenaires, un dossier mauve traitant d'un projet immobilier. Elle a saisi l'importance de l'affaire et a décidé d'agir pour son propre compte. En recrutant les premiers venus et en agissant hâtivement, elle n'est pas convaincue d'avoir fait le meilleur choix.

Elle se réfugie dans son véhicule pour améliorer, par réflexe, sa coiffure et son maquillage. En sortant, souriante et ravissante, elle traverse la rue. Une mobylette jaune et noire, pilotée par un jeune imprudent, les yeux fixés sur sa roue avant, arrive trop vite. Le bolide fonce, la piétonne le découvre trop tard. Le choc est très brutal.

***

Depuis son retour du Maroc, Médéric a revu plusieurs fois Dominique. Retrouver une existence normale quand on est déclaré mort n'est pas simple, même quand on bénéficie de

---

[15] Le dieu des marchands et des voleurs (*Le Comte de Monte-Cristo*, Alexandre Dumas).

l'aide d'une amie fidèle et énergique comme Christine. Le monde des fonctionnaires est soupçonneux et friand d'une foule de documents dûment certifiés et tamponnés. L'univers administratif et social peut peser comme un cauchemar.

Dès son retour, le meurtre de Rachid Hami, dit Paulo, complique les démarches. L'enquête en cours oblige Dominique à raconter sa longue captivité, mais elle précise que la police locale l'a libérée. Heureusement, Reith a tenu sa promesse en transmettant des papiers officiels utiles et nécessaires à l'ambassade. Officiellement, les cendres remises aux autorités françaises n'étaient plus celles de Dominique.

Tout en retrouvant son état civil, Dominique avait supprimé le bénéficiaire de son assurance-vie et annulé le testament olographe signé sous influence. Paulo, sûr de lui sans doute, n'avait pas utilisé ces documents et n'avait pas fait trop de désordre dans ses biens. Enfin, les formalités pour le pacs étaient restées en cours.

La dernière étape concernait les quatre employés du salon de coiffure qui avaient été licenciés. Dominique avait pu les retrouver et les réembaucher. Les personnels mis en place par Paulo, ne détenant pas de contrats, avaient disparu du jour au lendemain.

En présence de Médéric, la jeune rousse demeure intimidée et profondément marquée par son aventure désastreuse. Tout en contrôlant difficilement ses hésitations et sa fébrilité, le commandant se contente de rester discret, émerveillé par le dynamisme et l'efficacité de la jeune femme.

***

Un après-midi, alors que la cloche d'une église voisine rappelle l'heure aux riverains, Dominique vient surprendre les deux anciens commandos dans leurs bureaux. De bonne humeur, elle vient fêter le crépuscule de ses problèmes administratifs, une bouteille d'une maison de champagne renommée à la main. La jeune femme évoque sa détention, ses peurs, ses angoisses. En perdant la notion du temps, enfermée plusieurs mois entre quatre murs, elle s'attend à une longue convalescence. Elle se force à sourire et confie à Médéric entre deux coupes qu'elle a beaucoup pensé à lui pendant sa détention. Un long silence suit cet aveu. Réalisant sans doute avoir parlé sous l'effet du breuvage pétillant, Dominique tente de modérer son aveu en évoquant les escargots chers à son père.

Soudain, elle évoque la magnifique bague offerte par Paulo. La jeune femme avait tenu à s'en séparer en l'offrant à une association de sans-abri, refusant de garder une trace de son aventure néfaste. Médéric ne sait que répondre, lui qui a le verbe facile. Le major quitte la pièce pour une raison que personne ne comprend. Le trouble de Dominique et de Médéric augmente. Ils ne pensent pas à se tutoyer. Bob revient, les coupes se vident, la conversation s'étiole.

Dominique vient juste de fermer la porte du bureau de leur agence lorsque le major s'adresse au commandant en ouvrant les fenêtres de la cour intérieure.

— Je ne te reconnais pas. Espérons que tu n'as pas changé sur le terrain.

Médéric ne se rebelle pas. Il admet du bout de lèvres qu'il vit une situation surprenante. Le silence qui suit est comblé par le vacarme de la rue, l'heure de sortie de bureaux voisins. Le commandant se redresse et affirme que cette cliente l'a simplement marqué plus que d'autres. Bob réplique doucement :

— Si tu le dis…

***

L'accidentée regarde autour d'elle sans comprendre. Elle ne reste que quelques secondes consciente, croit continuer sa vie, dérive vers sa dernière réunion un peu houleuse. Un collaborateur avait osé la contredire et critiquer une de ses directives. Agathe avait bien senti que les participants approuvaient celui qui contestait bruyamment. Elle n'avait pas su trop répondre, en clôturant sèchement la séance. En quittant le monde réel, elle imagine qu'elle le convoque, l'oblige à se contredire... les applaudissements l'entourent... ce ne sont que les bruits répétitifs d'appareils qui contrôlent sa vie. Que de fils noirs et transparents relient la jeune femme à des poches et à d'imposantes machines !

Agathe est projetée, en un éclair de mémoire, vers le voyage en montgolfière qu'elle avait effectué l'année précédente. De la nacelle, sous l'enveloppe légère et colorée, la terre déroule ses bois, ses plaines et ses rivières. Elle survole la mer, le sable, et se retrouve devant l'enceinte de Marrakech, absorbée par les teintes brunes d'un crépuscule. Ses remparts fascinent toujours, émerveillent souvent, séduisent parfois.

Les murs deviennent sombres et flous, les images rétrécissent. Aérienne, la blessée ne distingue pas l'infirmière qui pénètre dans la chambre, observe attentivement des cadrans lumineux et ressort. Plus tard, elle n'entendra pas un médecin murmurer à un homme en costume de prix que le risque d'un traumatisme crânien est lié aux désordres que peuvent provoquer les saignements.

***

Un triste soleil d'un matin blafard d'hiver caresse les meubles. Médéric a les yeux fixés sur un quotidien qu'il ne lit pas. Bob pénètre dans le bureau.

— Tu ne devineras jamais le nom de celui qui nous confie notre prochaine mission.

— Hamza ? Reith ? Le général qui m'a envoyé en Iran ?

Chaque fois, Bob fait non de la tête, en agitant une feuille de papier.

— Monsieur Pierre de Saint-Juste.

Une nouvelle peut surprendre, laisser dubitatif, voire faire gamberger. La réponse du major est du nombre. Médéric change de place le petit cadre en bois pourpre, veiné de noir. Les mèches de la guerrière viking paraissent plus blêmes. Robert Spencer agite ses cheveux blonds et range dans un tiroir un flacon oublié la veille. *Johnnie Walker* est écrit sur l'étiquette.

— Un peu d'action ne peut pas nous faire de mal, poursuit le major en se frottant les mains.

Médéric reste figé. Il finit par se retourner lentement.

— Crois-tu qu'il y ait un lien avec la dénommée Agathe qui travaille pour lui et que nous avions malmenée ?

— Je ne pense pas. Le président-directeur général nous attend dans son bureau. En route.

Bob conduit calmement dans les embouteillages. De temps à autre, il montre le comportement surprenant d'un autre conducteur à Médéric. Une voiture verte change de file sans mettre de clignotant, des pare-chocs se frôlent, sans se toucher. Bob double un camion frigorifique qui, en freinant trop tard, vient d'écraser le coffre arrière de la « Corvette Grand Sport » noire qui le précédait.

— Dommage, beau véhicule, murmure Médéric.

Le major semble partager la remarque, puis interroge :

— Penses-tu que d'anciens commandos aux missions extrêmes puissent avoir une vie normale ?

Médéric le dévisage et, d'un signe de main, indique qu'il ne saisit pas. Bob marque un silence ponctué par les ronflements des moteurs. Il explique avoir entendu un psychiatre affirmer, dans une émission, que les soldats perdus, ceux qui ont vécu dans des zones de guerre, ne peuvent plus s'adapter à la vie ordinaire. De longues respirations marquent la surprise de l'un et l'attente de l'autre. Le plus étonné, Médéric, finit par mettre en doute de tels propos. Puis il interroge à son tour :

— Qu'appelle-t-on une vie normale ?

— La vie ordinaire dans nos sociétés.

— Je crains que beaucoup d'hommes et de femmes, dans le monde, ne connaissent pas une vie normale.

Le major s'irrite du ton désinvolte de son associé et de ses réponses. Brutalement, après avoir pianoté sur le volant, il rajoute, avec une apparente affabilité, qu'il n'a pas l'habitude de voir un homme mûr se conduire comme un gamin devant une femme. Il s'interrompt, réalisant sans doute la dureté de ses paroles aigres-douces.

Ces propos ravivent quelques faiblesses, le coup est sévère ! Médéric baisse la tête. Il cherche une réponse, en vain.

Leur route est coupée par une barrière et un gardien de la paix. Obligés de se garer, les deux hommes suivent le trottoir, sans souhaiter reprendre la conversation interrompue. Ils préfèrent regarder les gestes précis effectués par deux silhouettes en combinaison, à côté d'une mobylette jaune et noire renversée. Ces policiers établissent des relevés. Bob montre du doigt l'hôtel particulier de leur futur client, sans faire de commentaire.

Une demi-heure plus tôt, ils auraient découvert Agathe étendue sur le macadam.

***

Les deux hommes n'attendent pas longtemps. Ils sont aussitôt conduits dans un vaste bureau par un majordome, après avoir parcouru un couloir interminable décoré de cadres anciens. L'homme tient la porte d'une main déférente.

Le président-directeur général a l'air soucieux. Il indique des sièges à ses invités. Il lui suffit de quelques mots pour expliquer ce qu'il attend. Il veut un dossier mauve, probablement rangé dans le tiroir d'un bureau plat de style Empire d'une société concurrente. Cette description précise amuse Médéric qui n'a pas le loisir d'observer l'homme ni l'imposant mobilier de la pièce. Monsieur de Saint-Juste n'a pas l'habitude d'attendre d'éventuelles questions, et encore moins d'y répondre. Une enveloppe marron et une carte changent de main. Un seul geste, l'entretien est achevé. Le commandant a l'impression d'avoir juste eu le temps de s'asseoir. Le majordome, droit et froid comme un cierge, a dû dans le même mouvement fermer la porte, puis l'ouvrir. Médéric et Bob retrouvent le long couloir aux portraits sévères.

Sur le trottoir, le commandant montre, en bougeant deux doigts, qu'il a deux informations à donner. Le major se rapproche.

— Le marchand de légumes de ta rue, originaire du Togo, mène-t-il une vie normale ?

— Assurément, du moins je pense, répond Bob.

Médéric continue.

— J'ai vu un portrait d'Agathe Clark sur un coin de bureau, dans un petit cadre sobre.

Bob fixe son collègue. Si sa première remarque l'a surpris, la deuxième l'inquiète un peu. La voiture repart, le voyage reste silencieux. Le visage des occupants est préoccupé. En rentrant dans leur bureau, le major se retourne et demande à Médéric de pardonner ses propos blessants. Le commandant lève les deux bras d'un air triste. Il ne dit rien et ressort pour arpenter le trottoir devant la porte de l'agence.

23

À son retour, le commandant s'avance progressivement vers son complice. Ce dernier comprend en suivant son regard qu'il a besoin d'évoquer un souvenir, comme il le fait de temps à autre. Médéric entame un long monologue, d'une voix calme et posée.

« Ce souvenir, vieux de quinze ans, vient de me revenir en mémoire quand tu as évoqué "une vie normale". J'étais en mission au Togo. Nous étions hébergés dans une grande maison isolée de tout. Nous passions nos journées à attendre. Nous jouions souvent de la musette[16], je l'avoue. L'inaction et le désœuvrement ne font pas bon ménage pour des hommes comme nous.

La pluie ne marquait aucune pause depuis plusieurs jours. Nous savions que les troupes régulières du pays conduisaient des actions de représailles sanglantes contre des villageois. Nous avions donc reçu l'ordre d'interrompre notre mission, qui je l'admets m'échappe aujourd'hui, et de rester sur place ensemble. Nous devions revenir sur la capitale, voire quitter le pays quand le commandement local nous en donnerait l'autorisation.

Ce soir-là, je m'étais éloigné seul de notre campement, peu désireux de respecter les consignes. Me dégourdir les jambes me semblait essentiel. Les jours précédents, armes et hurlements avaient accompagné les crépuscules. La curiosité me poussait, également, à m'approcher du grand incendie qui embrasait la cime des arbres. Il ne semblait pas s'interrompre depuis deux

---

[16] La musette, de l'ancien français « muse », est un instrument de musique à vent. « Jouer de la musette » signifie familièrement « boire ».

jours, malgré les déluges que nous subissions. En abordant une lisière, j'ai découvert des soldats qui alimentaient les brasiers. Ils détruisaient un village. Ici et là, des corps encombraient les ruelles entre les cases. Je ne distinguais aucun habitant vivant. Je suis resté à observer cette scène de pillage. Écœuré, j'ai décidé de revenir sur mes pas. En bordure de chemin, venant d'un fossé, des gémissements ont attiré mon attention. En me rapprochant, j'ai découvert un homme couvert de boue et de sang dans les branchages. Nos regards se sont croisés longtemps. Une prière muette me touchait en plein cœur. Les mots ne sont pas utiles quand on implore de l'aide. Il ne ressemblait pas à un soldat, mais la relique qui lui servait d'arme m'indiquait qu'il devait faire partie des révoltés locaux.

Pourquoi ai-je décidé de lui venir en aide, sans le connaître, dans un milieu hostile ? Je ne me suis pas posé la question. Refusant que le sapin de son cercueil soit sorti de terre, j'ai rejoint notre grande maison sans hésiter, en demandant deux volontaires. Dans la tornade, sans rien savoir de ce qui les attendait, les commandos étaient prêts. La confiance est notre force. Nous sommes repartis le chercher, nous avons mis l'homme sur un brancard de fortune et nous sommes revenus dans notre refuge sans faire de rencontre. La progression n'a pas été simple, surtout quand on cherche à marier vitesse et discrétion dans la brousse.

Au petit matin, un capitaine de l'armée régulière est venu me rendre visite. Il m'a indiqué que nous pourrions quitter le pays dans deux jours. Avant de s'éloigner, il m'a surpris par l'insolite acuité de son regard immobile en annonçant que la forêt avait des yeux pour celui qui voulait voir. Sur cette déclaration, il est parti.

Heureusement, notre blessé n'était qu'épuisé et n'avait aucune fracture. Un infirmier faisait partie de notre groupe. Nous avons pu le soigner et l'habiller comme nous. Dans nos rangs, deux soldats étaient d'origine africaine, alors nous avons envisagé de le faire passer pour l'un des nôtres et de l'emmener avec nous. Nous répondions aux longues prières émouvantes de notre protégé. Prévenus du danger de l'entreprise, pas une seule voix ne s'éleva pour s'opposer à cette tentative un peu folle. Un chef a plus besoin de l'adhésion de ses hommes que de leur simple obéissance.

Le Togolais me confia que sa famille avait été massacrée par l'armée, et que depuis plus d'un an, il faisait partie d'une rébellion locale. Tombé dans une embuscade, il s'était caché et, depuis trois jours, sentait ses forces décliner. Entre deux soins, nous l'écoutions nous décrire des scènes de combat d'un autre temps. Nous en avons vécu, inutile de développer les carnages et les tortures que l'homme inflige à ses semblables... »

***

En écoutant cette réflexion inachevée, le major sort deux timbales et une fiole aux formes généreuses. Il se contente de verser un liquide de couleur ambré devant Médéric, absorbé par une rêverie profonde. Un carillon réveille deux gobelets qui s'élèvent, accompagné par une affirmation du commandant.

— Aux commandos ! Qui, comme nous, ne sont ni normaux, ni exceptionnels.

Médéric fixe un angle du bureau, reste figé comme s'il cherchait à rattraper le fil de ses souvenirs, puis reprend longuement son souffle. Dès cet intermède, le timbre de sa voix est plus clair, plus énergique.

***

« Notre protégé nous a avoué que sa fiancée était à Paris, où il faisait ses études avant les massacres. Ils s'étaient donné rendez-vous, lors de leur dernier contact au téléphone, le premier mercredi de chaque mois entre 8 et 10 heures face à la cathédrale Notre-Dame de Paris, devant la statue de Charlemagne entouré de ses leudes[17]. Ils n'avaient plus communiqué depuis longtemps. Son histoire nous a touchés.

Il nous a fallu une journée de piste avec nos deux véhicules pour rejoindre l'aéroport de Lomé, où un avion de l'armée française nous attendait. C'est au moment d'embarquer que nous avons connu un problème. Un colonel de l'armée régulière locale a voulu nous contrôler. J'ai refusé énergiquement, en présentant mes papiers officiels signés des deux gouvernements. L'ambassadeur prévenu est arrivé pour me demander, obséquieusement, de ne pas m'opposer aux directives locales. Nous avons assisté à la fouille méthodique de nos bagages et à la vérification de nos armes. Nous restions silencieux, lorsque l'attaché militaire de notre ambassade m'a demandé si nous n'avions rien à dire de particulier. J'ai menti, mon groupe est resté solidaire. Il suffisait de vérifier nos identités. Nous sentions le danger planer autour de nous.

Le colonel exigeant le contrôle est venu me voir, pour me dire que tout était en règle et que nous pouvions partir. Vérifier nos armes et nos effets avait suffi pour calmer les suspicions de nos alliés.

En arrivant en France, j'ai pu aisément faire sortir notre protégé de la base. Comme il m'a fait le serment de fuir tout engagement politique pour son pays ou le nôtre, je l'ai aidé à obtenir des papiers de réfugié politique, ce qui n'a pas été le plus simple.

Plus tard, il a retrouvé sa fiancée qui venait l'attendre régulièrement. Peu avant 8 heures, ce mercredi de mai, j'ai assisté de loin à leurs retrouvailles, car je suis un grand curieux. J'avoue aimer les belles histoires. Ce jour-là, il avait fière allure Charlemagne sur son destrier, avec deux de ses leudes à pied.

---

[17] Vassaux liés au roi à l'époque mérovingienne.

À quelques mètres, un couple pleurait de joie. Des chants s'échappèrent de la cathédrale Notre-Dame, pour les entraîner vers sa nef. Je crois que tu comprends mieux pourquoi un marchand de légumes, originaire du Togo, tient son commerce au coin de ta rue. »

Bob regarde son complice et lève ostensiblement son pouce vers le ciel. Médéric sourit et enchaîne :

— Si le psychiatre, que tu as entendu, veut gagner de l'argent en se jouant de ceux qui l'écoutent, je le méprise. Par contre, s'il croit à ses propos, je le plains.

— Tu es sévère.

— Réaliste. Je n'apprécie pas ces spécialistes de l'âme qui savent tout expliquer d'un ton péremptoire.

Puis Bob relève la tête, une question visiblement sur les lèvres. Il finit par se décider à la poser, en déplaçant une pile de dossiers.

— Tu aurais pu handicaper ta mission ?

— C'est exact. Alors, en rentrant, j'ai rendu compte de mes actes.

Avec un seul geste, Médéric fait comprendre qu'il n'y a eu aucune conséquence.

***

Un long silence réunit les deux hommes. Ils finissent par ouvrir l'enveloppe marron, remise par monsieur Pierre de Saint-Juste. La somme d'argent est conséquente. Les documents sont peu nombreux pour compléter la carte. Les deux anciens commandos étudient cette mission qu'ils ont acceptée. Brusquement, Bob lève la tête.

— Au fait, je viens d'apprendre, en regardant le journal télévisé, que la mobylette jaune et noire a renversé Agathe Clark au pied de l'hôtel particulier de monsieur de Saint-Juste.

Médéric ne répond pas. En reprenant la parole, il n'exclut pas qu'il n'aime pas les coïncidences. Après une courte réflexion, il précise que le contrat accepté doit être mené à son terme. Le major approuve. Un nouveau silence isole la pièce de l'agitation urbaine. La porte est fermée, les téléphones éteints.

Le plan est étudié et complété par d'autres plus détaillés, les documents lus et relus, les annotations se succèdent. La réussite d'une mission dépend toujours d'une préparation minutieuse. Dehors, les lumières des lampadaires accompagnent les lueurs des étoiles. Les heures s'écoulent, les deux anciens commandos communiquent souvent par de petits gestes, avec peu de mots. Avec la nuit, les murs du bureau laissent filtrer des sons qui rappellent ceux des muses d'antan.

— Les vents se lèvent! fait remarquer l'un des deux hommes, avant de replonger dans les détails d'une photographie de la façade d'un immeuble.

***

Noire est la nuit qui accompagne les pas de Médéric, perdu dans ses pensées. Une silhouette le perturbe toujours. Il ressent encore cette bouffée de joie qui l'avait inondé lorsque Dominique avait confié, au détour d'une phrase, qu'elle avait régulièrement pensé à lui pendant ses longs séjours dans des cachots sordides. Il n'avait pas su admettre qu'il avait gardé en mémoire leur premier rendez-vous. Lui, qui multipliait les conquêtes, balbutiait devant cette jeune femme rousse au regard de biche aux abois. Cette dernière comparaison le marque quand il songe à ses grands yeux sombres sur son visage très pâle. L'éclat d'un réverbère, plus puissant que les autres, l'immobilise quelques secondes. Médéric réalise soudain qu'il n'a recherché aucune aventure féminine depuis qu'il a ramené en France celle qu'il nomme toujours sa cliente. En suivant le trottoir désert, il revoit l'évasion de Dominique. Fragile, attentive à ses demandes, courageuse, la jeune rousse le suivait sans une plainte. Attentif à la fugitive, oubliant un univers hostile, la retrouver le comblait.

« *J'ai une attitude bien singulière, un sentiment que je n'ai jamais éprouvé…* », se dit-il en quittant sa longue rêverie.

Il tressaille. Un bruit suspect s'amplifie, le détourne de ses interrogations au milieu du silence et de la ville assoupie. En redressant la tête, il se glisse dans le renfoncement d'une porte cochère. L'attente ne s'éternise pas, une respiration rapide accompagne une ombre qu'un clair de lune fugitif projette sur une façade.

***

Une main surgit. Un bras est saisi. Un cri retentit. Médéric vient de coller contre le mur, derrière la porte cochère, une femme qui le fixe avec un regard d'effroi. Le commandant laisse échapper un prénom : Dominique. Sa question s'impose.

— Que faites-vous derrière moi ?

— Je suis venue à votre bureau. Je n'ai pas osé rentrer. En vous voyant partir à pied, je vous ai suivi pour vous parler, mais vous marchez trop vite…

Le commandant sourit avant d'envisager de répondre.

— Je n'ai pas osé vous appeler de loin.

Une lumière vive inonde l'entrée de l'immeuble, pourtant, l'homme regarde la femme, qui fait de même. L'un regrette son geste brutal, et ses doigts de fer deviennent amicaux. L'autre ne trouve plus les mots qu'elle pensait pouvoir dire. La voix puissante de la gardienne retentit, vainement.

— Allez faire ça ailleurs !

Son compagnon, un campagnard fraîchement débarqué de province, surenchérit :

— Il y a des hôtels pour ça !

Le couple ne bouge pas, néanmoins, les fenêtres s'illuminent les unes après les autres. Déjà des insultes fusent et gagnent en puissance sonore. Le nombre rend toujours fort le faible et l'hésitant, surtout quand il est loin de la scène. Le compagnon paysan surgit en brandissant une pétoire d'un temps lointain. Médéric est le premier à revenir dans le monde réel. En regardant l'individu armé, il annonce négligemment :

— Je sens que le croquant va se blesser.

Cette phrase prononcée d'un ton badin, dans un tel tumulte, fait sourire Dominique. Puis, Médéric pivote et, en prenant la main de sa récente complice, l'encourage à le suivre. Ils courent côte à côte, en laissant dans leurs dos des hurlements et des sirènes de police. Un tir assourdissant accompagne l'ensemble. Une longue plainte lui succède. Le commandant murmure simplement : « L'imbécile. »

Lors des premiers mètres, des lumières brutales de fenêtres éclairent les pas des fugitifs. La rue suivante, les habitants sont plus lents à réagir pour un vacarme lointain.

Au carrefour, situé à cinq cents mètres de l'incident, un éventuel passant ne percevrait plus que le rythme des respirations de ceux qui s'esquivent, et les seules lueurs des réverbères. Quand Médéric sent qu'il tire un peu trop sur la main de Dominique, il ralentit fortement l'allure, sans pour autant marcher. La jeune rousse se laisse guider, sans demander où il la conduit. Sa présence, sa protection lui suffisent.

Médéric marche en atteignant un nouveau quartier.

— À droite, nous allons chez moi. Voulez-vous que je vous ramène ?

— Je préfère que l'on se tutoie d'abord.

Le commandant est touché par cette proposition. Espiègle, Dominique précise alors l'adresse lointaine de son appartement, puis la position de son véhicule, laissé devant l'agence des deux anciens commandos. Elle le laisse choisir. Un coin de sa bouche se plisse, ses paupières se ferment, son nez s'incline, son visage prend un air désinvolte. Médéric retrouve cette mimique qu'elle lui offre de temps à autre.

24

Dans une clinique très privée, une femme repose. Monsieur Pierre de Saint-Juste est présent à son chevet le matin, l'après-midi et le soir. Il a fait mettre en place son bureau dans la chambre voisine pour continuer à gérer ses affaires, sans s'éloigner de celle qui lui a tendu la main dans la tourmente. Lorsqu'il est seul, il l'appelle « son ange gardien ». Toutes les heures, il passe quelques minutes à son chevet. Il a entendu les médecins expliquer qu'ils ont vérifié la tension artérielle, la température, le pouls, la régularité de la respiration. Le grand patron les a vus multiplier les tests pour obtenir des réponses à différentes simulations. Il ne les a interrompus qu'avec une seule exigence : « Sauvez-la. »

Le directeur de la clinique a même accepté de condamner une petite aile de son établissement pour Agathe. Il a fait contacter les meilleurs professeurs et chirurgiens connus. Pierre de Saint-Juste ne pouvant pas envisager d'issue négative, il s'avère indispensable de tenter l'impossible. Maintenir en vie sa cliente privilégiée et affirmer une guérison prochaine sont devenus un impératif pour le directeur. Les dédommagements alloués par celui qui exige ne peuvent que lui convenir.

Si des maîtresses peuvent ruiner ou conduire à leur perte leurs amants, des collaboratrices peuvent également profiter de la protection et de l'aveuglement de leur mentor pour les abattre. Aveugle celui qui penserait que l'homme et la femme ne sont pas égaux dans ces domaines.

Pierre de Saint-Juste veille, se morfond ; imagine-t-il qu'un venin coule dans les veines de celle qu'il nomme « sa protectrice, son porte-bonheur » ?

L'homme est indéchiffrable, il ne partage jamais ses sentiments. Les traits de son visage témoignent des journées passées à veiller et à s'inquiéter en regardant des chiffres lumineux et des courbes inégales sur des écrans. Coléreux, il exige des précisions aux spécialistes qui se succèdent. Les réponses qu'il obtient ne lui conviennent jamais. Il répète inlassablement : « Sauvez-la. »

Agathe ne dort pas, ne rêve pas. Pierre de Saint-Juste ne pense pas à la beauté altérée de celle qui repose sur le lit, il ne voit qu'une femme qui ne peut pas mourir sans entraîner sa perte.

Adolescent, il avait croisé une gitane au regard inquiétant. Elle avait saisi sa main et lui avait affirmé qu'un jour, une femme le sauverait et vivrait aussi longtemps que lui. Elle répétait « agathos[18] » en précisant qu'elle n'aurait ni la bonté ni la gentillesse de son prénom : Agathe. Avec un rire glaçant, la bohémienne disait qu'elle aurait le même cœur que lui. Il avait voulu la chasser en lui jetant des pierres, il n'avait pas pu. Un regard démoniaque le paralysait.

« Je suis née à Marrakech "la magicienne". »

Cette rencontre était irréelle pour un homme qui était si insensible aux autres, si inaccessible, si cartésien. Au cours des ans, Pierre avait fini par se convaincre qu'il avait donné vie à un cauchemar.

Le syndrome du cœur brisé qui avait suivi le tir meurtrier venait de raviver cet épisode de sa jeunesse. Le grand patron n'avait avoué à personne, même pas à Agathe, que le regard de la gitane l'accompagnait pendant son accident cardiaque.

***

Les lumières des façades s'éteignent les unes après les autres. Les volets du crépuscule se ferment, les étoiles se ca-

---

[18] Le prénom Agathe vient du grec « agathos ».

chent derrière les nuages. Médéric marche devant Dominique. Sans avoir obtenu de réponse sur la destination choisie, le commandant a décidé de revenir vers son bureau, lieu où se trouve le véhicule de sa protégée. Il a préféré prendre un chemin plus long, pour éviter la porte cochère, lieu de leur rencontre étonnante et d'un incident non moins surprenant. Silencieux, le commandant s'amuse en se souvenant d'une réflexion d'un de ses anciens camarades. Facétieux, bon vivant, il assurait à qui voulait l'entendre que, de toutes les femmes, les rousses vous marquent au fer rouge. Il est des souvenirs qui s'invitent et vous détournent de vos pensées. À un croisement de rues, Dominique profite d'un feu rouge pour poser une question.

— À quoi penses-tu ?

L'homme châtain au regard clair tarde à répondre. Dominique rajoute, en se méprenant sur son hésitation :

— Enfin si vous… ou tu acceptes que l'on se tutoie.

— Bien sûr, je suis très sensible à ta demande.

En donnant sa réponse, le commandant reprend la main de la jeune femme, comme on peut le faire avec sa compagne. Elle se laisse conduire docilement.

— Viens, je te propose de découvrir un des mystères de la nuit… de nos grandes villes…

Médéric se tait en montrant d'un geste des ombres qui apparaissent au loin. En mettant son index sur la bouche, il se colle contre sa protégée dans un renfoncement de mur. L'attente n'est pas longue. Un de ses doigts, petit trait blanc sur la pierre noire, dévoile une tâche qui apparaît sur un balcon, puis cache une frise et glisse sur une corniche. Il faut être patient, attentif, pour bien suivre la progression d'un homme-araignée. Hélas, on peut en surprendre quelquefois sur les façades de nos grandes villes. La nuit les dissimule. Un éclat de lune peut les dévoiler un peu.

— Il franchit un larmier, d'où coulent des larmes de pluie, chuchote Médéric contre une oreille proche.

Il sent frémir la jeune femme. Avec ses conquêtes, jadis, il aurait cherché ses lèvres, en caressant sa nuque. Cette idée ne l'effleure pas. Elle n'aurait pas refusé, préférant qu'il s'abstienne. Tendu par la même observation, le couple ne bouge pas. Il reste figé, sans avoir l'intention de trop vite se séparer. Sans se le confier, ils apprécient la chaleur de leurs corps. Lorsque l'objet de leur surveillance s'efface, ils sont toujours l'un contre l'autre, main dans la main.

— Que fait-il ?

— Soit il s'amuse, pour le sport… ou, dans le cas présent, je pense que c'est un voleur qui s'introduit chez les habitants, pendant leur sommeil.

Un léger frémissement de sa compagne fait comprendre à Médéric qu'elle a peur. En choisissant de ne pas préciser qu'il a vu l'ombre pénétrer dans une pièce, par une fenêtre, il préfère reprendre la progression d'un pas plus paisible.

La voiture de Dominique marque leur séparation. Ils hésitent à partir l'un sans l'autre. Les mots, les phrases manquent sûrement quand sonne l'heure du départ. La femme pose hâtivement ses lèvres sur la joue de l'homme, puis court vers son véhicule. Médéric la laisse s'échapper, il est impatient de la retrouver au plus vite.

***

Novembre 2015

Dans une pièce sans lumière, deux hommes observent un appartement situé de l'autre côté de l'avenue. Les jumelles qu'ils détiennent indiquent qu'ils souhaitent tout voir, tout deviner. Ils ont identifié le bureau plat de style Empire.

Les longues heures de surveillance manquent de charme, surtout quand les lieux scrutés ne connaissent que peu de mouvements. En contrebas, dans la rue passante, des soupiraux s'éteignent et libèrent des hommes et des femmes qui se fondent hâtivement dans la nuit. Ce sont des caves transformées en bureaux, pour des sociétés désireuses de réduire les coûts de leurs locaux, ou manquant d'espace.

C'est pendant une de ces heures interminables, alors qu'un grain intense voile toutes les optiques, même celles de la longue-vue à vision nocturne, que l'un des deux hommes interroge. Parler efface la morosité de l'attente.

— As-tu jamais eu l'intention de faire de la politique ?

— Non, les allées du pouvoir sont encombrées de tribuns qui règnent sur leurs semblables sans rien faire, par la force du verbe. Les plus habiles s'affrontent constamment, en maniant les armes du bonheur et de l'intérêt général.

— N'est-il pas important de construire, d'agir pour le sens commun, dans un cadre démocratique ?

— J'en soupçonne beaucoup d'être liés à un vice, une ambition ou un impératif qu'ils dissimulent sous un couvercle impénétrable. À force de parler, ils finissent par se convaincre de la justesse de leurs actions[19].

— Mais la démocratie protège le citoyen, c'est notre force... lance Bob à Médéric, qui hésite avant de répondre.

— C'est vrai, la démocratie est une garantie... mais l'homme a ses grandeurs, ses faiblesses, ses chimères... puis c'est un mot trop galvaudé...

Un long soupir s'échappe de la poitrine du commandant. Souhaitant sûrement libérer quelque pensée, il change de position pour fixer son partenaire. Il rajoute posément :

---

[19] « À force de parler, un homme finit par croire à ce qu'il dit », Balzac, *Illusions perdues* (3e partie).

— Sous la plume d'Agatha Christie, j'ai noté une observation concernant la démocratie qui m'a séduit. Elle indiquait : « C'est un mot qui a partout des sens différents... Il ne signifie jamais ce que les Grecs entendaient par là à l'origine[20]. »

L'ondée s'interrompt, une lumière s'allume dans l'appartement observé. Les espions se taisent instantanément. Ce n'est que le vigile effectuant sa ronde du soir. L'homme se déplace sans énergie, ses épaules tombantes traduisent l'ennui de sa fonction.

Auprès des deux hommes attentifs, sur un carnet d'écolier posé sur le sol, les heures mentionnant les sorties de ce surveillant s'alignent régulièrement. Il n'en effectue que quatre par jour. La nuit, il ne bouge pas, mais les branches d'un arbre dissimulent souvent son studio, situé à l'étage en dessous de l'appartement au bureau empire, certainement en acajou. L'éclairage s'efface. L'un des observateurs, châtain au regard clair, finit par compléter la conversation inachevée, en notant l'évènement.

— Sans doute l'individu peut-il être admirable ! Je crains qu'il ne le soit qu'épisodiquement, et en citant volontiers un de nos grands auteurs, Balzac, je me permets de lire ce passage du roman que tu as entre les mains :« ... il existe dans notre société trois hommes, le Prêtre, le Médecin et l'Homme de justice, qui ne peuvent pas estimer le monde ? ... ils portent le deuil de toutes les vertus, de toutes les illusions[21]. »

— Mon commandant, je dois admettre que je suis enchanté de découvrir cet auteur. Tu m'as confié un jour qu'un roman pouvait être le miroir d'une époque, je l'admets.

---

[20] *Le chat et les pigeons.*
[21] Dernier paragraphe du *Colonel Chabert.*

L'homme blond, à l'œil sombre, agite le livre emprunté un instant par le commandant, en marmonnant avec une moue ironique :

— À toi de surveiller l'endroit à visiter prochainement, moi… je vais achever ma lecture.

La nuit s'achève, longue et noire comme un jour sans friandises, pour celui qui guette.

***

Le lendemain soir, l'action se dessine. Nos deux curieux qui scrutent tous les faits et gestes animant l'appartement d'en face s'équipent. Il ne reste plus que le strict matériel nécessaire sur place. Tout a été scrupuleusement nettoyé et remis en ordre, dans ce logement occupé par effraction depuis quelques jours.

Bob va rester derrière les jumelles et guider par radio son complice. Prêt à intervenir, il a revêtu la même tenue sombre que Médéric. Ce dernier ferme la porte sans bruit et descend l'escalier sans utiliser la minuterie. Son pas est léger et déterminé. Tout porte à croire que l'opération sera simple et rapide.

Le commandant traverse la rue quatre immeubles plus loin. Il oblique sur quelques mètres vers une porte cochère grenat, marquée du chiffre 4, dont il a obtenu le code deux jours avant. Il atteint le dernier étage par l'escalier, sans une seule lumière pour favoriser une discrétion indispensable, et saisit l'échelle de secours. Médéric, avec sa tenaille, détruit le cadenas de sécurité, puis, en le laissant sur sa chaîne, attend de longues minutes pour être sûr de n'avoir dérangé aucun habitant.

Il ouvre la trappe, atteint les combles ; retire l'échelle, la couche sur les poutres et referme l'ouverture sur le dernier palier ; entreprend d'ouvrir le châssis de tabatière, fenêtre de toit peu utilisée qui peine à pivoter sur ses charnières ; se hisse sur le toit et referme. Son chemin de retour est prêt.

Médéric progresse de cheminées en corniches. Un seul mot du major dans son écouteur, auquel il évite de répondre comme prévu, lui confirme que Bob le voit et surveille ses déplacements. Le commandant franchit une corniche en pente, qui se développe le long du rampant d'un fronton triangulaire. En quittant la toiture, il place ses mains et ses pieds dans les plus petites fissures. Son corps se balance d'une aspérité vers une bordure de façade. Il se joue des obstacles comme l'homme-araignée qu'il avait fait découvrir dernièrement à Dominique. La plus petite irrégularité des façades des bâtiments offre un point d'appui. L'ombre que suit le major semble se déplacer sans effort, comme si elle progressait sur une surface parfaitement plane. L'escalade est l'une des spécialités de l'ex-commando.

Brusquement, des torches balayent l'appartement surveillé, celui que doit rejoindre Médéric. Deux inconnus avancent, ouvrent les tiroirs, fouillent maladroitement. Bob est surpris, il tarde à prévenir le commandant qui vient d'atteindre le dernier balcon. En observant le studio où réside le gardien, le major découvre, malgré les ombres des branches, que ce dernier est allongé sur le sol. Il lâche une phrase.

— Nous sommes devancés.

Une telle situation devrait conduire à annuler l'action entreprise. La question de Médéric est brève :

— Combien sont-ils ?

Le nombre annoncé n'entame pas la progression du commandant. Un diamant, un trou dans la vitre d'une fenêtre, et en tournant la poignée, Médéric est dans une chambre. En entrouvrant la porte, il entend les deux intrus. Bob, derrière ses jumelles, précise brièvement la position des deux hommes et suit l'action qui va se dérouler. Brusquement, le plus gros s'écroule, assommé par un bras surgissant d'une ouverture. Le plus grand se retourne, lève les mains, sans chercher à lutter.

Dix minutes s'écoulent ; sur le sol, un individu est toujours inconscient, sur une chaise, un autre parle, effrayé par le canon d'une arme. Médéric entend dans son oreille : « Dépêche-toi. » Il répond :

— Ce sont des amateurs, appelle la police.

— Curieux, le vigile est debout... Il téléphone...

Le commandant suit alors les indications remises par le donneur d'ordres, en demandant à son prisonnier de ne pas bouger et de fixer un mur. Il se dirige vers le bureau plat de style Empire, saisit le dossier mauve, en ajoute trois autres dans son sac à dos, puis s'esquive après avoir attaché les mains des deux hommes à des radiateurs.

Rapide est le retour de celui qui reprend le chemin inverse. Une pluie froide et dense d'hiver le surprend quand il franchit la fenêtre. Médéric escalade une harpe d'attente pour rejoindre la toiture. Les pierres posées en saillie sont des appuis utiles. Soudain, l'une d'elles bouge sous son pied. En utilisant ses bras, le commandant se rétablit prestement. Il regarde osciller le morceau de moellon qui se détache, pour se heurter au chaînage harpé vertical. Dans sa chute, il éclate en plusieurs morceaux de tailles inégales. Tout en accélérant sa progression sur des tuiles humides, entre les cheminées imposantes, Médéric rejoint le châssis de tabatière. L'âge des matériaux l'empêche de le refermer complètement.

Dehors, les chutes de pierres provoquent des craquements et des froissements de tôles qui secouent la tranquillité de la nuit. En remettant l'échelle en place pour se rétablir sur le dernier étage, Médéric entend du bruit dans la cage d'escalier de l'immeuble numéro 4. Quelques cris s'élèvent, des voix anxieuses interrogent, une sirène de police retentit. Le désordre sonore n'est pas le meilleur allié de l'homme de l'ombre. Prendre l'ascenseur n'est pas discret, mais la situation exige un repli précipité vers la sortie. Le commandant n'observe que deux portes ouvertes, pendant sa descente. Il perçoit des appels, sans voir personne.

Sous le porche, la loge de la gardienne s'éclaire. Médéric jette un regard dans la rue légèrement bleutée par les éclats de lumière dispersés par la voiture de police. Grâce à la voix de son guide dans son oreillette, le commandant a la certitude que la voie est libre et se jette, sans hésiter, sur sa gauche. Il s'empare d'une trottinette électrique qu'il avait prépositionnée l'avant-veille dans une armoire technique, en prévoyant une fuite prompte et discrète.

L'homme en noir se faufile comme une ombre, en quittant les lieux de son forfait. Au loin, une patrouille de policier en vélo vient de surgir. Un sifflet retentit, Médéric augmente l'allure.

***

Le fuyard ne respecte plus les panneaux, il slalome entre les voitures d'une voie rapide. Des klaxons retentissent, des injures agrémentent la progression de celui qui frôle les pare-chocs, courtise les capots. Échapper aux deux policiers qui pédalent énergiquement est son objectif. Le plus petit des deux est très rapide et distance son grand partenaire. Les feux tricolores immobilisent quelques voitures ; sur la droite, d'autres démarrent, mais la trottinette ne freine pas sa course. De justesse, Médéric vient de se jeter dans une ruelle sombre, aussi tortueuse qu'une rue de province. Adroit est celui qui fuit. La porte automatique d'un grand garage vient de laisser passer une voiture verte, Médéric s'y engouffre, se fige, attend. Un quart d'heure s'écoule, le silence est complet.

Les minutes s'écoulent trop nonchalamment pour celui qui se cache, en gardant l'aspect d'une statue contre l'ombre d'un pilier. Un grincement, une porte s'ouvre. Un halo de lumière dévoile une femme en tailleur grenat rejoignant énergiquement sa voiture. Derrière sa colonne, Médéric voit sortir le véhicule. La rue semble déserte, il s'engage à son tour en choisissant la vitesse pour alliée. Trois carrefours plus loin, il rejoint un groupe se déplaçant comme lui. Les rires et les chants encouragent les énergies. Il se mêle à eux, sourit intérieurement quand il croise une patrouille en vélo aux regards suspicieux. L'un des policiers étant beaucoup plus grand que l'autre, Médéric est persuadé que ce sont ses poursuivants.

La joyeuse équipe s'arrête en bordure d'un espace vert, où des bancs les attendent. On chahute, on plaisante. Quand Médéric ne distingue aucun signe inquiétant, il lance un geste de remerciement que personne ne peut comprendre et s'engouffre dans une ruelle. Déjà, entre les façades, le soleil laisse filtrer ses premiers rayons qui enchantent les poètes et les fêtards, habitués à côtoyer l'aube. Ceux qui vivent la nuit vont se coucher, sans croiser le plus grand nombre qui commence une journée nouvelle.

Le commandant progresse, peu persuadé d'avoir semé les policiers. L'état de sa tenue et son arme n'offrent qu'une alternative : éviter tout contrôle.

***

Dans une chambre d'une clinique privée, Agathe Clark bouge légèrement. Les mots qu'elle prononce sont inaudibles pour Pierre de Saint-Juste. Il la veille depuis plus d'une heure, tente de poser une question, sans obtenir de réponse. L'agonisante remue encore et ses lèvres laissent échapper des phrases sans suite. Oppressée, placide, une main crispée sur sa couverture beige, l'autre tendue vers un horizon invisible, Agathe semble revenir à la vie.

Si l'agitation d'une malade peut réveiller celui qui la surveille, celle-ci marque un évènement nouveau. Pierre s'élance dans le couloir, ameute le personnel aux premières lueurs. Une infirmière et un médecin se précipitent, auscultent, observent les instruments.

Au même instant, dans les rues du même quartier, Médéric tente de s'esquiver face aux forces de l'ordre. Il tape le code d'entrée d'un immeuble, frappe à la porte du gardien. L'homme qui ouvre n'actionne aucune lumière, c'est un ancien sous-officier ayant servi sous les ordres du commandant. Il attendait, sachant cultiver les gestes précis et le silence quand la situation l'impose ; prend hâtivement l'arme et la trottinette ; remet une veste qui va égayer la tenue trop sombre de son ancien officier.

Quelques secondes plus tard, Médéric repart du pas nonchalant d'un de ces promeneurs d'une cité endormie.

***

La personnalité du président-directeur général est telle que le responsable de la clinique est prévenu chaque fois qu'il exige que l'on prenne soin d'Agathe. Cette fois encore, il abrège une réunion importante et accourt pour découvrir un grand patron tourmenté et inquiet.

Personne n'a pu lui expliquer les liens qui existent entre Pierre de Saint-Juste et la patiente que ce dernier veille et protège jalousement. Peu enclin à se poser des questions inutiles, habitué aux réactions surprenantes de ses semblables, le responsable agit dans le sens de celui qui finance sans compter.

Un rapide entretien avec l'équipe médicale n'offre aucune certitude. Le directeur des lieux mise alors sur sa bonne étoile. D'un côté, il impose aux médecins, qui ne peuvent rien lui refuser, d'être encourageants. De l'autre, il indique à son riche et influent correspondant que la malade est en bonne voie. Vers midi, si pour un observateur étranger, la situation de l'agonisante est toujours la même, certains envisagent déjà une convalescence prochaine. Quand le grand patron est convaincu, ceux qui l'approchent ne le détrompent jamais.

En fin de journée, deux médecins demandent une entrevue avec le directeur de la clinique. Ils expliquent qu'il n'est pas vraiment souhaitable de laisser croire à un prochain rétablissement de madame Clark. Ils sont convaincus que des saignements compriment le cerveau de la jeune femme et vont entraîner des lésions importantes. Leur diagnostic est très sombre.

25

Une lumière bleutée colore les contours d'un carrefour. Quatre voitures bleues et des barrières grises ferment la rue. En se retournant, Médéric distingue deux ombres qui se déplacent sur des bicyclettes. Elles se dirigent vers lui, et ressemblent aux deux policiers de tailles inégales qui le poursuivaient.

Celui qui a commis un délit ou qui n'a pas la conscience tranquille est tenté de s'enfuir. Médéric n'hésite pas, il garde la même allure. Les mains bien visibles, il affiche un léger sourire qu'il ne veut ni ironique ni déplaisant. Un agent lui demande de s'arrêter et l'observe comme un policier aime à le faire, puis l'interroge. Visiblement, les forces de l'ordre traquent des malfaiteurs venant de pénétrer de nuit dans une bijouterie voisine. Une radio de bord déchire le silence de la nuit. Les messages inquiétants se succèdent, évoquant des otages, des blessés et même un mort. Médéric se permet de questionner en présentant ses papiers. Le policier, sans répondre, s'éloigne vers une fourgonnette où clignotent plusieurs écrans. Les deux cyclistes en uniformes le dépassent, tout en l'observant. Lorsque le commandant leur fait un signe de tête par simple politesse, ils se retournent et disparaissent avec des coups de pédales vigoureux.

Les rideaux de la nuit se tendent et s'effacent. La lune se dévoile comme une lucarne majestueuse aux teintes argentées. Médéric se sent surveillé par un regard lointain, celui d'une fée protectrice, celle qui dans son imagination le protège depuis toujours. Sur sa droite, l'ex-commando découvre les lueurs d'une boulangerie voisine où s'activent plusieurs personnes. Une odeur de pains frais et de viennoiseries croustillantes sortant du four l'assaille. Parfum magique qui rend l'aube naissante plus belle. De temps à autre, un visage blême et curieux tire sur les rideaux de la boutique pour observer l'agitation de la rue.

L'agent revient au bout de quelques minutes, le salue avec respect en lui rendant sa carte d'identité. Il le libère, ayant sans doute obtenu une information sur sa carrière. C'est du moins ce que songe Médéric en reprenant sa route.

***

Un quart d'heure plus tard, le commandant pénètre dans son bureau. Une voix retentit dans la pénombre. Puissante, elle ne tinte pas comme un reproche.

— J'ai failli attendre.

— Un contretemps, avec des policiers qui m'ont repéré.

— Poursuite ?

— J'ai dû les semer, passer par le refuge prévu, affronter un contrôle, car un vol dans une bijouterie a mal tourné.

Médéric ne développe pas. Bob n'émet aucune question, il attend en sachant qu'une explication va jaillir sur l'opération conduite. Le commandant pose les quatre dossiers sur la table. Il explique que les hommes qui tentaient de les devancer avaient été engagés pour subtiliser un dossier mauve, sans avoir d'autres indications. Ces amateurs, hauts en couleur, avaient su se faire recruter, en essayant de faire croire qu'ils étaient des professionnels. Méfiant, l'un d'eux avait pu prendre une photo à la dérobée du donneur d'ordre. Ils ignorent tout de lui, ne l'ayant croisé qu'une seule fois. Médéric lance :

— Devine...

— Le même que nous ?

— Non... J'ai reconnu Agathe Clark avant son accident, sur une mauvaise prise de vue.

— Sans doute plus douée pour les affaires que pour choisir un « homme de main ».

— J'ai affirmé ne pas reconnaître la femme.

Les deux ex-commandos se regardent, perplexes. Ils comprennent qu'Agathe avait décidé d'obtenir les documents que son patron désirait subtiliser. Médéric interroge :

— J'imagine que la police a trouvé mes victimes ?

— Je n'ai rien vu de tel.

— Comment ?

— Après son appel téléphonique, le vigile, surveillant les lieux, a attendu les forces de l'ordre sur le palier. Ils ont échangé et sont repartis. Il a ensuite libéré les prisonniers.

Pour avoir pu observer le visage du gardien pendant son échange téléphonique, Bob en a déduit qu'il recevait des ordres. Le major a préféré s'évaporer au plus vite en trouvant étrange qu'il regarde trop souvent dans sa direction.

Les deux ex-commandos ayant investi un appartement vacant, pour assurer leurs surveillances, avaient multiplié les précautions pour rester invisibles. D'un commun accord, ils choisissent d'attendre avant de remettre le dossier volé. L'étudier s'impose. Les deux hommes s'y attellent, encouragés par un café corsé et des nuages lourds de menaces.

***

Quand midi sonne, les deux hommes n'ont découvert que des plans et des argumentaires pour un projet immobilier important. Ils n'ont percé aucun mystère marquant.

— Pourquoi avoir emporté plusieurs dossiers ?

— Pour brouiller les pistes.

— Et les comiques qui étaient déjà sur place ?

— Ils connaissaient seulement la couleur du dossier à récupérer, d'où le désordre.

Compulser des feuillets peut donner des idées. Médéric ouvre les autres chemises. L'une d'elles traduit un partenariat entre plusieurs sociétés. Ce constat conduit les deux hommes à imaginer que Pierre de Saint-Juste cherche à subtiliser des documents à une entreprise partenaire. Le monde des affaires est un univers où tous les coups sont permis, même les plus vils. C'est du moins la conclusion échangée entre les anciens commandos. Le major réfléchit à haute voix.

— Agathe est-elle la victime d'un accident malheureux ou volontaire ?

Absorbés par leurs réflexions, les deux complices sont dérangés par une sonnerie de téléphone portable. Médéric répond. Un sourire illumine son visage, ses traits s'adoucissent, les tonalités de ses réponses se font plaisantes. Il s'écarte, pivote, revient, parle très doucement dans le bureau, comme s'il ne souhaitait pas que sa voix se disperse. Une toupie n'oscillerait pas plus lentement. Le major s'amuse tout seul, le nez dans les documents, de ce comportement plaisant et des tutoiements encore hésitants. Dominique est au bout du fil, c'est une évidence. Il laisse échanger les deux tourtereaux. Lorsque la situation ne l'amuse plus, Bob s'exprime d'une voix forte :

— Dis bonjour à cette cliente, qui t'a simplement marqué plus que d'autres, de ma part.

Cette remarque fait sursauter Médéric, qui finit par s'exécuter avec un large sourire de gamin pris en faute.

***

Agathe Clark s'agite entre ses draps blancs. Ses yeux s'ouvrent et se ferment. Pierre de Saint-Juste rentre incidemment dans la chambre, entre deux appels téléphoniques. Son humeur est maussade, elle correspond aux négociations difficiles que l'homme tente de conclure. Il voit le mouvement des paupières de l'agonisante, sans vraiment en prendre conscience. Ses affaires le rendent temporairement aveugle à son environnement. Il marche bruyamment de long en large, comme s'il était seul dans la pièce. Brusquement, il se fige sans trop oser y croire. Son attitude change. Il déclenche un appel en appuyant sur un bouton rouge. Un médecin, suivi par deux infirmières, arrive. Pierre de Saint-Juste montre le visage de la jeune femme.

Une longue consultation commence, en laissant le président-directeur général dans un coin de la pièce. Le patron du groupe reste aussi discret qu'un meuble. Comme toujours, son visage est impénétrable.

Pendant l'examen, Agathe entrevoit un homme et une femme nus. Le désordre des draps trahit la vigueur des étreintes. Elle ignore que sa mémoire a enregistré les reflets d'un miroir interceptant ses nuits torrides avec l'inspecteur chargé de l'enquête sur la mort de Rachid Hami ou Paulo. Le futur sera cruel, elle n'aura plus d'amant.

En apprenant son accident, le policier a instantanément changé de maîtresse. Son penchant pour la jolie femme s'est évanoui sous les roues d'une mobylette jaune et noire.

Un des médecins qui avaient émis des réserves au directeur de l'établissement tient à préciser que les séquelles sont fréquentes après un grave traumatisme crânien. Il évoque une durée de deux à trois ans indispensable pour obtenir une idée sur l'état neurologique définitif de la patiente. Pierre de Saint-Juste toise l'homme en blouse blanche. Il se retourne vers Agathe qui bouge légèrement avec un regard vide, tout en répétant :

— Je ne vous demande qu'une chose, le reste m'indiffère : sauvez-la.

En fin de phrase, la voix est terrible.

***

Dans sa voiture, Médéric surveille une maison depuis l'aube. De longues averses, parfois violentes, le distraient. Un homme ouvre la porte, pénètre dans l'habitation, puis s'enfuit plus qu'il ne s'éloigne. Le commandant choisit de le suivre à pied.

Une rue obscure, un porche, et une main s'abat sur une nuque. Le geste est ferme, il paralyse la proie déjà terrifiée. Avant de manquer d'air, cette dernière entend son tourmenteur lui marmonner que si elle reste tranquille, elle pourra respirer. Ce n'est pas un mot, mais un son qui acquiesce faiblement. La main desserre son étreinte. Médéric, masqué, interroge. Celui qui subit tente de ne pas répondre aux questions posées, mais il sent une lame qui progresse dans son dos et menace sa peau. L'homme comprend que son agresseur est celui qui l'a attaché avec son complice à des radiateurs, lors de sa tentative de vol d'un dossier mauve. Il finit par ne plus résister, bégaye d'abord qu'il a déjà tout avoué sur place ; comprend qu'il doit en dire plus ; annonce qu'avant d'opérer, ils avaient pris l'initiative d'acheter le gardien pour voler le document sans risque.

Après avoir émis des sons inaudibles, l'amateur qui cherchait à voler le dossier de couleur tente d'expliquer, le souffle court, qu'un homme inquiétant s'était imposé le lendemain comme leur nouveau contact… En montrant une grosse liasse de billets, il exigeait pour le vol une date et une heure précise… Le jour prévu, après leur échec, le gardien les avait détachés, mais ils n'avaient jamais reçu l'argent promis… Aujourd'hui, il fuyait, car il venait de découvrir son complice pendu dans la maison qu'il quittait…

***

Son agresseur l'a relâché depuis plusieurs minutes, pourtant, l'homme ayant tout échoué parle encore, se répète sans cesse. Tombé à genoux, il découvre un gros chien errant qui flaire des déchets. Dérangé, le dogue montre les crocs, l'homme se redresse en hurlant. En se relevant brusquement, sa tête heurte durement un rebord en pierre. Au petit matin, une habitante le découvrira toujours inconscient et préviendra les secours.

Il s'était assommé si violemment qu'il venait de se retirer définitivement et tout seul de la liste des tonneaux vides, ceux qui racontent des prouesses qu'ils n'accompliront jamais. Il ne claironnera plus dans les bars pour raconter des exploits imaginaires.

***

Pierre de Saint-Juste rejoint ses appartements. Une fois assis derrière son bureau, il imagine une forme floue à côté de la porte qu'il vient de fermer. Il ne réalise pas qu'il ne voit qu'un imperméable sombre sur un portemanteau.

Il croit revoir la gitane de sa jeunesse, au regard inquiétant. Il sursaute, tremble, refusant d'imaginer les doigts de la bohémienne sur son bras. Le souvenir d'une voix l'enveloppe encore : « *agathos* », un rire cauchemardesque lui succède et résonne longuement. Les mots d'une prophétie ricochent interminablement sur les murs.

« Je suis née à Marrakech "la magicienne", j'apparais comme un mirage dans le désert de ton cœur. »

Le grand patron se redresse, il passe une main devant son visage en réalisant qu'il est seul. On peut deviner, en observant ses lèvres, qu'il se livre à quelques intenses réflexions contradictoires. Personne n'a pu imaginer qu'il a voulu faire disparaître Agathe Clark, même si elle lui a sauvé la vie. Pierre de Saint-Juste avait compris, depuis peu, qu'elle n'avait aucun scrupule. Elle lui ressemblait.

Toutefois, il se heurte à une prédiction qui freine sa volonté et l'inquiète fortement. Il se souvient des mots de la gitane : cette femme vivra aussi longtemps que lui, son décès ne pouvant qu'entraîner le sien. La bohémienne ne pouvait qu'avoir raison. Elle avait prédit qu'Agathe lui sauverait la vie et aurait le cœur aussi noir que lui. Ils étaient de la même race, celle qui se préoccupe exclusivement de ses intérêts.

Le grand patron ne souhaite plus revenir sur sa décision, liée à des phrases troublantes qui se vérifient bizarrement. Pierre de Saint-Juste a trente ans de plus qu'Agathe Clark, il a décidé de l'aider à survivre tout près de lui, en veillant à la maintenir dépendante.

***

Les deux associés consultent toujours les documents dérobés, en vain. Ils ont tenté de reconstituer un scénario. Médéric est convaincu que Pierre de Saint-Juste a compris qu'Agathe voulait le doubler, il avait tenté de l'éliminer. Le jeune conducteur de la mobylette jaune et noire était un drogué qui avait étrangement succombé à sa chute. Aucune enquête n'avait été diligentée. Les deux recrues de madame Clark, en voulant corrompre le gardien, s'étaient dénoncées toutes seules. Bob venait de comprendre les raisons qui avaient conduit le majordome du président-directeur général à exiger leur jour et heure d'intervention pour le vol du dossier mauve. Il avait omis de mentionner cette information au commandant.

Les deux associés savent, renseignements pris directement à la clinique où elle repose, qu'Agathe Clark n'est plus dorénavant que l'ombre d'elle-même. Ils ne sont pas les seuls à ne pas comprendre l'attitude de son grand patron qui ne la quitte plus et qui semble vouloir la sauver.

Ils décident donc de classer l'affaire et de faire disparaître les autres dossiers. Démêler l'écheveau des malversations, des intérêts, des trahisons et des financements occultes du monde des entreprises s'avère trop compliqué. Certains évènements ne peuvent être connus que de leurs auteurs et ne restent que des hypothèses. Entre deux réflexions, Médéric prend la parole.

— Nous ne sommes pas de la race des agents secrets qui comprennent et expliquent tout. Je pense qu'il est l'heure de remettre le dossier mauve à Monsieur de Saint-Juste.

— Tu as raison, de toute façon, nous sommes face à une affaire financière qu'il serait malsain de tirer au clair. Tu aurais pu éviter de neutraliser le dernier homme.

— Je ne lui ai fait aucun mal, après avoir obtenu ses aveux…

Médéric ne connaîtra jamais la vérité, il en sourirait sans doute. En imaginant que Pierre de Saint-Juste avait fait supprimer les témoins gênants, il n'avait pas complètement tort. Le hasard fait parfois bien les choses pour la canaille et très mal pour d'autres.

Un long silence fait place à de profondes réflexions. Les deux associés se regardent longuement. Médéric brise le silence, en se levant.

— Tu te charges de remettre le dossier, en précisant que l'opération s'est déroulée sans problème majeur.

— Pourquoi moi ?

— J'ai un autre projet… plus important.

— Puis-je savoir ?

— Dominique et moi, nous allons passer quelques jours à Marrakech.

La voix de Médéric est plus faible quand il prononce ces derniers mots. Bob s'incline, sans oser faire de commentaire. Il n'est pas vraiment surpris.

Pendant que Bob sort deux verres et son breuvage habituel, Médéric regarde la guerrière viking qui serre sa lance ouvragée. Il suit les jeux de lumière dans ses mèches blêmes traversant sa chevelure sombre en se disant qu'elle ne ressemble en rien à Dominique. Il soutient son regard, sans comprendre son désir de conserver pareil portrait. Cette fois, son petit cadre en bois brun-pourpre, veiné de noir, ne sera pas du voyage.

***

Quand Bob prend rendez-vous avec Pierre de Saint-Juste, il pense à son complice qui s'envole pour rejoindre l'ombre fascinante et mystérieuse des remparts de Marrakech.

Son entrevue est fixée à côté de la clinique, dans une vaste demeure où le grand patron séjourne depuis peu, en délaissant son hôtel particulier. Il comprend que l'on murmure qu'il ne veut pas s'éloigner d'une patiente, Agathe Clark. Les rumeurs les plus folles circulent pour expliquer ce que personne ne peut saisir.

Le major est introduit par le même majordome, aux gestes stéréotypés. Les lieux proposent une décoration simple, le bureau du président-directeur général est beaucoup plus lumineux que celui de sa résidence personnelle. Bob tend une chemise cartonnée contenant le dossier mauve. Pierre de Saint-Juste consulte les pages sans un seul mot. Une enveloppe marron change de main. Bob se contente de sentir l'épaisseur de son contenu nettement plus conséquent que le précédent. Pas une seule parole n'a été échangée pendant cette entrevue. Contrairement à sa visite antérieure, il n'a pas pu s'asseoir, mais le majordome a dans le même mouvement fermé puis ouvert la porte du bureau, comme un métronome.

Sur le palier, Bob est surpris d'entendre la voix du domestique. Il indique que son patron est très satisfait de son efficacité et qu'il compte un jour ou l'autre refaire appel à son agence. Le major s'éloigne en songeant aux contrats qui commencent à s'annoncer. Il sourit, en pensant à Médéric qui a plutôt tendance à négliger la partie financière de leurs activités.

Sur le trottoir, deux groupes de bambins jouent à la guerre. Le major s'arrête pour suivre leurs affrontements et leurs imitations de tirs. Jeune, il faisait de même. De nombreuses phases d'aventures en culottes courtes le submergent. Si on l'interrogeait sur sa vie, il affirmerait que ses jeux belliqueux d'antan ne l'ont jamais conduit à choisir le métier des armes. Jeune, il voulait être ingénieur des eaux et forêts.

26

Novembre 2015 s'achève.

Médéric et Dominique décident, dès leur premier jour à Marrakech, de courtiser les portes du Sahara marocain. Prochainement, ils envisagent de faire une excursion de deux jours dans le désert de Zagora, le plus proche de Marrakech. En posant leurs bagages, sans les défaire, ils veulent visiter les environs des nouveaux quartiers. Leur voiture de location s'engage sur un chemin de terre et de pierres qui débouche sur un ranch écrasé par le soleil, derrière un long mur. La responsable, aidée d'une hôtesse, propose une promenade à cheval ou en bolide électrique. Rejetant de sa mémoire sa folle chevauchée avec Bob pour fuir les geôliers de jeunes femmes, le commandant propose de choisir des casques avec de larges visières, pour chevaucher deux quads identiques.

Un accompagnateur ouvre la route, devant le couple qui commence debout sur les marchepieds. Peu à peu, l'allure des trois engins augmente, même si l'un des véhicules ne favorise pas toujours la ligne droite. Dominique est souvent attirée par les murets et les fossés qui bordent la piste. Son quad avance comme un bateau ivre, risquant de chavirer à chaque virage. Au bout de vingt minutes, la poussière brune des chemins cailloux habille désormais les conducteurs et leurs sourires. Leurs vêtements se marient avec la teinte orangée striée de bandes brunâtres des engins.

Le moniteur patient et souriant marque une pause et propose de prendre le thé. Il désigne une construction à ciel ouvert, abritant un olivier. Là, trois hommes enjoués les accueillent, entre les murs de terre et quelques tentures. Des galettes et du miel sont disposés sur un large plateau. Pour cette halte, de très petites chaises en paille sont disposées autour d'une table basse. Dominique s'émerveille en disant qu'elles ressemblent à des sièges de poupées. Déjà, un bras basané élève la théière fumante au-dessus de petits verres. Les voyageurs peuvent s'imaginer sur la route des caravanes, entre les dunes brûlantes.

Il n'est rien de meilleur qu'un thé marocain à l'abri de murs de pierres érodées, avec le ciel pour coupole. C'est du moins ce que confie Médéric à l'oreille de Dominique. Entre deux gorgées, il capte l'attention de sa compagne en indiquant un lointain dard étincelant, un avion qui rejoint l'océan.

Les premières étoiles rayonnent. Les bolides retrouvent leurs cavaliers au corps vermeil. Une panne ralentit la petite troupe bruyante. Elle est de courte durée. Les phares s'allument. Sur la route s'achève la randonnée. La circulation du crépuscule impose la prudence au trio de quads, pendant que les ombres de la nuit s'abattent sur la campagne aride. Médéric tend le bras vers une étroite bordure de sable où se déploie un groupe de chameaux qui mâchonnent, désabusés. À côté du troupeau, un groupe d'hommes en manteaux blancs discute en cercle, sans se préoccuper des flots de véhicules.

***

Le couple a pris deux chambres séparées. Médéric, en réservant, n'a pas agi comme il l'aurait fait par le passé avec une de ses conquêtes. Revenus à l'hôtel, le programme de la soirée doit les conduire vers un dîner aux chandelles. C'est l'heure où les remparts de la vieille ville projettent leurs contours au pied de leur terrasse. De petites lucioles chatoyantes s'éparpillent pour zébrer les contours de colonnes ciselées et de murs blancs. Des reflets se déploient autour d'eux, l'ocre rouge saupoudre l'ébène, le sable se mêle à l'or.

Médéric n'est pas très à l'aise. Les premiers plats sont posés sur la table par des serveurs souriants, le couple s'observe. Dominique parle de son salon de coiffure pour briser un trop long silence. Lorsqu'il comprend qu'il doit prendre la parole, pour parler de lui, de ses passions, l'ex-commando ne sait pas quel sujet aborder. Il préfère raconter ce qu'il connaît le mieux, une de ses anciennes missions en Afrique. Le commandant a choisi une aventure sans danger, où le pittoresque des situations et des paysages l'emporte sur l'action. Elle apprécie son calme, sa force. Il goûte sa gentillesse, son intelligence. Dominique est admirative, elle a toujours eu le goût de l'aventure, sans avoir osé en vivre une. Elle le surprend par ses nombreuses questions, désireuse de comprendre les ressorts et les motivations qui permettent de se lancer, d'affronter l'inconnu, de maîtriser ses craintes. Un désir la submerge et va le surprendre quand elle va l'exprimer. La jeune rousse souhaite un récit de mission dangereuse, dans un environnement hostile.

Profitant d'un de ces silences qui s'installent parfois dans un tête-à-tête où les convives se dévoilent pour la première fois, Médéric pousse sur la table une petite boîte. Son couvercle est recouvert d'un tissu blanc rayé d'un trait rouge, comme si un dernier rayon de soleil venait de graver son empreinte. Dominique ouvre avec des gestes hésitants en rougissant légèrement. Son émotion est intense. Une bague avec une splendide pierre verte, une malachite, apparaît. Ils s'embrassent spontanément, presque étonnés de se retrouver lèvres contre lèvres. Médéric se perd dans des explications que la jeune femme écoute distraitement. Il précise que la pierre ne vient ni des terres d'Australie ou du Brésil, ni des carrières du Congo. Il évoque une possible origine française, pour somme toute révéler que la mine d'origine est située dans le comté de Cochise aux États-Unis.

Il ne parle plus, elle a mis sa nouvelle bague à son doigt. Le silence réunit deux cœurs qui apprennent à s'apprivoiser. La rousse n'avouera pas que cette pierre n'est pas sa préférée. Dominique songe même que ce bijou souligne trop tôt un engagement. Elle hésite, mais préfère s'enthousiasmer devant la pureté de ses marbrures vertes. Le commandant l'écoute en affirmant que c'est peu de chose. Son intonation de voix l'amuse inlassablement, fait nouveau, car il ne cherche jamais à découvrir ses partenaires.

En jouant avec sa nouvelle bague, elle évoque sa folle aventure avec Paulo. D'une voix faible, elle parle d'une erreur, d'un égarement stupide, en regrettant d'avoir subi le charme et la beauté d'un être malfaisant. « Aveuglée » est le mot que ses lèvres répètent, avec une moue peu contestable. Un long silence suit cette confidence douloureuse, un murmure traduit un pardon émouvant. Médéric sort le petit papier abandonné au fond d'un tiroir, dans un petit hôtel, par Dominique. Il l'avait précieusement gardé.

« *Ce soir, il m'envoie un taxi pour rejoindre sa famille. J'ai attendu ce moment si longtemps que…* »

Les larmes envahissent les yeux de la jeune femme qui admet dans un souffle sa folie. Le commandant maudit son geste. Il aurait voulu cacher ce sentiment de jalousie qui l'habite encore un peu. Rejetant les feux du dépit, il avoue que ce bout de message l'a aidé à espérer. Pendant longtemps, ces mots avaient éclairé le début d'une piste, d'une espérance. Forçant le trait, omettant son abandon passager, il s'enflamme en détaillant ses recherches, tout en dévoilant involontairement ses sentiments. Si Bob l'écoutait, il ne pourrait que lui pardonner de telles déclarations. Quand la jeune femme relève la tête, Médéric décèle les traces d'une pensée heureuse sur le visage encore baigné de larmes.

— Je l'avoue, au fond de ma prison, dans le brouillard de mes souvenirs, je sais que j'ai pensé à toi.

Les joues de Dominique rosissent, alors qu'elle fixe une vasque blanche d'où jaillit un fin jet d'eau. De fines gouttelettes retombent sur des pétales rouges, roses et blancs flottant dans le bassin.

Ce soir, ils se séparent devant leurs portes de chambres en s'embrassant pour la deuxième fois, plus longuement. Elle désire un peu de solitude pour mieux envisager l'avenir après son échec sentimental récent. Médéric ne souhaite pas la brusquer, il a un peu peur de ses nouvelles sensations, de ses sentiments naissants.

Hier, ils se sont reconnus, puis découverts. Aujourd'hui, ils se livrent peu à peu.

***

Les kilomètres filent avec vitesse et harmonie. Bientôt, un pont se dresse sur deux larges pieds de béton. À cent mètres de ses barrières rouges et blanches, Médéric arrête le véhicule pour consulter la carte. Dominique sommeille, confiante. Elle ne se souvient pas d'avoir connu une meilleure phase de vie depuis longtemps.

En bordure d'un petit ravin, des brumes de poussière précèdent de petits groupes d'élèves insouciants. Ils se dirigent joyeusement vers leur école, sous un soleil qui répartit de brûlantes caresses. Plus loin, des groupes d'individus palabrent à l'ombre de piliers imposants.

Médéric redémarre. Ce midi, il a choisi un restaurant à ciel ouvert au pied des premières montagnes de l'Atlas. L'auberge se dévoile finalement en haut d'une butte, derrière des maisons en construction. Le commandant se gare en laissant passer deux hommes en uniformes, emportés par leurs flots de paroles. Des femmes aux vêtements amples se hâtent, avec des grappes d'enfants sautillants.

Le couple arrive devant de grandes tables dressées sous une toile rustique, tendue entre des poteaux en bois. Cette protection est nécessaire face aux feux du ciel. En contrebas, un lac, entouré de monts désertiques, s'étend paresseusement. Ici, la nature dévoile ses surprises, le charme des lieux marque profondément les convives. Médéric prend la main de Dominique. Ils restent debout, en s'amusant d'un passage d'oiseaux, d'un animal lointain, d'un berger aux pas hésitants. Elle murmure simplement que le paysage est magnifique. Il trouve sa remarque commune admirable.

C'est en se dirigeant vers la table indiquée par le patron que Médéric remarque un homme aux vêtements clairs qu'il a déjà croisé la veille. Contrairement à ses habitudes, il minimise ce constat et tente de l'effacer de sa mémoire.

À table, les poissons grillés et les plats se succèdent. La Pastilla qui marque les liens étroits entre l'Andalousie et le Maghreb. La Rfissa arrive, suivie de la Tanjia, qui est un plat traditionnel de Marrakech. Le maître des lieux présente ses plats avec passion. Il parle, et rien ne semble pouvoir retenir son enthousiasme. Le couple n'écoute plus et échange sur ses plats préférés. Dominique et Médéric se trouvent des goûts communs, en particulier pour l'omelette baveuse campagnarde. Cette découverte leur déclenche un fou rire.

Sous la tente à la toile rustique et aux attaches sauvages résonnent des mélodies d'hier et d'aujourd'hui. Un musicien offre, en s'accompagnant d'une guitare, de tendres mélodies. Quand il marque une pause, il interroge les clients, pour connaître leurs souhaits. En souriant à chaque nouvelle demande, le chanteur accepte toutes les interprétations. Dominique et Médéric se confient cette fois leurs chansons préférées. Ils s'écoutent à tour de rôle, saisissent toutes les opportunités pour échanger.

Une voix, un accord, un rayon de soleil, quelques gouttes de vin, de nombreuses confidences et le monde leur appartient. Les minutes s'écoulent, de simples « la, la, la… » remplacent de temps en temps les paroles oubliées.

Les cuisiniers en toques blanches s'activent sous les directives du patron. Une gamine en robe écarlate papillonne. Un chat, au pelage malade, grappille un peu de nourriture qui s'échappe des tables. L'homme qui surveille le couple est de moins en moins discret.

Médéric ne voit que le sourire de Dominique, elle ne discerne que la brillance de son regard, alors que le musicien offre une ritournelle. Le couple mange, bercé par des mots qui enlacent des accords de guitare. De petits rires s'échappent d'une table voisine. De nombreux clients rêvassent, les yeux dans le vague.

Un rayon musarde sur la chevelure de feu de la jeune femme. Cet éclat corail réjouit Médéric. Il propose, le sourire aux lèvres, une visite au palais Mnebbi aux coupoles en bois de cèdre. Elle reconnaît aimer les lieux chargés d'histoire, et sa préférence la dirige vers les châteaux-forts d'Europe. Le commandant ne fait qu'écouter, les constructions du Moyen Âge ne l'ayant jamais vraiment attiré. Il n'en dit rien, car Dominique entame de longues descriptions historiques. Il se laisse éblouir par des mots, glacis, courtine, échauguettes, barbacanes, meurtrières… sans vraiment écouter le sens de ces explications, il se laisse plus que jamais emporter par la passion d'un propos et par les tonalités d'une voix. Toute phrase est inutile pour traduire fidèlement les émotions qui l'étreignent en la regardant.

Lorsqu'elle se tait, en réalisant qu'elle a engagé un trop long monologue, Médéric évoque l'Atlas qui, pour les Berbères, pourrait représenter la plus haute poutre de la charpente d'un toit. Le souvenir d'une mission délicate et périlleuse, où les ombres de morts pouvaient se réveiller dans cette chaîne de montagnes entourée de nuages, le pousse à dériver vers une excursion lointaine et pacifique en Tanzanie, vers les neiges du Kilimandjaro. Pour le plaisir, il avait gravi les trois volcans, le Shira à l'ouest, le Mawenzi à l'est, et le Kibo, dont le pic est le point culminant du continent africain. Il raconte ses échanges avec des pasteurs maasaï. Craignant de trop parler, le débit de ses mots se raréfie. C'est le regard attentif et lumineux de Dominique qui l'encourage à persister et à décrire de nouvelles péripéties plus personnelles.

Elle raconte, il n'écoute que le son de sa voix. Il parle de lui, elle n'entend que son accent légèrement chantant. Les derniers consommateurs sont partis depuis longtemps. L'espion aux vêtements clairs que Médéric refuse de voir s'est réfugié dans son véhicule. Le patron du restaurant reste souriant, même s'il tente de faire comprendre au couple qu'il voudrait fermer pour rentrer chez lui. Indifférents à ces tentatives, ils se regardent en échangeant des sourires aussi lumineux que le soleil enveloppant le lac et l'auberge.

***

Médéric entraîne Dominique vers un jardin planté de cyprès et d'orangers. Joyeuse, elle rit et s'émerveille d'un rien. Il entreprend, sans s'éloigner de Dominique, de contacter Bob qui lui a laissé de nombreux messages sur son téléphone. Le major répond assez vite, en expliquant que Pierre de Saint-Juste est très satisfait du travail de l'agence. Il s'enflamme, confie qu'il lui a même donné d'autres missions, la filature de plusieurs de ses collaborateurs. Bob est prolixe, il parle d'enquêtes futures, en évoquant des compensations financières non négociées, mais généreuses. Médéric l'interrompt.

— Agathe Clark est-elle toujours prise en charge par Pierre de Saint-Juste ?

— Plus que jamais. Il ne la quitte pas, en la nommant à qui veut l'entendre « son ange gardien »…

— Incompréhensible !

— Surtout qu'elle gardera à vie, si j'en crois les infirmières, de graves séquelles.

— Inconcevable ! répète Médéric, en sachant que certains secrets ne peuvent pas être décelés.

Bob, en changeant de sujet, souhaite savoir si le couple a pris contact récemment avec Hamza Khelfa. Le commandant, sans répondre, interroge une nouvelle fois :

— Et les deux comiques que j'avais attachés à un radiateur ?

— Celui qui s'est pendu s'est officiellement suicidé, l'autre serait dans un état grave, attaqué et mordu par un chien. La presse n'évoque que des faits divers, sans lien les uns avec les autres. Personne n'a porté plainte pour vol. Monsieur de Saint-Juste est redoutable.

En prononçant cette remarque, le major rajoute faiblement qu'un tel client ne peut être négligé, mais qu'il convient d'être prudent. Il expose soudain une analyse nouvelle. Il pense que Pierre de Saint-Juste a voulu piéger Agathe Clark, avec cette affaire de dossier, en lui mettant sur son chemin deux bras cassés. L'accident devait semer le trouble. Toutefois, il ne s'explique pas la situation actuelle. Le commandant émet l'idée qu'une probable malédiction hante subitement les uns et les autres. Son observation n'obtient aucun succès. La voix de son interlocuteur prend une tonalité plus ferme en répétant que Hamza est à joindre au plus vite.

Médéric, désormais peu réceptif, suit du regard sa rousse compagne qui se passionne pour les objets exposés témoignant du riche passé de la région. Un rai de lumière se reflète dans sa chevelure et éclaire son profil. Ses lèvres s'entrouvrent, il imagine les mots qu'il aimerait entendre. Il ne l'avait jamais vue si belle, et émet une vague promesse, sans préciser qu'il n'a pas répondu aux appels de l'homme d'affaires depuis qu'il est au Maroc. Dominique le regarde, lui sourit. Troublé, Médéric répond d'un ton léger au major qui murmure que le venin protège toujours, avant d'achever la communication. Le commandant sourit, il saisit que Bob parle d'Agathe, en évitant de rejeter son approche de la situation.

***

Le couple se dirige d'un pas tranquille vers un musée niché dans le palais Mnebbi. Il arpente la vaste cour intérieure, admire le grand lustre central. Entre deux regards, Médéric et Dominique se perdent dans les salles où sont exposés des céramiques superbes, des armes anciennes, des tapis remarquables et une foule d'objets traditionnels. En éprouvant les douces sensations de leur jeunesse, ils marchent, pour la première fois, main dans la main.

C'est en découvrant le hammam traditionnel que Médéric croise le regard d'un individu qu'il a déjà surpris derrière lui. Cette fois, l'ancien commando retrouve ses réflexes. Derrière une vitrine, il revoit un reflet qui lui rappelle la silhouette de celui qui les surveillait à l'auberge. Le commandant comprend qu'il ne peut pas ignorer le danger, que tout instant de grâce finit par s'achever. Une menace négligée ne s'efface pas, elle grandit.

Cette fois, son téléphone portable lui livre un message. Les mots prononcés par Hamza sont inaudibles. Leurs tonalités traduisent une grande inquiétude. Après un long soupir, Médéric contacte son ami marocain. Ce dernier répond brièvement, sans formule particulière.

— Ne revenez pas à votre hôtel, venez vite me rejoindre chez moi. Le temps presse.

Son correspondant a déjà raccroché. Médéric saisit que l'heure est grave. Il entraîne Dominique, toujours rieuse. Il hèle un taxi et lui donne l'adresse de Hamza.

La majesté des remparts accompagne le véhicule, alors que chute progressivement la nuit. La tête de Dominique repose sur l'épaule de Médéric. Ce dernier ne goûte pas ce moment d'abandon. Inquiet, il essaye de détecter d'éventuels suiveurs, en tentant de percer ce nouveau mystère.

Il y a peu de circulation, les lueurs des dernières habitations s'estompent. Le taxi double péniblement un groupe de mobylettes bruyantes et encombrantes, lorsqu'un véhicule surgit. Un nuage de poussière s'élève, le chauffeur freine en poussant un cri rauque. Il vient de découvrir la masse sombre de l'habitacle aux vitres teintées qui vient de le doubler, immobilisée devant lui. Médéric est déjà descendu, prêt à faire face aux intrus. Il n'a pas le temps de regretter de ne pas posséder une arme.

27

Début décembre à Levallois-Perret

Dans sa voiture, Bob grignote son sandwich préféré. Ce soir, il surveille un cadre que le patron du groupe, monsieur Pierre de Saint-Juste, tient à faire suivre. Il n'a obtenu que des photos sans intérêt. La vie privée et professionnelle de cet homme semble beaucoup plus acceptable que prévu. Bob persiste, il pense qu'il ne peut pas décevoir son donneur d'ordre. Ce dernier est persuadé que l'homme à épier est néfaste et nuisible pour l'entreprise. Ce que le major ignore, c'est l'origine de cette suspicion.

Dans l'un de ses rares instants de lucidité, Agathe Clark a convaincu d'un mot son président-directeur général. Le vague souvenir d'un vieux compte à régler s'est imposé dans un cerveau atteint. La malade distille sa vengeance comme elle peut.

Cherche-t-elle à prendre une revanche sur cet homme, suite à son accident ? Personne ne peut l'affirmer. Néanmoins, Pierre de Saint-Juste a partagé son exigence.

Bob patiente, surpris par l'aube. Il imagine tendre un piège à sa victime pour provoquer sa chute et répondre aux espoirs de son patron. Ce cadre lui déplaît, il est arrogant et méprisant. Puis, Bob se reproche cette idée, la voix du commandant résonne dans sa mémoire, comme un rappel à l'ordre : « *Restons fidèles à nos principes.* »

Lorsqu'il démarre, pour quitter la rue et sa surveillance, une passante croise son regard. Le major se sent honteux d'avoir osé penser habiller les faits pour répondre à une faiblesse, comme si l'inconnue avait pu déceler et pénétrer ses pensées.

Il retrouve le sentiment de honte qui l'avait longtemps habité gamin, lorsqu'il avait été découvert pour avoir imité la signature de son père sur son bulletin de notes. Son plagiat grossier n'avait aucune chance de leurrer un vieux professeur.

***

La menace s'estompe vite sur une des routes de Marrakech. Médéric reconnaît le chauffeur de Hamza qui l'invite à le rejoindre avec sa compagne, tout en réglant la course. Le trajet reprend. Dominique semble refuser d'accepter qu'un nouveau danger puisse surgir sous les remparts de Marrakech. Elle se blottit, en fermant les yeux, contre son protecteur, sans une seule question. L'allure est plus vive et adroite. Bientôt apparaissent les deux grosses tours carrées. La lourde porte en bois clouté pivote. Au bout du chemin, encadré de hautes haies, Hamza Khelfa attend. Les lueurs d'un flambeau lui donnent une stature imposante, voire alarmante.

Le maître de maison propose, en souriant, un rafraîchissement à Dominique. Son attitude change lorsqu'il entraîne Médéric à l'écart. Le soleil les accompagne entre des citrons et des oranges. De larges feuilles aux teintes menthe à l'eau enlacent des végétaux dorés et grenat qui ruissellent au pied d'une statue.

— Il vous faut quitter Marrakech en urgence.
— Que se passe-t-il ?
— Reith m'a prévenu que vous êtes en danger.

Hamza précise qu'il a fait récupérer leurs bagages à l'hôtel et que son jet est à sa disposition pour décoller dans les deux heures. Il indique d'ailleurs qu'il les accompagne pour s'éloigner un temps de son pays où l'air va devenir difficilement respirable pour ses affaires. Le Marocain développe en énonçant, avec un triste sourire, qu'il n'est pas indiqué d'être son ami, car il a des problèmes d'impôts.

L'homme d'affaires prend une profonde inspiration et fait référence à Reith qui assurait que les réseaux, s'enrichissant en profitant des faiblesses humaines, se régénèrent sans cesse. Les trafiquants se livrent une lutte acharnée et ne peuvent pas admettre ceux qui les défient. Pour eux, Dominique représente un échec. Il trouve hasardeux le retour du couple dans la cité.

En dehors de toute justice, il est des écueils dont on ne peut pas se relever. Le responsable de la troupe d'élite de la gendarmerie le sait, comme ses homologues de tous les pays.

Le départ est immédiat. Hamza entraîne ses deux invités dans un véhicule aux vitres teintées. Ce dernier emprunte un passage étroit, à l'arrière de la propriété, que le commandant ne connaissait pas. Les ornières sont nombreuses, la végétation dense. Dominique, la tête sur l'épaule de Médéric, paraît calme, même si une inquiétude sourde la ronge. Les deux hommes ont conservé le calme des vieilles troupes, celui qui consiste à faire croire que tout va bien quand survient le danger. D'une voix douce, l'ancien commando murmure :

— Les conteurs affirment qu'un corbeau aurait modifié l'emplacement des remparts de la ville, avec ses vingt-deux portes. L'oiseau aurait tiré sur la corde indiquant le tracé.

Le commandant garde un doigt tendu vers le mur d'enceinte qui s'habille de rouge, tout en regrettant d'avoir cédé à la demande de Dominique. Elle voulait conjurer le mauvais sort en revenant vers Marrakech.

— J'ai trop vu les ombres de cette cité, j'aimerais voir ses lumières.

Dominique avait prononcé cette phrase, en choisissant leur destination, avec une mimique qui n'appartenait qu'à elle. Cet échange aveugle la mémoire de Médéric. Il n'avait pas su refuser.

La voiture file, conduite par un chauffeur habile. Hamza a le regard fixé sur les rétroviseurs. Une tache insolite sur la cime d'une rangée d'arbres l'intrigue.

***

Paris, 16ᵉ

Aujourd'hui, Bob surveille l'appartement du cadre qu'il suit. Il se hasarde à pénétrer dans le hall d'entrée de l'immeuble. Une vieille dame porte deux lourds paniers débordant de babioles d'un autre âge. Il se propose de l'aider et la suit en descendant l'escalier qui conduit aux caves. Un couloir en terre battue les accueille. Quelques squelettes de meubles sont abandonnés contre les murs poussiéreux. Dans un recoin, il aperçoit la peau séchée d'un rat.

La dame âgée ouvre avec difficulté une porte en bois et, avec une lampe de poche, éclaire les étagères où Bob doit déposer les objets qu'elle désire ranger. Elle n'aurait jamais pu grimper sur l'escabeau instable et soulever seule ces bibelots désuets. Le temps d'une minuterie, le major regrette d'avoir proposé son aide.

Soudain, deux éclats de rire remplissent l'espace. Bob entrevoit, par la porte entrouverte, deux hommes qui se tiennent aux murs, en riant bêtement comme des adolescents sortant au petit matin d'une discothèque. En entendant ouvrir une porte bruyamment, Bob sent qu'un rayon de chance l'enveloppe. L'un des deux est celui qu'il surveille.

— C'est mon voisin, un homme souvent pénible… murmure la vieille dame en levant les yeux au ciel.

Elle se lance dans une longue énumération de critiques que Bob fait semblant d'écouter. Elle relate surtout une vidange sauvage dans le garage. Évoquer l'huile ruisselant dans les eaux sales la scandalise. Tout en entendant le désordre créé, l'ex-commando annonce qu'il compatit.

Les bibelots en place, Médéric explique qu'il doit rejoindre la cave d'un vieil ami, habitant l'immeuble. Il murmure un nom qu'il a lu sur une boîte aux lettres pour endormir la curiosité de la vieille copropriétaire qui n'est pas pressée de repartir. Il la raccompagne au pied de l'escalier.

La minuterie des couloirs s'éteint. Seul, dans l'ombre, le major progresse vers la porte où il entend les deux hurluberlus qui chantent. Leur cave doit être reliée à l'électricité, la lumière étant constante. Un des fantaisistes affirme constamment, entre deux niaiseries, que les coffres d'une banque sont derrière la paroi de son cellier. Des rires ininterrompus accompagnent cette affirmation. Lorsque le major se penche, il découvre deux pioches qui se lèvent pour attaquer le mur. Sans attendre, toujours prêt à filmer ou à photographier, Bob enregistre la scène. Il ne prend aucun risque, dissimulé par l'ombre protectrice, dans le dos des destructeurs. Les bruits sourds des pics résonnent sous les voûtes anciennes. Ils ne donnent que des nuages gris de poussière.

Entre deux galéjades, tout en vidant des bouteilles de bière, les hommes agressent maladroitement la cloison. Bob est persuadé que l'un des deux va blesser l'autre. La situation ne s'éternise pas. Un fracas assourdissant retentit. Les moellons s'écroulent, un pan de mur cède, suivi d'exclamations grossières. Bob découvre, par l'ouverture béante, une grande salle des coffres. Les hommes s'immobilisent, en découvrant un résultat qu'ils ne pensaient pas atteindre si aisément. Ils ne rient plus, paniquent. Ils essayent de réparer le désordre, en tentant de reboucher la brèche. Leurs efforts et leurs jurons sont burlesques. Rien ne semble pouvoir combler l'énorme trouée, pourtant, aucune alarme ne paraît active. La minuterie du couloir se rallume, indiquant sans doute un visiteur. Le major préfère repartir et recroise la vieille dame, portant de nouveaux objets. Il aurait mieux aimé s'esquiver, mais c'est en faisant contre mauvaise fortune bon cœur qu'il décide de l'aider une nouvelle fois.

En quittant l'immeuble, Bob n'est pas mécontent des images qu'il a pu obtenir. Il se rassure en pensant que sa longue surveillance est finalement récompensée. Certaines blagues de potaches peuvent coûter très cher pour ceux qui ne le sont plus.

***

Sur la route de Marrakech

Un drone rouge sombre vient de surgir sur la droite de la route, encore peu fréquentée. D'un seul mot, Hamza a ordonné au chauffeur d'immobiliser la voiture sur le bas-côté. Il se précipite vers son coffre, saisit un fusil à lunette. Médéric identifie une arme de précision de petit calibre, semi-automatique. Le tir précis fait tanguer l'engin rouge qui s'écrase à une dizaine de mètres du tireur. Hamza retourne à son siège et saisit son téléphone. Médéric a préféré mettre une main sur le visage de Dominique qui n'a pas tout compris. Il lui chuchote que tout va bien.

Le trajet continue, un autre aéronef sans pilote dévoile sa forme derrière des arbres. Médéric tend un doigt dans sa direction, lorsque surgissent plusieurs berlines équipées de gyrophares. Elles encadrent la voiture et font fuir l'intrus volant. Hamza précise :

— Reith nous fait escorter.

Bientôt se détachent les lumières de l'aéroport. Deux gendarmes attendent la voiture ; accompagnent les trois passagers qui viennent de descendre ; indiquent les couloirs à suivre ; font signe de presser le pas. Les néons éblouissent les voyageurs.

Ils croisent une jeune femme en tenue noire et ajustée appuyée contre un pilier, qui lit une revue. Étrangement, elle la tient à l'envers. La singulière créature fait onduler sa chevelure sombre, en pivotant. Médéric a senti la menace en découvrant son regard venimeux. Il lève un bras et pare un coup de pied mortel. Dominique, sans comprendre, est entraînée par Hamza vers le jet qui les attend sur la piste. La course est longue pour ceux qui fuient, pourtant, la distance à parcourir est courte. Déjà, les deux policiers tentent de faire face. Le combat est bref, leurs armes sont vite inutiles. Ils s'écroulent. Hamza et Dominique ont embarqué, et l'ordre de se préparer au décollage a été donné aux pilotes.

Médéric a rejoint la piste et l'escalier d'embarquement du jet privé. Il se retourne, la femme tueuse est déjà là. Deux regards s'affrontent. De l'intérieur de l'avion d'affaires, on perçoit les bruits d'une lutte sauvage. Un corps doit chuter, des membres se heurter. Les tonalités des souffles qui s'opposent augmentent l'anxiété de ceux qui attendent, sans rien voir. Hamza Khelfa fixe le halo lumineux qui marque l'entrée de la carlingue, une arme de poing à la main. Pétrifiée, Dominique ne peut pas détacher son regard du pistolet.

Le calme succède à la lutte. Quelqu'un, le vainqueur sans doute, gravit souplement les marches.

***

Cette fois, Bob ne rejoint pas Pierre de Saint-Juste à côté de la clinique, mais à son hôtel particulier. Il est attendu par le même majordome, aux gestes figés. Les décorations et les cadres austères n'ont pas changé. Comme chaque fois, l'entrevue est brève. Le président-directeur général saisit les documents proposés. Pierre de Saint-Juste est toujours avare de mots et de signes amicaux. Il tend une enveloppe marron, comme d'habitude. Bob n'a pas pu s'asseoir, et suit le majordome qui le fait, pour la première fois, patienter dans une pièce attenante, aux meubles de style.

Lorsque le domestique le raccompagne, droit comme un piquet, il prononce d'une voix monocorde ce qui ressemble à des félicitations.

— Monsieur est très satisfait. Vous aurez prochainement une autre mission.

Le major essaie de poser une question, mais la porte d'entrée se referme. En rentrant dans son véhicule, Bob n'est pas vraiment enchanté du résultat de sa dernière filature. Il songe même qu'il ne parlera pas des résultats de cette surveillance à Médéric. Un goût amer dans la bouche, il sait que le cadre va payer ses dérives dans la cave au prix fort. Pourtant, il n'a aucun regret, l'homme ne lui plaisait pas.

***

En partant, Bob ne peut pas voir bouger les rideaux d'une pièce. Il ignorera longtemps qu'Agathe Clark a été recueillie par le patron du groupe, Pierre de Saint-Juste.

Savoir qu'elle n'était pas porteuse du sida avait laissé la jeune femme indifférente. Elle doit faire face à de nombreuses séquelles, ses mouvements se coordonnent mal, son équilibre est très instable. Heureusement pour elle, elle n'est pas pleinement consciente de toutes ses difficultés. Il est terminé, le temps où la jeune femme usait de charme, de fourberie et de sa beauté. Elle souffre de trous de mémoire, de difficultés à raisonner, à se concentrer, à assimiler des informations. Elle ne peut plus être autonome.

Madame Clark n'occupera jamais un poste de direction. Dans le hall de l'entreprise, la plaque portant son nom a été dévissée. Personne ne la regrette, même pas Rose. Ses ambitions ne peuplent plus sa mémoire, elle est dans une prison dorée à vie. Ce qu'elle ne pourrait pas supporter, mais elle l'ignorera toujours, c'est que la porte de cette prison restera irrémédiablement fermée. Pierre de Saint-Juste y veillera, tant qu'il vivra.

Son président-directeur général lui parle depuis sa sortie de l'hôpital, comme certains échangent avec leurs animaux, voire un objet particulier. Elle est rarement lucide, sa présence lui suffit. Pierre de Saint-Juste l'a installée chez lui. La prophétie d'une obscure et inquiétante gitane dicte ses actions. Une inquiétude diffuse l'enveloppe, lui qui ne se préoccupe jamais de son prochain. Le grand patron est fermement convaincu qu'en l'abandonnant, il signe sa perte. Son entourage, ses intimes et ses relations ne peuvent pas le comprendre.

***

Celui ou celle qui gravit légèrement les marches de l'escalier d'embarquement marque un temps d'arrêt. Des voix s'élèvent. Les pas reprennent, plus précipités. C'est le responsable d'une troupe d'élite de la gendarmerie qui franchit la porte de l'habitacle. Il regarde derrière lui, en félicitant Médéric qui le suit, sans regarder Hamza. Ce dernier baisse instantanément le canon de son arme.

— Beau combat. Vous venez de neutraliser la vipère heurtante.

— C'est-à-dire…

— Nous la surnommions ainsi, c'est… enfin, c'était une tueuse à gages redoutablement efficace. Elle était insaisissable.

— Mais vous êtes intervenus.

— Nous avions tendu un piège, et nous vous remercions pour votre participation involontaire à l'arrestation de plusieurs personnes.

La remarque fait sourire Médéric, qui demande si le départ aérien s'impose toujours. Reith et Hamza, sans se consulter, répondent par l'affirmative. Dominique observe la scène sans comprendre. Le commandant se dirige vers elle et lui murmure quelques mots tendres à l'oreille.

En oubliant leur environnement et la présence des deux hommes, Médéric et Dominique se regardent en souriant. Ils comprennent qu'à l'ombre des remparts de Marrakech ou loin du désert mystérieux, leur chemin restera éclairé par le soleil d'un avenir unique. Le face-à-face se prolonge par un long silence. Certains sont très éloquents, celui-ci est du nombre. Les deux regards s'entremêlent, les cœurs harmonisent leurs pulsations.

Reith se racle la gorge, pour clôturer l'instant que le bruit des réacteurs ne peut rompre. Il questionne, lorsqu'un de ses gendarmes arrive avec des documents :

— Au fait, que fait Robert Spencer ?
— Bob, mais il travaille.
— Alors, vous devez le rejoindre, pour l'épauler. J'ai une mission importante pour votre agence.

Comme on lui tend une liasse de feuilles et une enveloppe, trahissant au toucher des billets de banque, le commandant regarde Reith qui devance sa question :

— Que voulez-vous, Rachid Hami, ou le beau Paulo, avait aussi des complices.

Reith se tourne vers Hamza Khelfa, il le fixe. L'intensité d'un regard peut laisser filtrer un long message. Le gendarme se contente de dire qu'il n'a pas reçu de documents officiels pour empêcher le propriétaire du jet de quitter le sol marocain. Les mains se serrent presque chaleureusement. On se sépare.

Bientôt, les ailes du jet survolent les nuages de la chaîne du Haut Atlas. Médéric se penche vers Dominique, lui prend la main et se laisse gagner par son inspiration. Hamza semble s'être assoupi.

Le commandant évoque Diodore de Sicile et ses récits sur la civilisation des Atlantes, qu'il situait dans ces régions montagneuses. Le commandant est enchanté d'entendre Dominique développer plusieurs théories sur les Amazones qui auraient vaincu ce peuple. Il devine des jeux de lumière au fond de ses yeux quand elle parle. Elle apprécie de regarder ses mains virevolter quand il s'enflamme. Enthousiaste, suite à leurs nombreux échanges sur l'origine de l'homme, le couple est surpris par l'annonce du pilote qui interrompt provisoirement leur complicité, en annonçant que l'avion amorce sa descente sur une piste d'Orly.

28

Noël 2015 habille les rues.

Les rues parisiennes se sont parées d'un air de fête. Les couleurs jaillissent, éclatantes sur les étalages, le long des grandes avenues. À la nuit tombée, les étoiles pâlissent quand s'illuminent les vitrines. Médéric hésite sur le choix de ses vêtements. Ce rituel se répète depuis qu'il connaît Dominique. Il réalise qu'il n'a jamais agi de la sorte par le passé, sans imaginer un seul instant que la jeune rousse reste elle-même indécise, pour les premières fois de sa vie, sur le choix de sa robe.

En pénétrant dans le café où Médéric l'attend, Dominique est un peu nerveuse. Le commandant a compris, en acceptant une soudaine demande de rendez-vous de la jeune femme dans un lieu discret, que l'entrevue sera importante. Après un long silence, où l'un a peur des mots qu'il va entendre et où l'autre n'ose pas les prononcer, la jeune rousse pose une main sur la table. Elle a besoin de saisir les doigts de Médéric pour se confier. Le couple n'est pas sensible au décor rouge et or qui l'enveloppe. Le père Noël malicieux en plastique penché sur leur table ne les fait pas sourire. La jeune femme joue avec les lanières d'un sac neuf. Sa forme et sa couleur rappellent celui offert par son père, à la fin de sa vie. Le temps d'un soupir, le commandant regrette l'écusson et ses trois escargots brodés sur l'ancien.

Dominique parle bas, sans exagérer les petites choses qu'elle aurait pu développer pour tenter d'expliquer sa décision. Les yeux mi-clos, elle demande pardon, évoque son désastre sentimental et ses emprisonnements dans des caves sordides. Son enfermement, ses terreurs peignent en noir et gris ses anciennes journées. Le traumatisme lié à la noirceur de ses anciennes cellules handicape ses espérances, même s'il s'efface progressivement. Se reconstruire seule lui paraît essentiel pour aborder la nouvelle vie qu'elle entrevoit. Cette nouvelle respiration, la jeune femme en éprouve l'impérieuse nécessité et précise qu'elle reviendra. Une longue période de solitude dans un décor champêtre et tranquillisant s'impose. Elle prévoit de se retirer chez les parents de Christine, au cœur d'un petit village de campagne. Médéric écoute patiemment cette déclaration, prêt à tout pardonner, il ne voudrait pas trop laisser paraître l'émotion qui le submerge, mais sent qu'il pourrait ne pas y parvenir. Pour ne pas rester silencieux, il murmure qu'il envisage de continuer à travailler avec Bob, à l'agence.

Le couple décide peu à peu d'une date pour se retrouver définitivement. Dominique a spontanément choisi le jour de la semaine, car elle n'a aucun souvenir déplaisant ou pénalisant lié à un mercredi. C'est pour elle le premier jour de la Trêve de Dieu[22], marquant la suspension des conflits, idéal pour un départ important. Cette référence historique l'amuse. Cette digression confirme que la castellologie est une de ses passions.

À son tour, Médéric propose la date du 16 mars, souvenir d'enfance. En 1984, il avait écrit un mot dérangeant, voire insultant, pour le directeur de son école primaire. Il voulait se venger d'un camarade de classe. Certains faits s'impriment indéfiniment.

Les nerfs lâchent parfois, quand la tension est trop intense. Ils rient ensemble, s'amusent et s'émerveillent en découvrant que leurs choix s'accordent, comme les bambins le feront bien-

---

[22] La Trêve de Dieu, imposée au Moyen Âge en Europe par l'Église catholique romaine, a longtemps pris la forme d'une suspension de l'activité guerrière du mercredi soir au lundi matin.

tôt en regardant les cadeaux sous le sapin. La date choisie, le 16, correspond au jour de la semaine espéré en 2016, un mercredi. Ils y voient aussitôt un signe avéré du destin, une lumière pour un chemin commun. Quand sonne l'heure de la passion, les battements du cœur remplacent ceux de la grande horloge.

***

À l'heure de la fermeture, le couple est toujours là. La longue séparation qui se prépare les empêche de s'éloigner l'un de l'autre. Le patron range les chaises et les tables bruyamment, puis éteint toutes les lumières. Les serveurs sont tous partis. Le barman arrête les mélodies d'ambiance et ne laisse qu'une lampe. Celle qui éclaire faiblement un homme et une femme immobiles, main dans la main.

Puis, il se ravise, les observe, et n'ose plus les déranger. L'intensité de leurs regards vient de le propulser vers la seule grande histoire de sa vie, vieille d'une dizaine d'années. Il est projeté vers une rencontre qui est restée intacte dans un coin de sa mémoire ; décide de mettre de l'ordre dans sa réserve pour mieux se remémorer ce moment unique ; préfère laisser quelques minutes supplémentaires à ses deux derniers clients. L'horloge ne s'arrête jamais, même quand les mots sont inutiles. Inlassablement, ses aiguilles tournent et entament nos instants les plus forts.

De ce charmant tête-à-tête, le couple ne gardera en mémoire que deux mots qui illustrent leur rencontre. Médéric a prononcé naturellement le premier : « Exceptionnelle ». Elle a formulé le second comme si elle énonçait une évidence : « Fascinante ».

Le patron des lieux est nostalgique. En entendant retentir la sonnerie de la porte d'entrée, il est remonté pour constater que sa salle est vide.

En s'éloignant sous un éclat de lune qui fait briller les regards, Dominique propose à Médéric de se retrouver à son salon de coiffure, le 16 mars. Ils s'embrassent sur le trottoir, comme ils ne l'ont jamais fait, avec la passion de ceux qui ne veulent pas se séparer. Plus tard, aucun des deux ne se souviendra lequel s'est éloigné le premier. En réalité, ils ne se poseront jamais la question. Par contre, Médéric gardera en mémoire qu'ils ont mélangé les tutoiements et les vouvoiements en parlant. Avant de partir, elle le lui avait fait remarquer en insistant sur un dernier « tu ». Le timbre de sa voix, accompagné de sa mimique habituelle, l'avait profondément ému.

29

Depuis longtemps, la lune illumine un ciel de décembre, mais les nuages noirs se pressent pour l'effacer. Bob arrive à l'agence, il est surpris de trouver Médéric assis dans un coin d'ombre, au fond d'un fauteuil. D'un regard, il comprend que son complice traverse une période difficile. Le major ne pose aucune question, il attend que le commandant prononce la première phrase. Compulsant des dossiers, jetant de temps en temps de brefs regards à la dérobée, il émet de petits sourires qui doivent, pense-t-il, dérider son associé.

Médéric reste muet, partagé entre deux sentiments, depuis son rendez-vous. Tout d'abord, il ne souhaite pas que Dominique s'éloigne, tout en comprenant sa décision. Puis, la peur de ses sentiments le submerge. Un doux vertige lui fait perdre ses repères, sans réveiller le plus petit regret. Un manque dans son existence vient de se combler, il ne peut pas se l'expliquer. Il ne supporterait pas qu'on lui fasse remarquer, en se référant à ses frasques et à ses conquêtes passées, qu'il ne connaît que le goût des lèvres de Dominique.

Le temps passe, le major se permet de rompre le silence en se retournant vers son associé d'officier.

— J'ai proposé à « C.C. » de s'occuper du dossier de Reith.

— L'agence « Christian et Christophe » ?

— Tout à fait. Plus anciens que nous dans le métier, ils disposent de plusieurs enquêteurs. J'ai eu l'occasion de rencontrer Christian et je suis persuadé qu'ils peuvent assurer la protection de Dominique, et de la ferme des parents de Christine.

Médéric se redresse. En lançant ses bras vers l'avant, sans émettre un son, ils traduisent son étonnement. Bob lève la tête vers la cheminée régence en marbre massif rouge, comme s'il n'avait pas perçu l'interrogation muette. Médéric a posé son petit cadre en palissandre des Indes sur la console, le major fait semblant, à haute voix, d'interroger la guerrière viking de légende.

— Qu'en penses-tu ? La protection de Dominique s'impose-t-elle ? Nos adversaires n'ont pas de visage, mais eux doivent posséder les nôtres ?

Un silence fait suite à ces trois questions. Médéric se lève, fait une dizaine de pas vers la cheminée et pose sa main droite sur le haut du petit cadre. Il déclare que la terrible fille rouge apprécie l'initiative, comme si elle avait émis un signe. Un léger sourire finit par revenir sur son visage. Bientôt, il relie les deux hommes qui s'amusent d'avoir communiqué par l'intermédiaire d'une esquisse du passé placée dans un cadre.

Le major sent qu'il doit distraire son complice. Il propose un souvenir qui vient de surgir avec force, comme une vague inflige sa violence à la falaise. Il prend la pose de celui qui désire se confier.

— Quand j'ai débuté ma carrière, j'étais sous les ordres de Christian…

Le commandant reprend sa place dans son fauteuil confortable, prêt à l'entendre.

***

« Jeune sergent, je venais de recevoir ma mutation. J'avais choisi mon arme et mon régiment en sortant de l'école militaire. En arrivant à la petite gare du village, je retrouvai deux aspirants qui venaient d'être affectés dans la même unité. Nous étions fiers dans nos uniformes impeccables, quand un ancien sous-officier est venu nous accueillir sur le trottoir de la gare. Son attitude et le ton de sa voix n'admettaient aucune réplique. Il fallait parcourir une vingtaine de kilomètres, et le seul véhicule disponible pour nous transporter était un camion poubelle.

Nous n'avions pas le choix. Les deux places de la cabine étant occupées, les aspirants étaient montés dans le caisson sur un petit tapis d'ordures, sans contester. J'ai fait de même.

Le camion a pris poussivement la route. La conduite du chauffeur étant brusque, nous ne pouvions pas tenir debout sur un sol glissant. La benne, à peine nettoyée, était malodorante. Inutile de décrire l'état de nos uniformes quand nous sommes arrivés au poste de police du régiment. Nous sommes descendus, rassurés de ne pas avoir trop de bosses et de respirer un air dépourvu d'odeurs nauséabondes.

À peine avions-nous posé un pied au sol que le sous-officier qui nous accompagnait nous a poussés énergiquement vers le mess, en nous demandant de nous dénuder pour une visite médicale immédiate. Nous nous sommes exécutés et nous avons été poussés, dévêtus, vers une pièce sombre. Quand une lumière puissante nous a éblouis, les cadres du régiment étaient rassemblés et hilares devant nous.

Après ces premiers pas, j'ai été affecté dans la section de Christian. Officier très apprécié de ses pairs et de ses hommes, il m'a appris les bases essentielles pour conduire une carrière honorable. Je me souviens que Christian a tenu à faire remettre en état ma tenue à ses frais. Ce geste m'a profondément marqué. »

***

Bob marque une pause, en indiquant par son attitude que son préambule annonce la phase de vie qui lui tient à cœur. Médéric reste attentif. La mise dans l'ambiance décrite en rappelle assurément d'autres, aux deux anciens commandos. Il suffirait d'observer leurs visages, pour supposer que certaines furent beaucoup plus agréables, d'autres nettement plus pénibles et éprouvantes. « *Il faut de la mesure dans toute chose* », vous diront les anciens responsables qui ne se sont jamais permis d'introduire de la violence ou des dérives dégradantes dans ces séances d'intégration, voire de bizutage. Les liens qui se nouent dans l'effort et la souffrance sont robustes.

Les deux hommes n'émettent aucun jugement de valeur sur ces premiers contacts, préalables à un esprit de cohésion, moteur de toute unité. Ils se les remémorent en silence, car ils y retrouvent toujours le souvenir d'un camarade, d'un chef, d'une tranche de carrière importante. Médéric murmure :

« La vie d'un groupe se nourrit des libertés individuelles de ses membres. Son chef doit les respecter pour les associer et commander utilement. On rit, on souffre, on agit ensemble… »

Puis, Médéric s'interrompt, songeant sans doute à cette phrase de Stendhal lorsqu'il évoque la vie de Julien au séminaire : « *À leurs yeux, il était convaincu de ce vice énorme, il pensait, il jugeait par lui-même, au lieu de suivre aveuglément l'autorité et l'exemple*[23]. » Il rajoute d'une voix plus ferme, comme s'il répondait à ceux qui tiennent le même langage :

— Une action bien conduite réunit la somme des intelligences dans la même direction.

Bob acquiesce longuement, en ajoutant :

— Tu sais, commandant, je n'aime pas les donneurs de leçons. Toutefois, et je ne suis pas le seul à le dire, tu as appliqué ces principes pendant toute ta carrière. Je l'avoue, j'ai un peu honte d'avoir agi ainsi, avant de nous associer, j'ai interrogé beaucoup de tes supérieurs et de tes subordonnés, ils sont unanimes sur ce point.

— Cet aveu me touche, disons que j'ai tout fait pour… mais, puisque c'est l'heure des confidences, j'ai agi de même à ton égard.

— Oui, mais moi, je le savais.

---

[23] *Le Rouge et le Noir.*

Qu'il est long et fraternel, l'éclat de rire qui relie les deux hommes. Ils sont coutumiers du fait. Le whisky qu'ils ne vont pas tarder à partager va avoir meilleur goût que d'habitude.

Bob reprend le chemin d'un de ces souvenirs qui marquent une vie. Son récit est rapide, ses paroles distinctes.

***

« Un samedi orageux, ce jour est resté gravé dans ma mémoire, notre section avait parcouru un long périple en courant. Nos maillots mouillés et crottés prouvaient les efforts intenses que nous avions consentis pour gravir de longues côtes et rester groupés sur les chemins de terre boueuse. En arrivant à l'entrée d'un village, nous avons assisté à une scène surréaliste sur la terrasse d'une ferme. Un homme de grande taille, maniant un ceinturon comme un fouet, frappait une femme qui semblait ployer sous la douleur, sans crier. Je ne peux te traduire notre colère, cette scène était insupportable.

Christian nous a demandé de ne pas bouger ; a ordonné que l'un d'entre nous prévienne les gendarmes ; a envoyé son adjoint pour faire venir une ambulance ou un médecin. Puis il s'est adressé à une poignée de villageois qui regardait sans intervenir. L'un d'eux lui a répondu que ce spectacle était courant, qu'intervenir était inutile. Le tortionnaire, homme très important, tyrannique, frappait souvent sa femme et ses enfants.

Brusquement, le ceinturon a été saisi par une main ferme. Christian venait de stopper la course du cuir et, d'une voix tonitruante, imposa à l'individu de demander pardon. Un ricanement devait être la réponse du géant. Christian écarta les bras pour montrer qu'il n'avait pas d'arme et une lutte s'engagea entre notre officier et le bourreau. Le combat fut rapide. Si l'un était puissant, l'autre était adroit. Bientôt, celui qui punissait avec sa ceinture roula sur l'herbe, le visage en sang. Christian n'était pas homme à frapper un adversaire au sol. Il exigea des excuses, mais le vaincu restait couché en refusant.

En arrivant, le major de la gendarmerie ne pouvait qu'arrêter le tortionnaire. Il prédit à demi-mots des ennuis à Christian. Une ambulance évacua la femme inanimée, mais l'adjoint de la section a insisté pour dévoiler le dos zébré aux personnels de santé. Surpris, le médecin et les infirmiers ont accepté de répertorier sur un cahier les marques constatées. Leurs signatures clôturaient une longue liste de blessures anciennes, puis récentes. Spontanément, j'ai pris l'initiative de relever l'identité des quelques habitants locaux présents. Une jeune femme m'a aidé dans mon entreprise, malgré des regards réprobateurs, voire hostiles.

La suite est facile à imaginer, le bourreau porta plainte contre Christian et beaucoup de villageois affirmèrent que notre officier était l'agresseur de l'homme et de la femme. Nos voix n'étaient pas vraiment prises en compte par notre hiérarchie qui subissait les ordres de nos politiques. J'avais pris une liste de noms, mais tous soutenaient la version du tortionnaire. La jeune femme, qui aurait voulu témoigner, m'avouait qu'elle devait renoncer. Les pressions de ses voisins étaient trop fortes. Heureusement, les marques dans le dos de l'épouse et le constat établi par les urgentistes étaient accablants. Cependant, la victime refusa de porter plainte. Un médecin osa même affirmer que les constatations étaient fausses.

Vois-tu, Médéric, comme le disait Jean de La Fontaine : *"Selon que vous serez puissant ou misérable, les jugements de cour vous rendront blanc ou noir."*

Sous le soleil, l'humain ne change pas. L'homme était un riche propriétaire terrien et un élu important. Il imposait crainte et respect. À cette époque, on ne pouvait pas filmer aussi aisément qu'aujourd'hui, les réseaux sociaux n'existaient pas. Nous n'avions pas d'ordinateurs.

Christian ne pouvait que faire l'objet d'une mesure disciplinaire de la part du commandement, même si notre chef de corps soutenait sans faiblir notre officier, convaincu par nos affirmations.

Christian fut muté, et la justice poursuivait son action aveugle. Alors, peu de temps avant son départ, mon officier est venu me voir et m'a demandé de le suivre. Décontracté, comme si l'injustice le laissait indifférent, il m'expliqua qu'il ne pouvait pas se priver d'être conforme à la fourberie de son accusateur. Il avait besoin de ma présence, en me confiant avoir fait venir pour le soir même deux journalistes de grands médias nationaux qu'il avait croisés sur les terres d'Afrique. L'homme et la femme avaient une dette. Le caméraman lui devait la vie. Elle lui était reconnaissante d'avoir été soustraite aux outrages de deux mercenaires avinés dans une maison détruite.

Nous sommes arrivés devant la ferme du bourreau, nous avons attendu. Christian s'est placé sur la route. Quand la voiture du géant est arrivée, il a interpellé l'homme. J'étais avec les deux journalistes derrière un fourré. Le caméraman était prêt à filmer la scène. Le tortionnaire est descendu en colère, il devait avoir sa correction en mémoire. Christian lui a demandé assez calmement les raisons de ses violences et de ses mensonges. Le propriétaire terrien est d'abord resté silencieux, puis, piqué au vif dans sa fierté, il a fini par s'emporter, en parlant de plus en plus fort. D'une voix de stentor, il expliqua les raisons de son attitude, en précisant que personne n'oserait aller contre lui. Dans un éclat de rire, il ne cachait rien de sa façon d'agir. Il parlait des locaux comme d'un troupeau de moutons. Lui, il s'affirmait comme le loup dominant que tous redoutaient. Il évoqua même les marques que sa femme portait dans le dos, en disant qu'elle méritait ses punitions.

La presse nationale révéla l'affaire, les mémoires locales se sont fissurées. Les enregistrements effectués par les journalistes ne pouvaient que faire vaciller les appuis locaux et régionaux et faire réfléchir ceux qui épousent le sens des vents. Sa femme a alors trouvé la force de porter plainte quand ses parents, apprenant la nouvelle, sont intervenus.

Christian fut muté et la justice classa la plainte qui le concernait. Le bourreau n'a écopé que de prison avec sursis, sa position sociale a été définitivement ébranlée.

Pour ma part, le chef de corps me félicita d'avoir épaulé un chef de valeur. Tu vois, Médéric, j'ai un très grand respect pour Christian. Plus tard, officier supérieur, il a quitté les armes pour monter son agence avec deux de ses anciens adjoints. »

***

Le major se tourne vers le commandant. Son attitude prouve qu'il n'a pas fini de se confier.

« Christian m'a donné, dernièrement, rendez-vous dans un café de quartier. Nous ne nous étions pas revus depuis de nombreuses années. Il faut l'avouer, nous avons bien blanchi depuis l'époque. Nos rides sont plus profondes.

Il m'a félicité pour notre association et notre agence qui, pour lui, commence à obtenir une certaine renommée sur la place de la capitale. C'est lors de cet échange que j'ai imaginé confier le dossier de Reith à "C.C.". Je lui ai évoqué les grandes lignes, il n'était pas contre, sous réserve d'étudier les pièces transmises. Il m'a confié connaître ce chef d'une troupe d'élite de la gendarmerie, son opinion est très positive. Il doit me contacter aujourd'hui pour me donner une réponse définitive.

Les vapeurs des bières ont peu à peu réveillé nos mémoires. Évoquer le passé est venu naturellement. C'est alors que Christian m'a avoué une de ses actions liées à une histoire commune qu'il n'avait jamais dévoilée, même à ses proches.

Il avait toujours gardé à l'œil le tortionnaire, en s'étonnant de l'absence de réaction de la police et de la justice. Il y a cinq ans environ, en apprenant qu'il avait encore frappé une pauvre femme venant du Bénin qui mendiait dans la rue, Christian avait décidé de mettre en place un traquenard pour de nouveau punir le bourreau.

Il avait contacté la dernière victime pour la convaincre d'agir. Elle avait d'abord refusé, par crainte. La réfugiée avait ensuite avoué être fouettée régulièrement par ses parents, puis par son maître, avant de s'enfuir vers la France. Quand elle a fini par accepter, ils lui ont fabriqué une protection pour son dos, une sorte de gilet "pare fouet", puis le scénario a été patiemment répété.

Tu imagines, Médéric, la minutie d'une telle opération qui ne pouvait pas souffrir la moindre approximation. Un mois plus tard, et beaucoup d'argent perdu, Christian a attiré l'homme dans un endroit équipé de plusieurs caméras. La femme devait le mettre en colère, et elle s'est révélée une excellente comédienne. Les volontaires de Christian ont filmé, discrètement avec trois caméras, son courroux, ses insultes et ses coups de ceinturon. Lorsqu'ils ont actionné une sirène de police pour terminer le supplice, le géant a détalé comme un lâche.

Avec les photos, les films obtenus, les témoignages et la plainte de la victime, tu imagines le résultat. Christian avait un triste sourire en indiquant que c'était le seul moyen efficace pour discréditer et isoler définitivement ce malade malfaisant. Heureusement, la Béninoise n'avait pas souffert, même si les marques antérieures dans son dos étaient douloureuses à regarder. Deux photos confirmaient son constat.

Au café, mon ancien officier s'est laissé emporter par sa colère en affirmant que seul un malade frappe les faibles. Soudain, j'ai découvert que les consommatrices qui nous entouraient étaient nombreuses et nous écoutaient. Quand Christian a terminé sa tirade, une salve d'applaudissements nous a surpris. »

***

Médéric et Bob restent silencieux. La pluie d'hiver martèle les murs et les vitres. Une panne de secteur souffle l'éclairage. Une succession d'éclairs embrase le bureau, la lumière s'invite brièvement pour lacérer la nuit.

— Cela me rappelle Agathe piégeant ses collègues avec des vidéos. Les paroles s'envolent, les écrits comme les films restent. Aujourd'hui, elles peuvent instantanément servir les causes justes, si on ne les manipule pas.

Après avoir émis cette nouvelle conclusion, et profitant de la pénombre qui autorise les questions les plus délicates, Bob interroge :

— Je présume que Dominique est partie, pour mieux effacer son passé ?

— Oui.

La réponse a le ton des jours maussades, elle épouse cette nuit d'orage. Elle a presque le courroux du tonnerre clôturant la journée. L'attitude du commandant est claire, il ne souhaite pas s'épancher. Sachant qu'il a beaucoup parlé, le major décide de se retirer, pour laisser son ami avec sa solitude. Avant de partir, il change de sujet.

— Alors, qu'en penses-tu ?

— Des actions de Christian ?

— Non... pour la mission que je confie et pour la demande de protection que je donne à son agence ?

— Je confirme mon accord, il faut aussi... surtout la protéger.

Le major saisit sa parka, tout en fermant la porte de l'agence sans bruit.

De nouveau seul, Médéric admet peu à peu que la décision de Dominique est frappée du sceau de la raison. Seule, elle doit purifier les pages de son passé, pour préparer celles qui l'attendent. Il doit, également, revisiter les siennes, pour être prêt à confirmer son engagement. Ils ont compris, sans se le livrer clairement, qu'ils ne manqueraient pas de se retrouver après leurs démarches individuelles indispensables.

Médéric n'aurait jamais pu imaginer vivre une telle passion. On aurait pu lui affirmer qu'il connaissait les grands yeux sombres de Dominique et son visage très pâle depuis toujours. Le commandant trouva soudainement ridicules et sans saveur ses anciennes aventures qui n'avaient jamais duré longtemps. Oublier les femmes, qu'il avait séduites et fréquentées, ne présentait aucune difficulté. En les côtoyant, la pellicule de sa mémoire n'avait rien imprimé d'important. Depuis peu, une espérance nouvelle le guidait, et comblait un manque. Il sentait que Dominique allait l'emmener vers des chemins nouveaux, où la peur et le danger n'existent pas.

En quittant une profonde rêverie, une évidence le submerge. Elle le conduit à se lever pour déclamer plusieurs fois, comme un auteur qui cherche la bonne intonation de voix :

— Que ma vie était vide quand je ne connaissais pas le sourire de Dominique !

Surpris par son aveu et la puissance de sa voix, Médéric observe chaque coin de l'agence pour être sûr de n'avoir aucun témoin. Il ne les examine pas vraiment, une démarche gracieuse voile son regard. Une chevelure rousse attise la braise de sa passion. Il répète :

— Exceptionnelle et fascinante.

La lumière revient et s'impose, éblouissant celui qui se sent beaucoup mieux, après son intense réflexion. Quelques feuilles de dessin attirent son attention, une pulsion soudaine guide sa main. Elle dessine une silhouette, le galbe d'une épaule, la finesse d'une taille. Guidé par ses dernières observations, l'ex-commando fait revivre l'ondulation d'une coiffure, ébauche un sourire sur un visage, s'acharne à traduire la lumière d'un regard. Il se surprend en se remémorant les jeux d'une langue posée sur une lèvre, l'arrondi de sillons minuscules autour de grands yeux sombres, le contour d'une veine sur une main. Médéric s'amuse en affinant son esquisse en reproduisant, pour l'achever, une mèche rebelle sur un visage très pâle. Il la trouve ressemblante, sourit tout seul face à l'aube nouvelle de sa vie. Une question l'interpelle, le temps d'un éclair :

« Ne suis-je pas entrain de m'affaiblir, de me ramollir avec l'âge ? »

Une idée nouvelle, plus enthousiasmante, s'impose face à la précédente, elle s'efface et revient comme une évidence. Sans attendre, le commandant téléphone à Reith. Ce dernier répond instantanément. D'abord surpris, il est vite enthousiaste. Les lumières s'estompent de nouveau. L'ombre nouvelle transmet de la force aux dernières demandes de Médéric.

Épilogue

Mars 2016

De la rue encore animée, par cette froide soirée, personne ne peut voir l'ombre qui se glisse comme un lézard des murailles entre les balcons. Venant de nulle part, cette silhouette est quelquefois visible, souvent impossible à déceler, même pour un observateur averti et attentif. On croit pouvoir deviner, et l'on ne distingue rien. La fenêtre de l'appartement de Dominique est éclairée, l'intrus qui progresse semble se diriger vers elle. Une légère fissure suffit au gant qui se glisse pour hisser un corps. Un petit rebord soutient la chaussure qui s'approche. La plus petite aspérité, ou irrégularité du bâtiment, offre une voie, un cheminement, à la forme qui s'élève contre la paroi.

***

Dominique chantonne devant une fenêtre. Rentrée de province, ce mardi 15 mars, elle achève de disposer deux couverts autour d'une table à la nappe brodée. Ses vêtements et la bouteille de champagne placée sur une desserte peuvent permettre de comprendre qu'elle attend un convive. Elle s'active en agitant sa chevelure de feu, en regardant de temps à autre la porte, comme si en la fixant, elle pouvait faire venir plus rapidement son invité.

***

Plus bas, dehors, un rebord de volets trahit des doigts qui agrippent le bois. Un bras entoure une descente de pluie. Un faible rayon de lune trahit une ombre à forme humaine qui franchit le garde-corps d'un long balcon. Il est situé au-dessous de celui de la jeune rousse. Sans harnais de sécurité, le grimpeur se joue, silencieux, des obstacles. Il se balance d'une aspérité à une bordure. Le rai fugitif éclaire maintenant, avant de s'incliner vers les nuages blêmes, les lucarnes, les chenaux et les cheminées de l'immeuble. La varappe sollicite toute la vigilance, la musculature des membres et du corps de l'importun qui progresse avec aisance sur une façade fraîchement rénovée.

À côté d'un autre volet agrippé par l'intrus, une voisine tourne les pages d'un livre, où un vampire progresse sur une façade à la recherche d'une jeune proie, de sang frais. Une ombre fugitive, en voilant sa fenêtre, la fait frissonner. Elle entend un vol de pigeons et pense percevoir ces petits sons qu'émettent les chauves-souris. Puis, elle se rassure en se disant qu'elle parcourt une fable, avec des personnages imaginaires.

***

On frappe ; Christine, souriante, est sur le pas de la porte. Les deux amies s'embrassent, heureuses. Elles ne restent pas longtemps silencieuses. Une conversation s'engage, ponctuée d'exclamations joyeuses. Christine raconte qu'elle a été bloquée sur la route par plus d'une tonne de chocolat, perdue par un camion-citerne. Les rires s'intensifient en évoquant la vanne défectueuse et la couche alléchante enrobant le bitume. Elles s'amusent de l'étonnement des pompiers, luttant, pour la première fois, contre une pollution appétissante. Rouler avec des roues recouvertes de cacao est hilarant.

***

Un rien peut faire basculer une situation. Un coin de brique, qui doit servir de point d'appui à une main, bouge. Un corps oscille sur le mur humide. Le grimpeur est agile, mais le trottoir situé vingt mètres plus bas pourrait marquer la fin de sa folle escalade nocturne. Son pied dérape et trouve miraculeusement un collier d'échafaudage oublié lors d'un ravalement. Ce support inespéré écarte tout danger. Le corps de l'homme peut de nouveau épouser les formes de la façade. Aucun son anormal ne trouble la tranquillité des habitants et des passants. Sans marquer de temps d'arrêt, comme si le risque venait de le dynamiser, l'alpiniste de rue reprend sa progression le long des reliefs de la façade. Le balcon de Dominique reçoit le dernier effort de l'homme-araignée.

Quel est donc ce danger qui s'annonce ? Que dissimule cette ombre légère qui voile un coin de façade ?

***

Une sonnerie de téléphone suspend la conversation des deux amies. Dominique entend la voix de Bob lui précisant qu'il arrive avec sa future épouse pour célébrer son retour. La surprise se peint sur son visage lorsqu'elle repose le combiné du téléphone. Avant que son amie puisse l'interroger, un signal retentit dans la cuisine. Les deux jeunes femmes sursautent, puis s'envolent vers le four annonçant une fin de cuisson.

Sur une fenêtre de chambre du même appartement, l'homme qui a achevé son escalade pose une ventouse sur le morceau de vitre à entailler avec un diamant. Fragilisée, cette dernière cède sous un simple mouvement de flexion. Sans bruit, le grimpeur passe la main par l'ouverture pour actionner la poignée, et pénétrer dans la pièce d'un seul bond. L'intrus n'a pas choisi cet endroit par hasard. Il quitte sa combinaison sombre, sans précipitation, puis accède dans l'ombre à un petit couloir, tout en entendant les deux voix féminines. Il ouvre un boîtier mal fermé, comme si une main avait déjà préparé cette opération. Il actionne un petit levier pour éteindre toutes les lumières. Un silence pesant envahit l'appartement, une voix féminine s'élève, anxieuse, hésitante. Un rayon de portable tremble en balayant le sol.

L'attente s'éternise. Un klaxon retentit, véritable menace pour celles qui attendent dans l'ombre. Brusquement, les lumières se rallument. Les deux femmes poussent un cri. Un homme châtain au regard clair est à genoux. En costume havane, il tend un petit coffret en cuir avec des décorations en cuivre à Dominique. Dans un même mouvement, la porte s'ouvre et un blond à l'œil sombre filme la scène. Sa compagne, l'infirmière aux cheveux longs et aux yeux verts, est blottie contre lui. Ses applaudissements accompagnent ceux de Christine.

— Médéric, tu es fou… murmure Dominique.

— Je le lui répète souvent… Vous auriez dû vous retrouver demain… il ne voulait plus attendre… surenchérit Bob, rayonnant, sa caméra à la main.

Le couvercle de la cassette en cuir pivote. Il a été choisi et envoyé de Marrakech par Reith, enchanté de devenir le complice d'un soir. Conseillé par celle qui partage ses jours, la fille d'un paysan berbère, il a choisi une bague en or. En s'inclinant, le bijou dévoile les feux de ses diamants, identiques à ceux des plus belles étoiles. Si des larmes d'émotion s'échappent sur un visage, elles sont rapidement séchées par les cris de joie.

Fin

Du même auteur :

Sous le pseudonyme d'Alain Badirac,
aux Éditions Libre Label depuis 2012 :
Passion clair-obscur – *Roman*

La pluie soleil – *Roman*

Les griffes de la vie – *Roman*

Souffles de vies – *Recueil de nouvelles*

En 2017, *participation d'Alain Maufinet au recueil de nouvelles pour le Prix Gérard de Nerval, avec 16 auteurs, avec* **Un cadavre dans les dunes,** *aux Éditions Arthémuse.*
En 2018, *sous le nom d'Alain Maufinet :* **Les larmes du désert,** *roman aux Éditions Livre Actualité.*

En 2020 :
Préfaces *de deux romans du philosophe malien Fousseni Togola (parus au Mali).* **Bintou, une fille singulière** *et* **L'homme sirène.**

Chez JDH Éditions :
Le chant des brisants – *roman, dans la collection Magnitudes*

Coronavirus, la dictature sanitaire – *pamphlet, collectif, dans la collection Uppercut*

Stupeur et Confinements – *dans les Collectifs JDH*

Nos violences conjuguées – *dans les Collectifs JDH*

Préfaces *dans la Collection Atemporels :* **Le colonel Chabert** *de Balzac, et* **Aziyadé** *de Pierre Loti.*

Roman à paraître dans la collection Nouvelles Pages : **Otage au Mali.**

Cadavres écrits – *dans la collection Black Files.*

Dans la collection Nouvelles Pages

Cent papiers Sans pieds – Tiffany Ducloy
La voltigeuse de Constantinople – Laurent Dencausse
Un aigle dans la ville – Damien Granotier
La tueuse de Manhattan – Pierre Vaude
Voyage au cœur des hémisphères – Dimitri Pilon
Rose Meredith – Denis Morin
Evuit – Jean-Hughes Chevy
Dripping sur tatami – Hector Luis Marino
Après elle – Amy Lorens
Alzheimer mon ami II – LysieSanti
Marcher à contre essence – Oriane de Virseen
Tuée sur la bonne voie – Erell Buhez
Le dilemme – Gildas Thomas
Et cétéra ! – Denis Morin

Découvrez les autres collections de JDH Éditions

Magnitudes

Drôles de pages

Uppercut

Versus

Les Collectifs de JDH Éditions

Case Blanche

Hippocrate& Co

My Feel Good

Romance Addict

F-Files

BlackFiles

Les Atemporels

Quadrato

Baraka

Les Pros de l'Éco

Sporting Club

L'Édredon

La revue littéraire de JDH Éditions

Venez découvrir les textes de la revue

Textes et articles dans un rubriquage varié (chroniques, billets d'humeur, cinéma, poésie…)

Suivez **JDH Éditions** sur les réseaux sociaux
pour en savoir plus sur les auteurs,
les nouveautés, les projets…

Inscrivez-vous à notre Newsletter sur
www.jdheditions.fr
Pour recevoir l'actualité de nos nouvelles
parutions